Alexander Merow

Beutewelt

Alexander Merow

Beutewelt

Zukunft in Ketten

Roman

Teil I

Bibliografische Information der Deutschen Nationalbibliothek:
Die Deutsche Nationalbibliothek verzeichnet diese Publikation in der Deutschen Nationalbibliografie; detaillierte bibliografische Daten sind im Internet über http://dnb.dnb.de abrufbar.

Herstellung und Verlag: BoD – Books on Demand, Norderstedt

ISBN: 978-3751978422

Inhalt

„Wir sind die Finsternis der Welt,
wer uns nachfolgt,
wird nie mehr wandeln im Licht ..."

Bürger 1-564398B-278843

Frank Kohlhaas, der im alltäglichen Leben auf die Bezeichnung „Bürger 1-564398B-278843" hören musste,
weil das sein amtlicher Verwaltungscode war, träumte in
den letzten Tagen sogar schon von dem unangenehmen,
irgendwie an faule Eier erinnernden Geruch im Hausflur
seiner Etage. Zwar befand er sich im Geiste um kurz vor
5.00 Uhr morgens – gleich sollte der Wecker seinen
Traum beenden – auf einem Spaziergang durch ein sonni-
ges Tal, doch war auch an diesem Ort jener modrige
Duft, so dass sich Frank selbst im Traum darüber wunderte, wie ein so schönes Tal so wenig einladend riechen
konnte.

Als der Wecker klingelte, wurde ihm klar, dass das sonni-
ge Tal Fiktion und der Geruch real war. Das Geräusch
war schrill und Frank erwachte mit einem Fluch. Jetzt
hieß es aufstehen, anziehen, hastig frühstücken und den
Weg zum Produktionskomplex 42-B antreten.

„Ach, verdammt!", zischte der unrasierte Mann, als er seinen nicht übermäßig hochgewachsenen, aber dafür erstaunlich kraftvollen Körper aus dem Bett wuchtete.

„Hmmm!", stieß Frank aus und trottete durch seine noch
dunkle Wohnung ins Nachbarzimmer, wo eine dreckige
Küche auf ihn wartete. Er riss die Kühlschranktür auf
und würgte schmatzend ein Käsebrot hinunter, das er am

Abend zuvor noch geschmiert hatte. Morgens hatte er dafür meist keine Zeit mehr.

Der Wasserkocher wurde unter lautem Brausen angeworfen und lieferte nach nur wenigen Minuten das nötige heiße Wasser für einen auflösbaren Kaffee.

„Nhhaa!", sagte der junge Mann, was zu dieser frühen Stunde eine recht frei zu interpretierende Aussage war und sich auf seine Lebenssituation, sozusagen im Allgemeinen, bezog.

Um 5.27 Uhr zog Frank die ramponierte Wohnungstür hinter sich zu und schlurfte lustlos durch den dunklen Flur, um anschließend in das noch dunklere Treppenhaus hinabzusteigen. Irgendwo hier war die Quelle des eierfauligen Gestanks, der Frank seit Tagen quälte. Offenbar hatte irgendein anderer Mieter seinen Müll einfach im Flur abgestellt.

„Ach, was weiß ich?", brummelte er.

Es war jeden Morgen die gleiche Leier. „Aufstehen, fressen, laufen, schuften", wie es Kohlhaas stets formulierte.

In den letzten Jahren hatte er sein Leben ganz schön hassen gelernt. Frank war 25 Jahre alt, wohnte in einem mehr als schäbigen Wohnblock am Rande der ehemaligen BRD-Hauptstadt Berlin und arbeitete für einen bescheidenen Lohn als Aushilfe in einem Stahlwerk. Früher hatte er studieren wollen, doch das hatte sich irgendwann erledigt; aus Gründen, die Frank für sich behielt. Dumm war er eigentlich nicht, aber so richtig hatte er, nach eigener Einschätzung, die Kurve noch nicht gekriegt. Allerdings war der Arbeitsplatz im Stahlwerk besser als nichts – war er doch zumindest geeignet, um das Überleben zu sichern. Eine Tatsache, die für Millionen Menschen im Jahre 2027 nicht selbstverständlich war.

Jedenfalls tastete sich Frank an diesem Morgen wieder einmal Schritt für Schritt in Richtung seiner Arbeitsstelle vor; vorbei an verfallenen Häusern im Halbdunkel und meist noch dösenden Obdachlosen, die in wachsender Zahl überall herumlagen.

„Was wäre, wenn ich einfach auf die Konsequenzen pfeife und wieder nach Hause gehe, mich in mein Bett lege und bis morgen durchschlafe?", dachte er manchmal. „Was wäre, wenn ich einfach meine Sachen packe und aus dieser verrotteten Stadt, diesem verfaulten Land, verschwinde?", sagte er gelegentlich zu sich selbst.

Doch wo war es schon anders? Er sollte sich besser an dem erfreuen, was er hatte – er besaß einen Job und verhungerte nicht. Das war nicht nichts, gab sich Kohlhaas dann zu bedenken.

Nachdem Frank eine dunkle Unterführung durchquert und einem angetrunkenen Obdachlosen keinen Globe gegeben hatte, war der Produktionskomplex um 5.53 Uhr in Sichtweite gelangt. Hier standen die Arbeiter der Frühschicht; rauchend, schwatzend, wartend.

Als sich die Werkstore schließlich um 6.00 Uhr öffneten, drängten sich etwa 200 Leiharbeiter und Aushilfen wie ein zäher Brei durch sie hindurch. Die meisten hatten es nicht sonderlich eilig, mit ihrer Arbeit zu beginnen; doch es musste ja sein, es ging nicht anders. So sagte es sich auch Frank jeden verdammten Morgen.

Nach zehn Stunden ging es wieder zurück nach Hause. Frank war dreckig und müde, aber glücklich, dass wenigstens die Arbeit vorbei war. Er schlich durch den Hausflur seiner Etage, der selbst am Tage noch halbdunkel war, und schloss die Wohnungstür auf.

Auf dem Scanchip waren keine neuen Nachrichten und das war gut so, denn es waren meistens ohnehin bloß

Rechnungen: Strom, Wasser und das ganze andere Zeug. Den Fernseher hatte Frank vor ein paar Tagen ins Schlafzimmer gestellt. Wenn er nicht einschlafen konnte, schaltete er ihn ein. Nicht, dass das Programm ihn allzu sehr fesselte, aber wenn irgendjemand redete, fühlte er sich zumindest nicht so allein in diesem finsteren Wohnblock. Seine Nachbarn kannte Kohlhaas nur flüchtig. Viele verließen ihre Wohnungen nur zum Arbeiten, andere waren in den letzten Jahren üble Säufer geworden. Manchmal grölte einer auf seinem Balkon herum oder pöbelte Leute an, die an „seinem" Block vorbeigingen.

Frank sah bis um 22.37 Uhr fern; Nachrichten („Krieg der globalen Streitkräfte gegen die Terroristen im Iran"), Talkshows, leichte Unterhaltung an allen Fronten; Warnungen vor der zweiten Hundegrippe und die Notwendigkeit einer baldigen Zwangsimpfung.

Erschöpft schaltete Frank den Fernseher aus und starrte für einen Moment in die Dunkelheit. Kurz darauf schlief er ein, obwohl sich der faulige Geruch von draußen bereits in seinem Kissen eingenistet hatte.

„Guten Morgen, Frank!", brummelte Dirk Weber, einer der Vorarbeiter.

„Guten Morgen, Dirk!", murmelte Kohlhaas zurück. Es war 6.03 Uhr, die Frühschicht konnte beginnen.

A-341, so lautete Franks Bezeichnung als Arbeitskraft und Aushilfe hier im Betrieb, lieh seine helfenden Hände den anderen Kollegen bis die Uhr 10.30 anzeigte. Nun war es Zeit für eine kurze Mittagspause. Und als Frank sein in Folie eingewickeltes Salamibrötchen auspackte, ahnte er noch nicht, dass heute ein Tag war, den er niemals wieder vergessen sollte.

Vor einem halben Jahr hatte die Werksverwaltung aufgrund einer neuen Vorgabe das Singen des „One-World-Songs" vor jeder Mittagspause in einem vorschriftsmäßigen Produktionskomplex angeordnet – zur Steigerung der Arbeitsmoral und zur Festigung der internationalen Doktrin von „Frieden, Freiheit, Wohlstand und Einheit", die seit 2018 von der Weltregierung propagiert wurde.

Der in diesem Betrieb stationierte Beamte des „Ministeriums für Produktionsüberwachung", Gert Sasse, der sich meistens in den Büroräumen oberhalb der Fabrikhalle aufhielt, war in dieser Mittagspause erneut pflichtbewusst zu den Arbeitern hinabgestiegen, um mit ihnen den „One-World-Song" anzustimmen.

„Leute, jetzt ist Mittagspause! Aber zuerst wird gesungen!", rief er durch den Raum und alle formierten sich zu einer lustlos wirkenden Reihe, um nach dem Singen des Liedes ein wenig verschnaufen zu können.

Sasses Blick wurde ernst. Vorschriftsmäßig stieß er den ersten Ton aus, während die übrigen Angestellten ihre Stimmen nach und nach erklingen ließen. Dabei ruderte der Verwaltungsbeamte mit den Armen als wäre er ein angehender Dirigent. Kohlhaas musste grinsen.

„Wir sind die Kinder einer Welt und alle sind wir gleich!
Wir lieben diese eine Welt, das große Friedensreich!
Wir kennen keine Rassen, wir kennen keine Klassen..."

Frank hörte in den letzten Wochen immer seltener auf den Text; er bewegte die Lippen nicht und schaute stattdessen an die Decke der Produktionshalle.

„Macht fertig!", dachte er und scharrte gelangweilt mit dem Fuß über den staubigen Boden. Kurz darauf war der Gesang verstummt.

„Endlich! Diesen Schwachsinn können sie sich langsam mal sparen!", sagte der Produktionshelfer sehr leise zu sich selbst.

„Gut! Das ging ja halbwegs! Jetzt ist Pause!", rief der Beamte des „Ministeriums für Produktionsüberwachung" und A-341 freute sich auf einen Biss in sein aufgeweichtes Brötchen.

Doch während seine Zähne eifrig ein Salamistück zermalmten, flog ihm plötzlich Sasses giftiger Blick entgegen. Der Überwacher kniff die Augen zusammen und wirkte dabei wie eine böse gewordene Bulldogge.

„A-341! Ja, Sie! Kommen Sie mal zu mir! Beeilung!", brüllte er aus voller Kehle.

Kohlhaas schoss das Adrenalin in die Venen. Ärger auf der Arbeit konnte er nicht gebrauchen.

„Kommen Sie her, A-341!", schmetterte Sasse, den Helfer erregt zu sich winkend. Kohlhaas folgte der Aufforderung sofort.

„Bin ich der letzte Depp für Sie, A-341?", zischte der Mann.

„Äh? Nein! Natürlich nicht, Herr Sasse!", stotterte Frank. „Wie meinen Sie denn das jetzt?"

„Wie ich das meine, du Schwachkopf?", grollte der Beamte mit einem Blick, der seinem jungen Gegenüber das größtmögliche Unbehagen schenkte.

Mehrere Sekunden lang herrschte ein bösartiges Schweigen, während sich die Augen des Vorgesetzten bedrohlich verkleinerten und sich buschige Augenbrauen darüber schoben.

Als nächstes sah Frank eine mit breiten, speckigen Fingern versehene Faust auf sein Gesicht zufliegen. Es schmerzte und mit einem leisen Knacken reagierte sein Nasenbein auf den heftigen Schlag ins Gesicht. Während einige Blutfäden aus seiner Nase flossen, vernahm Frank ein Knurren: „Wie ich das meine, du Spinner?"

„Wenn ich sage, dass der „One-World-Song" gesungen wird, dann hast auch du mit zu singen und nicht blöd in der Gegend herum zu glotzen und mich nachzuäffen, klar?", ergänzte Sasse sein schlagkräftiges Argument.

Sein Tonfall schwankte zwischen Genugtuung und wuchernder Gemeinheit. Kohlhaas war indes in die Knie gegangen, der Schlag hatte wirklich gesessen; Sasse versetzte ihm noch einen Tritt in den Unterleib. „Ob du das verstanden hast, du Idiot? Du denkst wohl, dass du hier einen Sonderstatus hast, was?", brüllte er.

Die anderen Arbeiter schauten verdutzt und vergruben ihre Gesichter hinter den Pausenbroten, die sie mitgebracht hatten. Frank fühlt sich derweil wie ein getretener Hund, den man vor aller Augen davonscheuchte.

Ohne seine Handlung zu überdenken, sprang er auf und richtete sich vor dem Beamten des „Ministeriums für Produktionsüberwachung" auf.

„Sei froh, dass du mein Vorgesetzter bist, sonst würde ich dir die Fresse polieren!", schrie er mit auflodernder Wut.

Gert Sasse war verdutzt. A-341 wischte sich das Blut trotzig von der Oberlippe.

Eine Stunde später wartete Frank noch immer vor der Tür des Produktionskomplexleiters. Sasse war in dessen Büro und Kohlhaas hörte ihn fluchen und wettern. Das verhieß nichts Gutes.

„A-341, reinkommen!", hallte die Stimme des obersten Chefs der Arbeitsanlage durch den hell erleuchteten Gang.

Frank setzte sich in Bewegung und ließ sich auf einem Stuhl in der Mitte des Büroraums nieder. Es folgte eine kurze Stille, dann begann der Vorgesetzte mit seinen Ausführungen.

„Ich habe mir mal Ihren Scanchip angesehen, A-341!", berichtete Herr Reimers, der Produktionskomplexleiter. „Sie sind in der Zeit ihrer Tätigkeit hier mehrfach zu spät gekommen. Außerdem fallen Sie uns hier ehrlich gesagt auch nicht zum ersten Mal negativ auf. Sie sind bereits wegen subversiver Aussagen am Arbeitsplatz vorgemerkt, was auch einige Ihrer Kollegen bestätigen können. Sogar mit einem Blaucode 67-Beta, falls Sie es noch nicht wussten, A-341.

Wir werden in den nächsten Tagen die Videobänder Ihrer Arbeitstage durch den Computer jagen und dann per „Voice-Analysis-System" sicherlich noch das eine oder andere finden.

Was Sie heute getan haben, gab es hier bisher noch nie. Bedrohung eines Mitarbeiters der obersten Behörde für Produktionsüberwachung! Haben Sie denn nur Luft im Kopf? Wenn ich in einem solchen Fall nicht durchgreife, dann droht mir der größte Ärger und darauf habe ich keine Lust. Ich muss Sie entlassen, A-341. Weiterhin bin ich dazu verpflichtet, auf einen solch unglaublichen Vorfall mit einer Meldung an die zuständige Bezirksverwaltung zu reagieren. Verschwinden Sie jetzt aus diesem Produktionskomplex und packen Sie Ihre Sachen, A-341!"

Frank Kohlhaas, der soeben entlassene Arbeiter, wusste sich vor Entsetzen kaum mehr zu halten. Seine Stimmbänder schienen eingerostet, seine Kehle war verschnürt, sein irgendwo auf Eis gelegter Mut hatte sich verflüchtigt. Er ging, ging einfach hinaus, leichenblass und mit dröhnendem Schädel, ohne zu antworten. Gerade hatte er die

Quelle für seinen Lebensunterhalt verloren und das war in dieser Zeit kein Spaß.

Wie in Trance ging Frank in den Umkleideraum des Produktionskomplexes und öffnete geistesabwesend die verbeulte Tür seines Spinds. „Entlassen" – dieses Wort klang in jener Zeit wie der Schnitt eines Rasiermessers in das Bewusstsein eines jeden Hörers.

Es war mit dem Wort „Liquidierung" verwandt, denn es kam einer Vernichtung im sozialen Bereich gleich. Entlassen zu werden bedeutete, keinen Globe, so nannte man die internationale Währung seit dem Jahr 2018, mehr in der Tasche zu haben. Wenn man nicht schnellstens eine neue Anstellung fand, konnte man Wohnung, Nahrung und letztendlich auch sein Leben verlieren.

Jegliche soziale Absicherung durch den Staat war seit dem kompletten Zusammenbruch der Weltwirtschaft im Winter 2012/13 abgeschafft worden. Und Arbeit zu finden, war in einer Zeit, in der die industrielle Produktion zum größten Teil in die Dritte Welt ausgelagert worden war, äußerst schwierig. Millionen Deutsche kämpften sich in Franks dunkler Gegenwart mit schlecht bezahlten Jobs durch, hangelten sich von einem Hungerlohn zum nächsten oder fielen einfach durch das soziale Netz, um als Obdachlose vor sich hin zu siechen.

Am nächsten Tag wachte Frank nach einer sorgenvollen Nacht nicht vom schrillen Geheul seines Weckers auf, sondern durch den fauligen Geruch aus dem Treppenhaus, der entgegen des Zeitgeistes noch von keinem liquidiert worden war.

Erst in den frühen Morgenstunden hatte es Kohlhaas geschafft, ein wenig zu dösen, wobei er jedoch immer wieder aufgeschreckt war, da ihm das Grübeln den Schlaf verwehrt hatte.

Als erster Gedanke des neuen Tages schoss ihm Sasse in den Kopf und Franks Gesicht verzog sich zu einer hasserfüllten Fratze, als er sich vorstellte, wie er den Beamten gleich einem räudigen Köter mit einer Eisenstange erschlug.

„Dieser Bastard! Wenn ich jetzt wegen dem vor die Hunde gehe, dann mache ich ihn vorher kalt!", fauchte Frank zornig.

Sasse war bei den Arbeitern aufgrund seiner ständigen Unbeherrschtheit bekannt und gefürchtet. Er neigte zu Wutausbrüchen und war ebenso primitiv wie obrigkeitshörig. Nicht ein Wort der Kritik hatte der Chef für diesen Psychopathen übrig gehabt, während er Frank direkt entlassen hatte. Sasse, dieser elende Mistkerl, hatte ihm einfach die Faust ins Gesicht gedonnert und nichts war passiert. Stattdessen war er selbst aus dem Betrieb entfernt worden. Frank biss vor Wut die Zähne zusammen, er konnte es einfach nicht begreifen. Wer dem Ministerium unterstellt war, konnte sich offenbar alles erlauben, während die einfachen Leiharbeiter wie die Köter getreten wurden.

Früher wäre es anders gewesen, hatte Frank einmal ein in die Jahre gekommener Kollege erzählt. Die meisten hätten von ihrem Gehalt leben und sogar eine Familie versorgen können. Das waren zumindest die Worte des Alten gewesen. Doch in der düsteren Gegenwart, in der Frank leben musste, waren jene, die überhaupt noch eine Arbeit hatten, jederzeit ersetzbar.

Schließlich erhob sich Kohlhaas aus dem Bett und starrte aus dem schmutzigen Fenster seiner Wohnung im 23. Stock.

„Verdammt, was mache ich denn jetzt? Ich muss irgendwie Geld verdienen, sonst sperren sie mir noch diesen Monat das Konto auf meinem Scanchip, weil ich die Rechnungen nicht mehr bezahlen kann."

Nach einer Stunde nutzlosen Brütens verließ Frank seine Wohnung, atmete im Hausflur nicht allzu tief ein und stieg die dunklen Treppen ins Erdgeschoss hinab. Der Aufzug war seit Monaten defekt und niemand schien auch nur einen Gedanken daran zu verschwenden, ihn zu reparieren.

Der einzige, der Kohlhaas als potentieller Arbeitgeber in der Not einfiel, war Stefan Meise, der Schrotthändler; ein alter Schulfreund. Sein Schrottplatz war etwa eine halbe Stunde Fußmarsch von Franks Wohnblock entfernt.

So machte sich Kohlhaas auf den Weg durch die mit Müll übersäten Straßen seines Viertels und erreichte einige Zeit später müde und frustriert sein mit rostigen Autos und allerlei Eisenschutt bedecktes Ziel. Stefan Meise war in diesem Meer von Rostteilen allerdings nicht schwer zu finden. Er war dick, vollbärtig und sehr groß geraten. Optisch unterschied er sich kaum von dem, was er sammelte und verkaufte.

„Hallo Stefan! Ich dachte, ich schaue mal vorbei!", begrüßte ihn Frank etwas halbherzig.

„Ach, der Kohlhaas! Wie ist die Lage?", antwortete der dicke Schrotthändler. „Von dir habe ich ja ewig nichts mehr gehört."

„Ja, ich dachte, ich besuche dich mal. Läuft der Schrotthandel noch?", fragte Frank. „Du hast hier ja einiges an Zeug rumliegen. Wo bekommst du das denn immer her?"

„Naja, ich sammele ein, was ich finden kann. Wie man das als Schrotthändler eben so macht. Was soll die komische Frage? Gibt es irgendwas?", erwiderte Meise.

„Ich habe gestern meine Arbeit verloren", sagte Frank. Sein rundlicher Gesprächspartner schaute verwundert und rieb sich die öligen Finger an seinem schwarzblauen Overall ab.

„Das ist ja ein Mist! Und nun?", fragte Stefan leicht ratlos.

„Nun suche ich etwas Neues. Notfalls auch nur als Aushilfe. Vielleicht kannst du ja noch eine helfende Hand gebrauchen", murmelte Frank.

Für eine halbe Minute glotzte Meise seinen arbeitslosen Besucher mit großen Glupschaugen an. Dann blickte er zu Boden und versuchte, seine unangenehme Antwort möglichst schonend zu verpacken.

„Also bei mir arbeiten, oder was?", wiederholte er. „Also, Frank, es ist zur Zeit bei mir so, dass ich gerade mal selbst über die Runden komme. Es sind schlechte Zeiten, das brauche ich dir ja nicht zu sagen. Ich mache hier fast alles alleine und nur der Dustin hilft mir ab und zu. Das reicht eigentlich auch. Eine Aushilfe brauche ich an sich nicht."

Frank war nie ein Meister im Verbergen seiner Gefühle gewesen und wer ihn jetzt sah, merkte ihm die Verzweiflung deutlich an.

„Und nur für zwei Monate?", presste er aus sich heraus.

„Ich brauche hier niemanden und kann mir auch keinen zweiten Mann leisten!", entgegnete der dicke, ölverschmierte Schrotthändler und wandte sich ab. „Tut mir leid, doch ich habe jetzt noch zu tun. Sei nicht böse, es geht einfach nicht."

Wieder zu Hause angelangt, stieß Frank einen seiner schlimmsten Flüche aus und trat gegen den Küchentisch. Er durchsuchte sein Hirn verzweifelt nach anderen Möglichkeiten einer Anstellung und hakte im Geiste sämtliche

Produktionskomplexe ab, die es noch im Großraum von Berlin gab. Allerdings bestand hier das Problem, dass er durch den Zusammenstoß mit Sasse einen negativen Eintrag in sein Scanchip-Register erhalten hatte, was eine zukünftige Einstellung in einem anderen Industriebetrieb so gut wie unmöglich machte.

Für diesen Monat hatte Frank noch 246 Globes auf seinem elektronischen Konto. Über 400 Globes kostete allein die Miete für seine schäbige Wohnung in diesem verrotteten Block. Die Zeit drängte mit jedem Tag mehr und der dunkle Schatten der Verzweiflung wuchs mit den verstreichenden Stunden. Er überwucherte Franks Geist wie ein bösartiges Geschwür.

Nachdem sich Kohlhaas eine billig produzierte Sitcom angesehen hatte, schaltete er den Fernseher aus und versuchte zu schlafen. Doch war es erst 23.00 Uhr und die Erschöpfung hatte noch nicht den nötigen Grad erreicht, um Franks sorgenvolles Gehirn abzuschalten und ihm die wohlverdiente Ruhe zu schenken.

So vergingen mehrere Stunden, in denen Frank die dunkle Decke anstarrte und den Produktionskomplex 42b mit all seinen Vorgesetzten, Überwachern und Arbeitern in Gedanken verfluchte. Dann fiel ihm wieder der Gestank aus dem Hausflur auf und kurzzeitig schwoll der Nebel der Verzweiflung in seinem Kopf so stark an, dass er überlegte, sich eine Kugel durch denselben zu jagen. Die bohrenden Sorgen hätte Frank am liebsten mit einer großkalibrigen Schrotflinte, die sein Hirn sauber über die vergilbte Tapete hinter seinem Bettgestell verteilte, wegoperiert.

Kohlhaas dachte im Verlauf dieser Nacht noch über viele Dinge nach. Über sein bisher so freudloses Leben, die

Einsamkeit, die Eintönigkeit und den klaffenden Abgrund, der jetzt auf ihn wartete. Er kam zu keiner Lösung und nicht das kleinste Fünkchen Hoffnung blieb ihm. Draußen war es dunkel. Vor dem Haus konnte Frank ein paar zerfetzte Müllsäcke erkennen, die schon seit mehreren Wochen dort herumlagen. Irgendwann war er endlich so müde, dass er mit dem Kopf auf der Fensterbank einschlief.

Bis zum Ende der Woche blieb die Suche nach einem neuen Broterwerb erwartungsgemäß erfolglos. Es schien im Umkreis von mehreren Kilometern überhaupt keine Arbeit mehr zu geben. Eine Nachfrage bei der örtlichen Verwaltung hatte zudem bestätigt, dass Frank inzwischen tatsächlich einen Negativeintrag wegen „Störung des Betriebsfriedens" in seinem Scanchip-Register hatte.
„Die Idee mit der Schrotflinte ist vielleicht gar nicht so schlecht. Aber vorher besuche ich noch diesen Sasse", zischte Frank am Freitag in sich hinein, als für seine ehemaligen Kollegen das kurze Wochenende begann.
Samstag und Sonntag investierte er seine letzten Globes in den billigen Schnaps vom Kiosk an der Ecke. Allein in seiner lieblos eingerichteten Wohnung, in einem dunklen Wohnblock, in einer dunkler werdenden Zeit. Franks Schicksal und seinen Schmerz nahm niemand wahr. Genau wie Kohlhaas niemals den Schmerz der anderen, die sich in ihren Wohnwaben hinter der verwitterten Fassade dieses Hochhauses verkrochen, wahrgenommen hatte.
Wenn er sich jetzt den Schädel wegschießen oder sich tot saufen würde, dann würde er bald ebenso riechen wie der Flur auf seiner Etage - und es würde wohl noch nicht einmal jemandem auffallen. Irgendwie war der Gedanke so krank, dass er Frank ein gequältes Lächeln entlockte.

Gierig trank Kohlhaas einen weiteren Schluck Schnaps. Er musste dem Alkohol trotz dessen schlechten Rufes eines lassen: Er hatte bereits Millionen besorgte Menschen wegdämmern lassen. Keine Sorge konnte so groß sein, dass sie nicht mit einer Woge des guten und vor allem billigen Fusels vom nahegelegenen Kiosk hinweggespült werden konnte. Das hatte Frank in den letzten zwei Tagen eindrucksvoll bewiesen, sozusagen im Selbstversuch.

„Biep! Biep! Biep!", dröhnte es am Montag um 6.30 Uhr morgens aus der Küche, wo Frank sein Scanchip hatte liegen lassen.

„Guten Morgen, Bürger 1-564398B-278843! Sie haben eine Message der Prioritätsstufe Alpha auf Ihrem Scanchip!"
„Guten Morgen, Bürger 1-564398B-278843! Sie haben eine Message der Prioritätsstufe Alpha auf Ihrem Scanchip!"
„Guten Morgen, Bürger 1-564398B-278843! Sie haben eine Message der Prioritätsstufe Alpha auf Ihrem Scanchip!", sagte eine elektronische Frauenstimme immer wieder.

„Hmmm?", brummte Frank, dem man den Alkoholrausch noch ansehen konnte; er rollte sich aus seiner nach Schnaps riechenden Bettwäsche.
„Was soll der Scheiß? Verdammt! Halt die Schnauze, du Drecksteil!", knurrte er und schlurfte mit einem üblen Brummschädel zum Küchentisch.
Es dauerte eine halbe Ewigkeit, bis Frank der Pincode eingefallen war und er sich zum Abrufen seiner Nachrichten ins Scanchip-Menü vorgekämpft hatte. Dann traf ihn fast der Schlag.
„Wie? Vorladung? Was? Hä?", stotterte Bürger 1-564398B-278843 verstört.

Kohlhaas musste es erst zweimal lesen, um es zu begreifen. Das musste ein schlechter Scherz sein.

„Was zum Teufel soll das?", brachte er nur heraus und kratzte sich mit fragender Miene am Hinterkopf. Die Stirn in Falten legend starrte er für eine Weile schweigend auf das Display.

Offizielle Vorladung:

Bürger 1-564398B-278843,
Sie werden im Zuge eines automatisierten Gerichtsverfahrens offiziell am 11.08.2027 um 8.00 Uhr morgens vorgeladen. Bitte erscheinen Sie pünktlich.

Tatvorwürfe:
- *Massive Störung des Betriebsfriedens*
- *Theoretische schwere Körperverletzung*

Finden Sie sich zum besagten Zeitpunkt in Gerichtszelle 4/211 bei Ihrem örtlichen Justizkomplex ein.
Bei Nichterscheinen droht Ihnen unter anderem die Löschung Ihres Scanchips und die Inhaftierung!*
(*vgl. §127b, „Bürgerpflichten und theoretische Sanktionen")
Amtlicher Aktencode: 257789000-0100567-2345441113-EGN-59900-4/211
Angeklagtennummer: 319444-556.77
Wir danken für Ihre Kooperation!

Franks alkoholvernebeltes Katergehirn begann zu schmerzen und zu rotieren. „Vorladung? Wie bitte?"
Er war vollkommen verwirrt; immerhin hatte er in seinem Leben noch nie eine Straftat begangen.

„Weil ich diesen verfluchten Sasse mal kurz angeschnauzt habe?", dachte er. „Das kann doch nicht sein. Ich habe ihm schließlich kein Haar gekrümmt. Bin doch bloß kurzzeitig wütend gewesen, ein vorübergehender Ausraster. Ich verstehe das nicht. Und was zur Hölle meinen die mit „Theoretischer schwerer Körperverletzung"?"

Frank Kohlhaas, der Weltbürger mit dem amtlichen Kennzeichen 1-564398B-278843, hatte noch niemals jemandem etwas zu Leide getan. Außer vor vielen Jahren im Kindergarten, als er diesem nervigen Ahmed eine Ohrfeige gegeben hatte und seine Eltern zur Hortleitung zitiert worden waren. Die örtliche Erziehungsbehörde hatte sich damals besorgt gezeigt und davon gesprochen, dass Frank „unterschwellige Aggressionen" habe und ein „bedenklich frühmaskulines Verhalten" zeige, weshalb eine Therapie mit Beruhigungsmitteln sinnvoll wäre.

Doch das war lange her. Die Therapie war letztendlich abgewendet worden, da das Kind seinen Fehler vor einem Gremium aus Psychologen und Sozialpädagogen ehrlich bereut hatte. Zudem hatten Franks Eltern versichert, dass sie ihren Sohn sofort den Behörden melden würden, wenn er noch einmal diesbezüglich auffiele.

Doch Frank war niemals wieder aufgefallen. Nicht einmal eine Ohrfeige oder einen kleinen Schubser hatte er irgendeinem anderen Menschen mehr seit seinem fünften Lebensjahr verpasst. Und auch heute fiel er nicht mehr auf. Und schon gar nicht als Mensch mit „unterschwelligen Aggressionen".

In Gedanken oder im Traum schlug er manchmal den einen oder anderen Vorgesetzten oder Verwaltungsmitarbeiter zusammen, aber das war geheim und brauchte daher auch nicht therapiert zu werden.

Weiterhin war es auch das erste Mal, dass der sonst unbescholtene Wohnblockbewohner Frank Kohlhaas mit einem „automatisierten Gerichtsverfahren" in Berührung kam. Zwar hatte er davon schon einmal in den Abendnachrichten gehört, da es vor etwa drei Jahren neu von der Weltregierung eingeführt worden war, doch konnte er sich nichts darunter vorstellen. Aber warum sollte er das auch? Frank lebte gesetzeskonform und hatte mit so etwas nichts zu tun.

So hatte er weder einen blassen Schimmer, was jetzt auf ihn wartete, noch machte er sich allzu große Sorgen bezüglich der Vorladung. Vermutlich war es eine reine Formalität; ein Sachverhalt, der sich klären ließ. Kohlhaas hatte niemanden verletzt und war somit auch nicht zu verurteilen. Und seine Arbeitsstelle hatte er ja bereits wegen der „Störung des Betriebsfriedens" verloren. Was konnte also sonst noch geschehen?

Geistesabwesend drückte Frank auf „Voice Presentation", so dass die Nachricht noch einmal langsam von der computeranimierten Frauenstimme vorgelesen wurde. Dies war ebenfalls eine Neuheit. Die Verwaltung hatte die „Voice Presentation" vor einigen Jahren eingeführt, da viele Bürger mittlerweile Analphabeten waren und wichtige amtliche Nachrichten daher auch in vorgelesener Form verfügbar sein mussten.

Der Rest des Tages verging ohne nennenswerte Vorkommnisse. Der 14.08.2027 war bereits morgen. „Dann habe ich wenigstens einen Grund aufzustehen" sinnierte Frank mit leidender Miene.

Er versuchte noch, seinen Vater anzurufen, um ihn um etwas Geld zu bitten, doch dieser ging den gesamten Tag über nicht ans Telefon. Allerdings war noch etwas

Schnaps im Kühlschrank. Frank betrank sich bis es dunkel wurde und nickte dann irgendwann ein. Fast hätte er vergessen, den Wecker zu stellen...

Automatisiertes Gerichtsverfahren

Obwohl es erst August war, kam dieser Morgen Frank ausgesprochen kalt und dunkel vor. Sein Hals schmerzte und er hatte Kopfschmerzen vom Schnaps des gestrigen Abends. Der örtliche Justizkomplex war über eine Stunde Fußmarsch von seinem Wohnblock entfernt, aber Kohlhaas dachte sich, dass es nicht verkehrt sein konnte, ein paar Meter an der mehr oder weniger frischen Luft zu gehen. So konnte er zumindest die Auswirkungen seines Katers bekämpfen.

Hastig verschlang Kohlhaas ein paar Scheiben Toastbrot, schluckte den auflösbaren Kaffee hinunter und betrachtete das Etikett auf dem Plastikbehälter des Kaffeepulvers. „Globe Food" stand darauf und eine Weltkugel war zu sehen. Darüber war eine Pyramide abgebildet, in deren Mitte ein großes Auge prangte. Über allem stand die Losung: „Food for the people!"

„Komisches Symbol!", murmelte Frank in seinen Stoppelbart.

Es war ihm bisher noch nie aufgefallen, obwohl er seit Jahren nur in den billigen „Globe Food" Supermärkten einkaufte, die ganz Berlin dominierten. Dann flog der Gedanke wieder so schnell weg, wie er ihm in den Kopf gekommen war...

Die ungewöhnliche Kälte ließ Frank erschauern. Ein kühler Luftzug zog durch das noch dunkle Treppenhaus; kurzzeitig fegte er sogar den Geruch fauliger Eier hinweg. Vor Frank ging ein Nachbar. Kohlhaas glaubte, ihn schon einmal gesehen zu haben. Der Mann brabbelte irgendetwas, das sich wie „Morgen!", anhörte, aber Frank war sich nicht sicher. Er lief langsam und schwankte leicht, als er seinen Wohnblock hinter sich ließ. Dann blickte er kurz zum Spielplatz im Hof und betrachtete einige Kinder, die in einer ihm unverständlichen Sprache mit schrillen Stimmen schrien. War es türkisch? Oder arabisch?

Als die Uhr 7.43 anzeigte, konnte er bereits die Konturen des für ihn zuständigen Justizkomplexes von weitem erkennen. Es war ein großes rotes Gebäude mit Hunderten von Fenstern und über 30 Etagen. Davor befanden sich Dutzende von Gerichtszellen, eine davon war für ihn bestimmt.

Die Kammern, in denen man seinem automatisierten Gerichtsverfahren beiwohnen konnte, waren aus einem gräulich schimmernden Metall und etwa vier mal vier Meter groß. So schätzte es Frank zumindest aus der Ferne ein. Drei oder vier weitere Bürger warteten bereits davor, dazwischen standen ein paar Polizeibeamte. Allmählich wurde Frank unruhig. Vielleicht war diese Anhörung doch unangenehmer, als er es anfangs vermutet hatte.

Zunächst galt es, ein elektrisches Gatter zu passieren, das von einem ergrauten Pförtner in einem kleinen Wachhäuschen behütet wurde. Dieser winkte Frank sofort heran, als er ihn erblickte. „Herkommen!", rief er.

Kohlhaas hastete vorwärts und stellte sich vor den Eingang der Wachstube.

„Scanchip!", sagte der Pförtner, der ein lasergesteuertes Ablesegerät in der Hand hielt. Wortlos zog er Frank den Scanchip aus der Hand, ohne ihn auch nur anzusehen. Nach einem kurzen Piepen seines Codelesers brummte er: „Gerichtszelle 4/211! Beeilen Sie sich! Wir haben gleich 8.00 Uhr! Wenn Sie zu spät kommen, wird es nur teurer für Sie!"

Franks Herz begann, schneller zu pochen. Ängstlich fing er an, die Gerichtszellen abzusuchen, um dort seine Nummer zu finden. Andere Angeklagte, die ebenfalls sehr angespannt wirkten, musterten ihn mit eisigen Mienen. „Reihe 4! Scheiße! Ich muss mich beeilen ... 211 ... Mist", jammerte Frank, den der Blick auf die Uhr immer nervöser machte.

Es waren nur noch zwei Minuten bis zum Beginn seiner Anhörung. Er rannte los und erreichte mit rasendem Herzen und stärker werdenden Kopfschmerzen gerade noch vorschriftsmäßig seine Gerichtszelle.

Kohlhaas rang nach Luft, da empfing ihn schon eine elektronische Frauenstimme: „Willkommen Bürger 1-564398B-278843 bei Ihrem automatisierten Gerichtsverfahren! Bitte geben Sie Ihre Angeklagtennummer in das Display ein und drücken Sie auf ‚OK'!"

Frank zog sein Scanchip aus der Hosentasche, tippte sich gehetzt durch sein Message-Menü und versuchte, die Angeklagtennummer korrekt wiederzugeben. Plötzlich überfiel ihn eine selten gekannte Panik. Er schaute sich um.

„Eigentlich muss ich nicht in diesen Blechkasten, da ich nichts getan habe", dachte er, doch schon öffnete sich die Tür.

Franks Hände waren auf einmal verschwitzt, er atmete angestrengt. Vor ihm tat sich ein schwach beleuchtetes Loch auf, welches ihn zum Vortreten aufforderte. Die Furcht wuchs jetzt im Sekundentakt.

„Treten Sie ein, Bürger 1-564398B-278843! Ihr Verfahren läuft bereits!", tönte es aus einem Lautsprecher an der Decke der halbdunklen Kammer.

Kohlhaas wusste, dass er jetzt in die Zelle hinein musste und sich nicht weigern konnte. Immerhin war es eine offizielle behördliche Anweisung und da gab es weder eine

Diskussion, noch eine Ausnahme. Behutsam machte Frank einen Schritt vorwärts, wobei sich seine Knie weicher und weicher anfühlten. Ein Bildschirm blitzte auf, das automatisierte Gerichtsverfahren gegen den theoretischen Täter Frank Kohlhaas nahm seinen Lauf.

In großen und leuchtenden Lettern waren die Tatvorwürfe auf dem Bildschirm zu lesen:

- *Massive Störung des Betriebsfriedens*
- *Theoretische schwere Körperverletzung*

Frank schluckte und stieß einen Schwall Luft aus. Die unheimlich wirkende Frauenstimme, so freundlich wie ein unbemerkter Virus, begann mit ihren Ausführungen. Es folgten eine ausführliche Schilderung des Tathergangs, die Auflistung von Zeugen und zusätzliche Sub-Anklagepunkte wie „subversive Aussagen am Arbeitsplatz".
Für mehrere Minuten sagte Frank nichts, aber man hatte ihn auch nicht gefragt; lediglich die Computerstimme redete, führte aus und klagte an.
Die ehemaligen Kollegen Schmidt, Adigüzel und Nyang hatten bestätigt, dass der Angeklagte mehrfach das Mitsingen des „One-World-Songs" verweigert hatte und den Text am 02.04.2027 sogar als „Schwachsinn" bezeichnet hatte.
Produktionsüberwacher Sasse hatte zu Protokoll gegeben, dass die aggressive Mimik und der Gebrauch von sehr starkem Vokabular bei der Auseinandersetzung in der Fabrik auf eine „ausgeprägte Aggressionsstörung und einen Hang zum unnötigen Hinterfragen unbedingt gerechtfertigter Anweisungen" hindeuteten. Der Leiter des Produktionskomplexes hatte dies bestätigt.

Es folgten weitere Details, Gesetzesvorschriften und Vorschriften für erweiterte und tiefergehende Anweisungen im Bezug auf die Aufstellung und Neudefinition von Vorgaben – und deren mehr.

„Sei froh, dass du mein Vorgesetzter bist, sonst würde ich dir deine Fresse polieren!"

Die Absicht, den Vorgesetzten zu schlagen, war in den Augen des automatisierten Gerichtes eindeutig erwiesen. Der Unterschied zwischen einer so formulierten Absicht und einer tatsächlich ausgeführten Tat war laut moderner Gesetzesauffassung, die sich stark an Psychologie und Statistik orientierte, relativ gering. Weiterhin war damit die Wahrscheinlichkeit, diese Tat eines Tages auch real zu begehen, da die Absicht ja klar formuliert worden war, enorm angestiegen (vgl. „Gesetzesentwurf zur Abgleichung von tatsächlichem, theoretischem und zukünftig wahrscheinlichem Verhalten vom 02.10.2020, Aktencode: V-LUN-36777192934457656-Z, (89)").

Wie ein verdutztes Rind, das gegen einen elektrischen Zaun gelaufen war, glotzte Frank auf den Bildschirm. So schnell konnte er gar nicht mitdenken, wie ihn dieses Computerprogramm zu einem potentiellen Störfaktor, ja zu einer regelrechten Gefahr für die auf Freiheit und Menschlichkeit basierende Ordnung des weltweiten Systems machte.

Nach einer ganzen Stunde waren die Ausführungen schließlich zu Ende. Es erschien ein neuer Menüpunkt auf dem Bildschirm. Die Frauenstimme mit dem elektronischen Beigeschmack las die Sätze noch einmal laut und frostig-freundlich vor:

„Wenn Sie die Anklagevorwürfe abstreiten, klicken Sie auf NEIN!"

„Wenn Sie die Anklagevorwürfe zugeben, klicken Sie auf JA!"

Frank kniff die Augen zusammen; er zögerte und versuchte, seine Gedanken zu ordnen.

„Was soll dieser Unsinn? Ich habe nichts, überhaupt nichts Schlimmes getan! Dieser ganze Mist hier ist ein schlechter Witz!", fauchte er durch die Gerichtszelle.

Am liebsten hätte Frank diesen widerlichen Bildschirm eingetreten. „Ich stimme mit NEIN! Ich habe doch niemanden verletzt! Nein! Ich klicke verdammt noch mal auf NEIN!"

Erregt hämmerte Kohlhaas auf die Tasten vor sich und wählte schließlich NEIN.

Eine halbe Minute verstrich, ohne dass etwas geschah. Der Computer arbeitete. „Loading" stand in leuchtenden Buchstaben auf dem Bildschirm. Frank fühlte sich für einen Augenblick erleichtert.

„Jetzt weiß das Scheißding, dass ich unschuldig bin. Ich habe mich klar ausgedrückt: NEIN!", schoss es ihm durch den Kopf.

Der Angeklagte lächelte. Für die Zeit eines Wimpernschlages schwoll die Anspannung ab. Dann jedoch bekam Frank die Antwort des Gerichtscomputers mit metallischem Klang und hämisch leuchtenden Buchstaben entgegen geschleudert:

„Angeklagter, Sie haben NEIN gewählt! Damit streiten Sie den Anklagevorwurf ab und unterstellen unserem von humanistischen Prinzipien geleiteten Rechtssystem zugleich, diese nicht zu beachten. Leider müssen wir Ihnen mitteilen, dass die Auswahl des Menü-

punktes NEIN grundsätzlich zu einem erhöhten Strafmaß führt,
da es die Uneinsichtigkeit des Angeklagten verdeutlicht..."

IHR URTEIL WIRD GELADEN ... LOADING ...

Der unglückliche Bürger stockte, seine dunklen Brauen
schoben sich nach oben und seine Augen öffneten sich
immer weiter. Franks Mund wurde zu einem staunenden
Loch, aus dem ein Tropfen herausfiel. Sein Verstand war
blockiert, kurzzeitig auf „Standby" gestellt.
Die eingegangenen Daten waren zu groß und zu schrecklich, um von seinem Gehirn verarbeitet werden zu kön
nen. Der biologische Computer unter Franks Schädeldecke stürzte ab.
Dann schlug ihm der Gerichtscomputer in Zelle 4/211
mit noch größerer Dreistigkeit ins Gesicht. Das Urteil
wurde verkündet:

„Bürger 1-564398B-278843! Sie werden hiermit zu 5 Jahren
Haft in einem Zentrum für Umerziehung und Resozialisierung ver-
urteilt!
Zur Begründung: Die statistische Wahrscheinlichkeit für theoreti-
sche schwere Körperverletzung beträgt in Ihrem Fall 78,11 %!
Die statistische Wahrscheinlichkeit für zukünftiges subversives
Verhalten beträgt bei Ihnen 53,59 %! Weiterhin hat sich die Aus-
wahl des Menüpunktes NEIN strafverschärfend auf Ihr Urteil
ausgewirkt. Doch seien Sie unbesorgt: Es gibt mittlerweile zahlrei-
che Einrichtungen, in denen Menschen wie Sie bestens therapiert
werden können, um wieder ein glückliches und angepasstes Leben in
unserer humanistischen Gesellschaft führen zu können. Wir dan-
ken für Ihr Verständnis!"

Franks Blick bohrte sich in den Bildschirm, seine Ohren dröhnten. Die elektronische Frauenstimme hallte in seinem Kopf nach wie das Echo einer Atombombenexplosion. Sie wurde zu einem schleimigen Wurm, der sich durch die Ohrmuschel bis hinein in sein Gehirn fraß.

„5 Jahre Haft?", stammelte Kohlhaas.

Frank versuchte, sich selbst zu erklären, dass ihn sein Gehör getäuscht hatte. Allerdings stand das Urteil in seinem ganzen Schrecken auch auf dem Bildschirm. Beide Sinne konnten sich nicht irren. Er war verurteilt. Es stimmte.

In seiner Schockstarre nahm Kohlhaas kaum wahr, dass das elektronische Schloss hinter ihm einrastete und sich die Gerichtszelle automatisch versperrte. Die Verdammnis war verkündet und der Kerker verschlossen worden. In den ersten Minuten war Frank viel zu perplex, um Zorn zu empfinden. Noch konnten Gefühle wie Hass und Wut keinen Raum finden. Dafür war die Verzweiflung zu übermächtig.

Für diesen Vorgang wurden Frank 411,66 Globes Verwaltungsgebühr von seinem Scanchip-Konto abgebucht, worauf ihn die Stimme noch hinwies. Er sollte sich jetzt ruhig verhalten und warten, bis ihn die Polizeibeamten in seiner Gerichtszelle abholten und zu einem Transportfahrzeug begleiteten.

Bürger 1-564398B-278843 nahm die weiteren Anweisungen nur noch emotionslos zu Kenntnis. Zu schwerwiegend war der Zustand der Betäubung. Erst eine halbe Stunde später raffte sich Frank auf, um in seiner Verzweiflung zu weinen und zu schreien. Doch fehlte ihm die Kraft und so sank er schnell wieder zu Boden, kroch in eine dunkle Ecke und wartete.

„Vielleicht ist es auch bloß ein Missverständnis. Sicherlich wird sich die Sache aufklären lassen." flackerte es zeitweilig Franks Verstand auf. „Ja, ich muss es den Beamten sagen. Sie sollen es noch einmal überprüfen. Der Computer muss sich geirrt haben".

Als sich etwa eine Stunde später zwei Polizisten der Gerichtszelle näherten, hörten sie Frank schon von weitem lamentieren.

„Das ist heute der mit Abstand lauteste Kandidat", sagte der eine hämisch.

„Ja, der hat ein beachtliches Organ!", antwortete der andere.

Die stählerne Tür der dunklen Gerichtskammer öffnete sich und den Polizisten bot sich ein trauriger Anblick. Aber es war kein Bild, das ihnen fremd war. Derartige Ausbrüche von Angeklagten waren nach automatisierten Gerichtsverfahren vollkommen normal. Der verurteilte Bürger wurde abgeholt.

Big Eye

Der Transport nach „Big Eye", einem der größten und modernsten Hochsicherheitsgefängnisse im gesamten Verwaltungssektor „Europa-Mitte", dauerte nicht allzu lange, obwohl er Frank wie eine Ewigkeit vorkam. Geistig abwesend, wie von einem Betäubungspfeil getroffen, ließ er die schöne ländliche Gegend auf dem Weg nach Bernau an sich vorbei ziehen.

Die Polizeibeamten schwiegen die meiste Zeit über oder unterhielten sich über die neue Fernsehshow „Der kleine Flüsterer", bei der Kinder Preise gewinnen konnten, wenn sie politisch unkorrektes Verhalten bei ihren Eltern oder Verwandten aufdeckten.

Eigentlich hatte es sich Frank vorgenommen, die Polizeibeamten anzusprechen, um ihnen zu sagen, dass alles bloß ein Justizirrtum sei, aber er tat es nicht. Und seine Wächter machten auch nicht den Eindruck, als ob sie die Meinung des Verurteilten interessierte.

Nach einer Weile wurden die Umrisse eines riesigen Gefängniskomplexes am Horizont sichtbar. Das war „Big Eye". Frank hatte einmal eine Fernsehreportage über diese Anstalt gesehen, wo den Zuschauern nur glückliche und geheilte „Patienten" (so war die offizielle Bezeichnung) gezeigt worden waren.

Jetzt war er selbst auf dem Weg dorthin. Das Gebäude war von hohen Betonmauern umringt, die mit Stacheldraht und Wachtürmen versehen waren. Es besaß mehrere Stockwerke und an einer der Außenmauern erkannte der Häftling jenes seltsame Symbol, das ihm schon heute morgen auf dem Etikett seines Kaffeepulverglases aufgefallen war: eine Pyramide mit einem Auge in ihrer Spitze.

Das Zeichen sah zwar etwas anders aus als das Firmensymbol der „Globe Food" Ladenkette, doch die Ähnlichkeit war trotzdem eindeutig.

„Big Eye – das große Auge. Niemand entkommt seinem Blick!", dachte Frank von Furcht ergriffen.

Der „Patient" wurde aus dem Transporter geführt und die Beamten mussten diesmal nicht grob werden. Kohlhaas folgte ihnen schweigend, wie in Trance nahm er alle Anweisungen und Befehle zur Kenntnis. Kleiderordnung, Essensausgabe, Schlafenszeit. Er hörte kaum hin, versunken in finsteren Gedanken.
Doch das alles spielte keine Rolle. Frank sollte laut Gerichtsurteil fünf Jahre hier bleiben und hatte demnach Zeit genug, den Tagesablauf bis ins kleinste Detail zu verinnerlichen. Nachdem Kohlhaas seine Straßenkleidung abgegeben hatte, musste er ein weißes Hemd und eine weiße Hose anziehen, ebenso weiße Turnschuhe.
„Sie bekommen jede Woche eine neue Garnitur", erklärte ihm einer der Wärter. „Folgen Sie mir jetzt, Bürger 1-564398B-278843! Ab heute heißen Sie in dieser Anstalt übrigens 111-F-47! Patient 111-F-47! Haben Sie das verstanden?"
Frank brachte ein „Ja" heraus und nickte.
„Gut!", fuhr der Wärter fort. „Dann folgen sie jetzt den Vollzugsbeamten, die Sie in Ihre Zelle im Block F bringen werden. Machen Sie keine Schwierigkeiten!"
Der neue Gefangene wurde viele Treppenstufen hinauf bis in eines der obersten Stockwerke des Gefängniskomplexes geführt. Innerlich gebrochen stierte Frank die meiste Zeit auf den Boden, doch selbst in seiner lethargischen Schockstarre fiel ihm auf, dass von den anderen Gefangenen fast nichts zu hören war. Keine Gespräche,

kein Schreien oder sonst irgendein Laut. Es war beklemmend. Die tiefen Gänge von „Big Eye" waren unheimlich still; sämtliche Zellentüren bestanden aus grauschwarzem Stahl, darauf leuchteten große, rote Nummern.

Die Zelle mit der Nummer 47 in Block F war für Frank bestimmt. Dieser versuchte sich indes vorzustellen, dass alles nur ein böser Traum sei. Es konnte einfach nicht real sein und gleich würde er aufwachen, um sich als erstes an dem fauligen Eiergeruch im Hausflur zu erfreuen. Er würde aus seiner Wohnung hinauslaufen und laut über den Gang schreien: „Schön, dass du da bist, Gestank!"

Ja, das wollte Frank tun, denn gleich würde er sicherlich fortfliegen und dieser schreckliche Ort wäre vergangen wie ein böser Gedanke. Doch nichts geschah.

„111-F-47! Wir sind da! Das ist ihre Zelle!", rief plötzlich einer der Vollzugsbeamten.

Der stämmige Mann mit dem braunen Schnauzbart und den kantigen Wangenknochen gab den Access Code ein und die Zelle öffnete sich.

„Rein da, 111-F-47!", knurrte er.

In diesem Moment kehrte die Klarheit wieder in Franks Geist zurück. Plötzlich wurde ihm mit aller Schärfe bewusst, dass er ganze fünf Jahre in dieser Höllenkammer verbringen sollte. Das ließ seinen Verstand wie Glas zersplittern. Frank brach zusammen und verlor das Bewusstsein.

Nach einer unbestimmten Zeit wachte Kohlhaas wieder auf. Aufgeweckt von gleißend hellem Neonlicht, das sich durch seine Augenlider fraß. Zwar war Frank noch benommen und desorientiert, doch war das Licht so penetrant, dass es ihm regelrecht in den Schädel stach.

„Wachen Sie auf, Patient 111-F-47!", dröhnte eine Stimme aus irgendeiner Ecke des Raumes, in welchen man den Heilungsbedürftigen gesperrt hatte.

„Wachen Sie auf, Patient 111-F-47!", schallte es erneut. Frank lag mit dem Rücken auf einer weißen Kunstlederpritsche und seine Kopfschmerzen kehrten mit aller Macht zurück. „Wachen Sie auf, Patient 111-F-47!", dröhnte es wieder und wieder.

Franks Schädel fühlte sich an, als wäre er in einen Schraubstock gespannt worden, er hatte Hunger und war zugleich vollkommen müde und schlapp.

„Lasst mich in Ruhe!", stammelte er und versuchte, sich von dem grellen Licht weg zu drehen. Doch das war kaum möglich.

„Patient 111-F-47! Hören Sie zu!", hallte es von der Decke der Zelle.

Frank setzte sich auf die Kante der Pritsche und hielt sich die Hände vor die Augen. „Was soll das?", schnaufte er.

„Herzlich willkommen in Ihrer Holozelle, Patient 111-F-47! Haben Sie keine Angst. Sie befinden sich in einer Heilanstalt und wir wollen Ihnen helfen!", erläuterte die metallische Frauenstimme aus dem Lautsprecher.

„Diese neuartige Holozelle ist ein Teil Ihrer Therapie, Patient 111-F-47! Wir nutzen diese Einrichtungen hier in „Big Eye", um Ihnen zu helfen, den Pfad des angepassten Bürgers wiederzufinden. In dieser Holozelle verschwimmen alle Konturen; sie ist unbegrenzt, wie die „One-World", deren glücklicher Bürger Sie wieder werden sollen. Vertrauen Sie uns und unseren neuesten Therapiemöglichkeiten. Von Menschenfreunden entwickelt, um kranken Menschen zu helfen. Diese Zelle beinhaltet die Freiheit, weil sie keine Grenzen kennt. Es ist Ihre Freiheit, die Freiheit Ihres Geistes, der unter unserer Leitung lernen wird, sich selbst zu heilen."

Kohlhaas hielt sich noch immer den schmerzenden Schädel. Dieses Licht war unerträglich. Es war derart grell, dass es körperliche Qualen verursachte.

Verstört musterte Frank seine neue Heimat. Der Raum war vielleicht zehn mal zehn Meter groß, unter Umständen auch kleiner. Aufgrund des extrem hellen, weißen Lichtes waren die Konturen der Wände und die Zellentür kaum zu erkennen.

Der grauenhaft Lichtschein drang unbarmherzig bis in die letzten Winkel von Franks Gehirn vor. Auch wenn er die Augen zukniff, so belagerte die unnatürliche Helligkeit seinen verbarrikadierten Kopf beharrlich wie eine Armee. Franks Kopfschmerzen wurden unerträglich. Er übergab sich auf die Pritsche und kroch in eine Ecke.

„Patient 111-F-47! Hören Sie? Sie sind in einer Holozelle! Haben Sie das verstanden? Wenn ja, dann heben Sie die Hand!", forderte der Lautsprecher energisch.

Kohlhaas signalisierte, dass er verstanden hatte und kauerte sich wimmernd zusammen. In seiner Zelle befanden sich keine Gegenstände, es gab lediglich die Pritsche und eine Toilette an der gegenüberliegenden Wand. Ansonsten war hier nur das beißende Licht.

„Sie werden zweimal am Tag eine Stunde Umerziehung erhalten!", erklärte die Stimme aus der oberen Ecke des Raumes. „Die erste Umerziehungsstunde beginnt in 30 Minuten! Machen Sie sich bereit, 111-F-47!"

Frank war mit der Situation vollkommen überfordert und vergrub das Gesicht hinter seinen Knien. Er versuchte, an nichts mehr zu denken und hätte alles dafür getan, das gleißende Licht abschalten zu können. Doch das stand nicht in seiner Macht. So wie nichts in „Big Eye" in seiner Macht stand. Frank war hier nur die weiße Maus, die kleine Laborratte im Käfig, die alles erdulden musste, was sich die Erfinder dieser sogenannten „Heilanstalt" ausgedacht hatten.

Wenig später begann die Umerziehungsstunde, wobei der Lautsprecher 111-F-47 noch einmal intensiv die Gründe der „Therapie" erläuterte. Er sagte, dass man hier einen „guten Menschen" aus Frank machen wollte. Einen Menschen, der menschlich ist, indem er seine Menschlichkeit überwindet.

So ging es eine ganze Stunde lang, während das Licht immer schlimmer brannte und schmerzte. Zeitweise verlor Kohlhaas die Orientierung, da ihn der grelle Schein wie ein weißer Nebelschwaden einhüllte. Franks Kopf dröhnte. Und dann war da noch dieses metallisch klingende Gerede, diese stählerne Computerfrau, die ihn quälte.

„Ich halte diesen Wahnsinn keine zwei Wochen aus!", sagte Frank zu sich selbst und rollte sich in der Ecke wie ein Säugling zusammen. „Ich will, dass es aufhört! Bitte Gott!"

Doch Gott hörte ihn nicht. Zu perfekt war die Schallisolierung der Holozelle im Gefängniskomplex „Big Eye". Wenn Frank hier einen Gott hatte, dann war es er oder sie oder es, das Wesen hinter dem Lautsprecher.

Nachts um 22.00 Uhr wurde das grelle Licht abgeschaltet. Dann wurde die Zelle schlagartig stockfinster. So finster, dass nicht die kleinste Lichtquelle übrig blieb. Frank sah die Hand vor Augen nicht mehr, während in seinem Kopf noch die Nachwirkungen des gleißenden Lichtscheins als bunte Farben umherhüpften.

Es gab hier nur extrem hell oder extrem dunkel. Wer auch immer das Konzept der Holozelle entwickelt hatte, wusste genau, dass diese grausame Form der Konditionierung selbst den widerspenstigsten Mann innerhalb kürzester Zeit in einen willigen Sklaven verwandelte.

Und so vergingen die ersten Tage in „Big Eye" langsam und qualvoll; sie hinterließen viele Narben im Verstand des neuen Häftlings. Doch es gab kein Entkommen, keine Möglichkeit zu fliehen, keine Rettung durch Gott. Nur der Teufel schien sich für „Big Eye" zu interessieren – vermutlich hatte er diese Hölle auf Erden sogar selbst entworfen.

„Stehen Sie gerade, Patient 111-F-47! Hier in „Big Eye" gibt es keine Gewalt unter Patienten, keine Aufstände und keinen Zwist – denn hier bleibt jeder die gesamte Haftzeit über für sich allein. Sie, 111-F-47, sind einer der ersten heilungsbedürftigen Menschen, der das Glück hat, seine Therapie in einer Holozelle zu erhalten. Wir freuen uns für Sie, dass das computergestützte Auswahlverfahren Sie für diesen Raum vorgesehen hat.

Verhalten Sie sich willig, seien Sie anpassungsfähig und lernen Sie die Regeln des Systems zu respektieren. Nicht jeder Patient hier hat das Privileg, in eine Holozelle zu kommen. Sie sind einer der Prototypen. Also strengen Sie sich an und unterstützen Sie die Entwickler der Holozellen-Therapie, indem sie ihnen zum Erfolg verhelfen!", hallte es eines morgens durch den Raum.

Anschließend wurde Patient 111-F-47 erklärt, wie wichtig es sei, alles zu glauben, was die Medien sagen. Dass es nötig wäre, den Menschen von seinen Instinkten zu befreien, seinen noch zu sehr an die Natur gebundenen Verstand neu zu formatieren und ihn psychisch richtig zu programmieren. Wie unumgänglich die ständige Sedierung des Menschen sei, damit er als friedlicher Konsument sein Lebensglück finden konnte.

In diesen langen Wochen der Isolation, der grellen künstlichen Tage und der schwarzen unnatürlichen Nächte war es Franks größte Sorge, nicht den Verstand zu verlieren. Die Einsamkeit, die Langeweile und vor allem das bohrende Licht hatten ihn schon nach einem Monat in eine traurige Gestalt verwandelt. Sehr oft dachte er jetzt an seinen Vater und seine Schwester, die einzigen Mitglieder seiner Familie, die noch da waren. Franks Mutter war vor drei Jahren gestorben, er hatte sie sehr geliebt und mit ihrem Tod nicht bloß seine biologische Mutter, sondern auch seine engste Bezugsperson auf dieser Welt verloren. Die Zeit danach war hart gewesen. Seitdem hatte Frank niemanden mehr zum Reden gehabt.

Zu seinem Vater, Rainer Kohlhaas, der im östlichen Teil Berlins wohnte, hatte Frank immer nur unregelmäßigen Kontakt gehabt. Selten, zu selten, hatte er ihn besucht, wenn er ehrlich war. Allerdings war Rainer Kohlhaas auch ein gefühlsarmer Klotz; jedes Gespräch mit dem wortkargen Mann war mühsam. Gestritten hatten Frank und er früher häufig. Oft hatte Rainer seinen Unmut über Franks Lebensweg zu offen gezeigt und als positives Gegenbeispiel stets seine Schwester Martina hochgehalten. Doch jetzt waren diese Dinge nicht mehr von Bedeutung. Ab und zu hatte Frank mit seiner älteren Schwester, der Erfolgreicheren der beiden Kinder, telefoniert. Martina Kohlhaas war Lehrerin geworden und hatte geheiratet. Frank beneidete sie um ihre gute Bezahlung, obwohl ihm Martina bereits gebeichtet hatte, wie sehr sie der Lehrerberuf belastete. Sie unterrichtete die Fächer „Biologie" und „Englisch" an einem Einheitsschulkomplex in Wuppertal im Unterbezirk Westfalen-Rheinland.

Die Situation an den Schulen beschrieb sie als immer unerträglicher und Frank hatte den Verdacht, dass sie Beruhigungsmittel schluckte oder trank. Aber Martina hatte bis heute durchgehalten; ihrem Mann und ihrem Sohn, dem kleinen Nico, zuliebe. Frank hatte seinen Neffen erst zweimal gesehen, war aber immer stolz gewesen, Onkel zu sein.

In diesen schrecklichen Tagen vermisste Frank seine Familienangehörigen sehr. Vermutlich wussten sie nicht einmal, dass er hier eingesperrt war. Sie wunderten sich vermutlich bloß, dass er seit Wochen nicht mehr ans Telefon ging.

Vielleicht hatten die Behörden seinen Vater und seine Schwester aber auch informiert, dass er straffällig geworden und jetzt unter die Verbrecher geraten war. Frank wusste es nicht, doch er konnte sich das Gesicht sein Vaters vorstellen, wenn dieser eine solche Nachricht erhielt.

„Ich hatte immer die Befürchtung, dass der Junge sein Leben vergeudet. Jetzt hat er alles endgültig versaut", hatte Rainer vielleicht gemurmelt. Frank mochte lieber nicht an daran denken.

„Was ist wohl aus meiner Wohnung geworden?", grübelte er vor sich hin. „Mit Sicherheit ist sie bereits neu vermietet worden. Das geht schnell, wenn die Miete nicht mehr vom Scanchip abgebucht werden kann."

In diesem Kerker konnte Kohlhaas nur mit sich selbst sprechen. Ab und zu machte er seiner Verzweiflung auch mit wildem Geschrei Luft. Doch das änderte nichts. Es war erst ein einziger Monat verstrichen und Frank kam es vor, als wäre er bereits vom einen Ende der Hölle zum anderen gelaufen.

Leicht war es nicht, hier durchzuhalten. Und da die zwei Umerziehungsstunden bald das Interessanteste waren, was an einem Tag in der Holozelle geschah, freute sich Frank nach einer Weile sogar darauf.

Manchmal versuchte er jedoch auch den Lautsprecher, der viel zu hoch hing, um ihn zerstören zu können, herunter zu reißen. Dann steigerte er sich in eine solche Wut hinein, dass er gegen die Wände trat oder sich selbst in den Arm biss, bis das Blut floss.

Franks einsamer Kampf gegen die Windmühlen ging so einige Zeit weiter. Immer erfolglos und immer näher am Verlust des gesunden Menschenverstandes. Manchmal schrie er vor dem Lautsprecher laut herum, bettelte um Gnade und Vergebung und gelobte jede Regel und jede Vorschrift für alle Ewigkeit zu befolgen; alles zu glauben und alles zu tun, was man von ihm verlangte. Doch niemand antwortete ihm jemals.

Als zwei Monate herum waren, brach Frank immer öfter in Tränen aus oder verkroch sich jammernd unter seiner Kunstlederpritsche. Er bildete sich ein, bereits den Verstand verloren zu haben. Patient 111-F-47 traute seinem eigenen Urteil nicht mehr und verlor allmählich den Bezug zur Realität.

Im dritten Monat seiner Haftzeit machte Frank den Wahnsinn schließlich zu seinem Begleiter. Er stellte ihn sich als Zellengenossen vor: Groß, hager, mit blasser Haut und tiefen Furchen im Gesicht. Auch in der vorschriftsmäßigen weißen Zellenkleidung von „Big Eye". Wenn der Wahnsinn neben Frank auf der Pritsche saß, antwortete ihm dieser jedoch nie. Er grinste bloß und entblößte dabei seine gelblich-braunen Zähne. Aber trotzdem erzählte ihm Frank eine Menge Dinge. Manchmal bildete er sich auch ein, dass „Herr Irrsinn", wie ihn Kohlhaas nach einiger Zeit nannte, in der Finsternis der Nacht in der Ecke lag und schnarchte. Dann kroch er über den Boden und versuchte ihn zu finden, um ihm zu sagen, dass er gerne in Ruhe schlafen wollte.

Frank dachte über eine Vielzahl verwirrender Dinge nach und machte sie mehr und mehr zu einem Teil seiner Welt. Längst hatte er die Grenzen des menschlichen Verstandes hinter sich gelassen. Licht, Finsternis, Umerziehung, Irrsinn. Jeder neue Tag forderte ein weiteres Stück von Franks Seele.

„Das ist die Armee der Lichtteilchen, die mit ihren Rammböcken die Augenlider Stück für Stück niederreißt und dann laut grölend ins Innere der Schädelfestung vorstürmt – alles abschlachtend und zerstörend. Und ja, diese grausame Horde richtet ein Massaker unter meinen grauen Zellen an", dachte Frank, wenn er das weiße Licht kaum noch ertragen konnte.

Dann kamen die Phasen, in denen Kohlhaas seinen Körper stundenlang auf Krankheiten absuchte. Überall fand er plötzlich bösartige Knoten und Parasiten. Degenerierte Pickel und seltsame Hubbel unter der Haut, die ihn mit Sorge erfüllten.

Am Ende des dritten Monats entdeckte er, als er wieder einmal auf dem Boden kauerte, um sich vor dem aggressiven Licht zu schützen, einige rote Punkte neben der Toilette. Frank war sich sicher, dass es Blutspritzer waren, die das Gefängnispersonal nur notdürftig mit weißer Farbe überstrichen hatte. Herr Irrsinn hatte dazu keine Meinung, obwohl er die ganze Zeit über in der Ecke saß und Frank traurig ansah.

Oft dachte Kohlhaas darüber nach, ob es tatsächlich möglich sei, den eigenen Kopf an der Wand oder der keramischen Toilettenschüssel so zu zerschmettern, dass er diesen Höllentrip hinter sich hatte. Was würde passieren, wenn er es versuchte? Würden ihn die Wärter im letzten Moment retten, um ihn weiter in dieser Kammer verrotten zu lassen?

Eine andere Möglichkeit war, da es hier weder Bettwäsche noch andere Gegenstände gab, die einen Selbstmord ermöglichen, sich selbst die Pulsadern aufzubeißen. Doch jedes Mal, wenn Frank diese Gedanken hatte, verlor er den Mut, es dann wirklich zu tun. Außerdem schaute Herr Irrsinn stets sehr besorgt, wenn Frank zu intensiv an Selbstmord dachte. Die Holozelle blieb und Patient 111-F-47 war ihrer Grausamkeit weiterhin ausgeliefert.

Ab dem vierten Monat seiner Gefangenschaft verbrachte Frank die meisten Tage damit, stundenlang und regungslos auf dem Bauch zu liegen – unter seiner Pritsche.

„Soll Herr Irrsinn doch auf der Pritsche liegen, ich liege darunter. Soll er sich doch dieses verdammte Licht antun. Mich erreicht es hier nicht mehr", meinte Kohlhaas mit dem Brustton der Überzeugung.

An seine Familie dachte Frank jetzt seltener. Und was sollte ihm die Erinnerung auch nützen? Hier war er von allen getrennt. Vom Rest dieser dahinsiechenden Menschheit, wozu auch Vater, Schwester und sein kleiner Neffe gehörten.

Nicht umsonst hatte ihm die computergesteuerte Frauenstimme neulich erklärt: „Die Bindungen an Familie und Sippe sind Fehlleistungen der Natur und der Bürger der Neuen Weltordnung kommt ohne sie aus. Sie müssen durch moderne Regeln korrigiert werden. Die Familie schadet der neuen Ordnung und behindert die ökonomische Entwicklung.

Der Mensch muss lernen, sie zu überwinden. Die Familie ist nicht fortschrittlich, sie hemmt jede Weiterentwicklung. Vergessen Sie Ihre Familie, denn Ihre neue Gemeinschaft ist die Gemeinschaft der Einen Welt. Sie sind ein Teil des Ganzen und das Ganze ist ein Teil von Ihnen, Patient 111-F-47!"

In dieser Phase des geistigen Zerfalls war es Franks einzige Unterhaltung, die Staubkörner auf dem Zellenboden zu begutachten und dabei festzustellen, dass es dort mehr interessante Formen und Farben zu bestaunen gab, als man gemeinhin dachte. Manchmal war dies für Frank derart faszinierend, dass er kaum mehr hinhörte, wenn die sanfte Stimme der Umerziehung aus dem Lautsprecher ihm erklärte, warum die alte Ordnung der Welt falsch und die neue ausnahmslos richtig war.

Als der fünfte Monat anbrach, wurde Frank auf einmal sehr gesprächig. Stundenlang erzählte er Herrn Irrsinn alle möglichen Dinge. Kohlhaas hielt Reden, die den Anweisungen der Umerziehungsstunden sehr ähnlich waren. Er hatte sich nämlich vorgenommen, Herrn Irrsinn, immerhin eine bedeutende Persönlichkeit, die auch bei vielen anderen Menschen häufig zu Gast war, umzuerziehen. So predigte ihm Frank stets die wichtigsten Aspekte einer jeden Umerziehungsstunde; rezitierte sie, brüllte sie und schlug und trat manchmal auf Herrn Irrsinn ein, wenn dieser ihn nicht interessiert genug ansah. Und obwohl er diesen Herrn in der Ecke, der auch gelegentlich auf der Pritsche saß, eigentlich als seinen Zellengenossen und Freund betrachtete, musste er ihm manchmal auch weh tun, damit er lernte. Am Ende hatte Patient 111-F-47 in Herrn Irrsinns Ecke ein beachtliches Loch in die Wand getreten – diesen allerdings nie getroffen.

Als noch ein weiterer Monat verstrichen war, hatte Frank es aufgegeben, Herrn Irrsinn zu überzeugen, auch ein braver Bürger des neuen Weltstaates zu werden. Jetzt versuchte er, sich jedes einzelne Wort der Umerziehungsstunden zu merken und oft konnte er die ersten zwei oder drei Minuten komplett auswendig nachplappern. Frank schrie, sang und heulte die Phrasen aus dem Lautsprecher nach wie ein Papagei.

Die Notwendigkeit der Registrierung der Erdbevölkerung, die Pflicht des Gehorchens, die Selbstregulierung der Ökonomie, die Errichtung einer Gesellschaft ohne Geschlechter, Völker und Rassen, das Gebot von der Auflösung aller Kulturen und Religionen, die Heilslehre von der Weltdemokratie unter der Führung wahrer Menschenfreunde...

Franks Gedächtnis erwies sich als erstaunlich leistungsfähig, obwohl es vom Pilz des Wahnsinns schon stark befallen war. Längst verstand sich Frank als Lernender. Und manchmal schrie er, wenn der Lautsprecher wieder zu ihm sprach, mit blutunterlaufenen, kochenden Augäpfeln: „Jawohl, so ist es!"

Mittlerweile war ein halbes Jahr vergangen und Patient 111-F-47 hatte viele Möglichkeiten entwickelt, die Stunden tot zu schlagen. Sogar einen eigenen Tagesplan hatte Frank im Geiste aufgestellt:

1) Frühstück
2) Möglichst viele Wörter aus der Umerziehungsstunde auswendig lernen.
3) Herrn Irrsinn diese erklären (aber nur, wenn er zuhört).
4) Die Fasern der weißen Tapete genau inspizieren.

5) Das Zimmer nach Staub absuchen.

6) Mittagessen

7) Sich mit Herrn Irrsinn streiten.

8) Im Kreis gehen, bis das Abendessen kommt.

9) Sich auf die totale Dunkelheit vorbereiten.

10) Die Augen in der totalen Dunkelheit geschlossen halten (ganz egal, was geschieht).

Franks Essensrationen kamen dreimal täglich durch eine Klappe an der Wand. Man hatte freundlicherweise darauf geachtet, dass er seine Holozelle auch zum Zweck der Nahrungsaufnahme niemals verlassen musste.

Nach zwei weiteren Monaten sahen die Überwachungskameras von „Big Eye", die jede Zelle im gesamten Gefängniskomplex fest im Blick hatten und auch Raum 47 in Block F ständig scannten, nur noch einen Häftling, der die meiste Zeit des Tages wie tot auf seiner Pritsche lag.

Frank Kohlhaas, Patient 111-F-47, hatte sich einer fatalen Lethargie ergeben und wünschte sich nichts sehnlicher, als das Aussetzen seines Herzens. Die Behandlung hatte ihn zerbrochen und selbst das irrationale Verhalten und die emotionalen Ausbrüche, die ihn bis dahin, unter der freundlichen Leitung von Herrn Irrsinn, noch auf den Beinen gehalten hatten, waren verschwunden.

Über acht Monate Holozelle hatten Franks Verstand so stark zerfressen, dass sich auch sein Körper weigerte, die Tortur noch länger mitzumachen. Das grelle, bösartige Licht, das ihn 14 Stunden am Tag quälte, hatte seinen Henkersdienst fast getan, ebenso die undurchdringliche Dunkelheit der künstlichen Nächte. Die Holozelle 47 im Block F, diese Höllenkammer ohne Fenster, nur mit Pritsche, Toilette und Essensklappe in der weißen Wand, hatte den Verurteilten zu Grunde gerichtet. Nicht einmal Franks einziger Freund, der stumm grinsende Herr Irrsinn, hatte es ausgehalten – er war verschwunden.

Am 21.03.2028 wurde das Licht wie üblich um 22.00 Uhr von der computergesteuerten Anlage von „Big Eye" abgeschaltet. Der halb ohnmächtige Frank, der in seiner Zelle mit dem Gesicht nach unten in einer Lache seines Speichels lag, wurde erneut von der Dunkelheit verschluckt. Er selbst nahm dies nicht einmal mehr wahr.

Am folgenden Tag unternahm die Armee der Lichtteilchen einen weiteren Großangriff auf Franks Kopf. Mit lautem Getöse donnerte sie Rammböcken gleich gegen seine Augenlider und schaffte es, den halbtoten Patienten noch einmal aufzuwecken. Doch Franks Wille war zerschmettert. Was sollte ihn jetzt noch ein weiterer Tag von Hunderten in dieser Holozelle interessieren? Er hoffte, mit dem noch glimmenden Rest seines Verstandes, dem Tod möglichst bald zu begegnen und war sicher, dass er den Gevatter wie einen Erlöser feiern würde, wenn er endlich erschien.

Am 22.03.2028 um 9.45 Uhr morgens dröhnte die elektronische Frauenstimme plötzlich durch die grell erleuchtete Zelle. Frank lag nach wie vor wie ein sterbendes Tier auf dem Boden und vernahm ihren Klang kaum mehr. Der kleine Teil seines Hirns, der von der Horde der Lichtteilchen noch nicht überrannt und geschleift worden war, wunderte sich kurz darüber, dass es nach dem Weckruf noch eine weitere Ansage gab, doch dann schaltete er sich wieder aus. Trotzdem war dies seitdem Frank hier war noch nicht vorgekommen. Es war ungewöhnlich.

„Aufgepasst, Patient 111-F-47! Ihre Holozelle wird ab morgen aufgrund von Räumlichkeitsumstrukturierungen durch die computergesteuerte Verwaltung von „Big Eye" einem anderen Patienten zur Verfügung gestellt. Sie selbst werden in die Heilanstalt „World Peace" nach Bonn verlegt, wo Ihre Therapie die nächsten vier Jahre und vier Monate fortgesetzt werden wird.

Seien Sie unbesorgt, Ihr Heilungsprozess wird nicht unterbrochen. Eine Holozelle gleicher Art steht in „World Peace" für Sie bereit!"

Kohlhaas dachte kaum über den Inhalt der Durchsage nach. Sollten sie ihn doch hinbringen, wohin sie wollten. Er würde hoffentlich bald tot und frei sein.

Doch bis zum nächsten Morgen lebte Frank noch. Sein Herz hatte sich geweigert, das Schlagen einzustellen, obwohl es sich sein Besitzer so innig wünschte.

Frank hatte sich während der gesamten Nacht überhaupt nicht mehr bewegt und wartete tief im Inneren nur noch darauf, dass sein Leben endlich zu Ende ging.

Doch das verstanden die drei Vollzugsbeamten nicht, die pünktlich um 8.00 Uhr seine Holozelle öffneten und den Raum betraten. Sie waren die ersten Menschen seit über acht Monaten, die Frank hier „besuchten". Wenn auch nur, um ihn von A nach B zu verfrachten; von einer Höllenkammer in die andere.

„Der Kerl atmet noch, aber er sieht verdammt fertig aus", sagte einer der drei Wächter.

„He! Steh auf, wir haben nicht ewig Zeit, Mann", brummte ein weiterer und versetzte Frank einen leichten Tritt in den Rücken.

„Hrrrr!", gab der Gefangene von sich und zuckte leicht.

„Verdammt, der Typ ist wirklich kaputt. Sieh dir das an, Kevin", staunte der dritte Vollzugsbeamte. „Hol mal ein Aufputschmittel, sonst bekommen wir den hier nicht mehr auf die Beine."

Einer der Beamten entfernte sich und kam eine Viertelstunde später mit einem Becher Wasser und zwei roten Pillen wieder.

„Hey! Hey, 111-F-47! Mach mal den Mund auf. Ja, so is' brav, Junge. Und jetzt runter damit", rief er.

Frank schluckte die Pillen geistesabwesend hinunter und konnte wenig später zumindest gestützt laufen. Er verstand nicht, was mit ihm passierte und bemerkte kaum, dass er die verhasste Holozelle hinter sich ließ.

„Los! Reiß dich zusammen, Mann! Du sollst gehen. Ja, so ist es gut. Einen Fuß vor den anderen! Vorwärts!", brummte der Wächter, der Frank abstützte..

Patient 111-F-47 wurde aus dem Gebäude des „Big Eye" Gefängnisses nur mit Mühe und Not herausgeschafft. Er war so schwach und weggetreten, dass ihn die drei Vollzugsbeamten mehr oder weniger hinter sich her schleifen mussten.

„Dass der Kerl nach zwei Pillen Steroin noch immer nicht fit ist", bemerkte einer der Gefängnisangestellten erstaunt. „Los jetzt, der Transportfahrer wartet schon in Halle B!"

Irgendwann hatten die beiden Wächter Frank mit Hilfe von Steroin, einem hochkonzentrierten Aufputschmittel, und ein paar Schlägen auf den Kopf bis zum Transport-Van befördert. Frank kroch die drei Stufen der Metalltreppe hoch und sank auf einem der Sitze nieder. Seine Hände wurden mit Handschellen hinter dem Rücken gesichert. Stumpf starrte er auf den Boden.

„Passt auf den Typ auf! Der ist fertig! Nicht, dass er euch während der Fahrt noch alles voll kotzt oder sogar verreckt", gab der Vollzugsbeamte seinen Kollegen mit auf den Weg.

„Ja, wir passen schon auf!", antwortete einer der Polizisten im Laderaum des Fahrzeugs.

Neben Frank befanden sich noch zwei Beamte und ein weiterer Häftling im Rückraum des Transport-Vans. Die Wächter waren mit Schrotflinten bewaffnet. Sie legten Frank, der vor Schwäche fast auf den Boden rutschte, und dem anderen Gefangenen einen zusätzlichen Sicherheitsgurt an, so dass sie nur noch ihre Beine bewegen konnten.

Gegen 9.00 Uhr setzte sich der Transporter in Bewegung und verließ das Gelände des Gefängniskomplexes „Big Eye". Selbst wenn Frank die Gelegenheit gehabt hätte, durch ein Fenster einen letzten Blick auf den verhassten Ort des Horrors zu werfen, an dem er acht Monate lang geistig zu Grunde gerichtet worden war, so hätte er es nicht getan. Erstens hatte der Rückraum des Transporters ohnehin kein Fenster und zweitens war es Frank mittlerweile gleich, ob er in „Big Eye", „World Peace" oder sonst irgendwo den Tod fand. Hauptsache es würde schnell gehen – das war seine einzige Sorge. Nachdem sie eine Viertelstunde gefahren waren und niemand ein Wort gesprochen hatte, zischte der schräg gegenüber sitzende Gefangene Frank zu: „He! Pssst! Ich bin Alf! Wer bist du?"

Frank ignorierte die Frage des Mannes. Es interessierte ihn nicht, wer dort noch saß. Mit glasigen Augen stierte er weiter auf den metallenen Boden des Rückraums. Plötzlich schrie einer der Polizisten dazwischen: „Bäumer, du Spinner! Halt dein verdammtes Maul! Kontakt unter Gefangenen ist gegen die Vorschrift!"

„Ich dachte, wir sind Patienten!", antwortete der Häftling mit trotzigem Blick und einem leichten Anflug von Ironie.

Derweil reagierte der Polizist auf seine Weise. Er schlug Bäumer strack ins Gesicht und sagte: „Oh, tut mir leid, großer Revoluzzer. Wollte nicht unhöflich sein."

Der Häftling schluckte einen Schwall aus Blut und Speichel herunter und blickte mit einem leicht psychopathischen Grinsen in Franks Richtung. Dieser war allerdings nach wie vor stumm und ließ sich auch durch den Anflug von Mut seitens des Fremden nicht aufmuntern.

„Alf Bäumer", dachte er nur kurz, dann versank sein Verstand wieder in einem verschwommenen Nebel.

Alfred Bäumer, Patient 578-H-21, war ein hochgewachsener Mann. Er hatte einen dunkelbraunen Spitzbart, breite Schultern und eine Tätowierung am Hals. Die wenigen Blicke, die ihm Frank schenkte, zeigten das Bild eines kämpferisch wirkenden Mannes, der Anfang oder Mitte dreißig war. Vor allem seine hellblauen Augen und die große Narbe in der rechten Gesichtshälfte waren auffällig.

Wie lange die Fahrt bereits gedauert hatte, konnte Kohlhaas kaum sagen. Vielleicht eine weitere Viertelstunde. Alfred Bäumer schien die Sache indes klarer im Blick zu haben. Seine blauen Augen blickten die Polizeibeamten finster und feindselig an. Er fletschte die Zähne und starrte bald wieder zu Frank herüber. Auf irgendetwas schien er zu warten.

Die Veränderung

In einem kleinen Waldstück nahe der Landstraße BAS-74 standen vier Männer im verregneten Unterholz und spähten nach Osten. Sie trugen Tarnkleidung, ihre Gesichter waren hinter schwarzen Sturmhauben versteckt. Drei von ihnen fingerten nervös an ihren Sturmgewehren herum, während einer durch einen Feldstecher starrte und den anderen Anweisungen gab.

„Wie lange noch, Sven?", fragte einer der Männer den mit dem Fernglas.

„Ich sage euch schon Bescheid. Sie müssten jeden Moment hier sein. Denkt daran, Jens schießt nur auf die Reifen, wir schießen nur auf die Fahrer", antwortete jener. „Und durchlöchert nicht aus Versehen den Rückraum, verstanden?", fügte er hinzu.

„Die Sache ist verdammt riskant. Hoffentlich kommen wir hier auch wieder weg", sagte einer der Männer leise.

„Jetzt ist es zu spät. Wir ziehen das durch. Prüft noch einmal eure Waffen!", zischte sein Hintermann.

Die Minuten vergingen und die vier Männer robbten weiter vorwärts, bis sie in unmittelbarer Nähe der Landstraße waren. Sven, der Maskierte mit dem Feldstecher, hielt plötzlich inne.

„Da! Da vorne! Das sind sie! Macht euch bereit!", rief er.

Alle huschten in Deckung und luden ihre Sturmgewehre durch. Der Transport-Van, auf den die vier Männer bereits seit zwei Stunden warteten, kam mit mittlerer Geschwindigkeit näher.

Es verging noch eine lange und zähe Minute voller Zweifel in den Herzen der vier Gestalten, die dort im Dickicht lauerten. Dann war es soweit. Und während sich die drei

Polizisten, die in der Fahrerkabine des Gefangenentransporters saßen, noch darüber aufregten, dass sie wegen der Verlegung von lediglich zwei Häftlingen von Bernau bis nach Bonn fahren mussten, sahen sie plötzlich ein paar sich schnell bewegende Schatten aus dem Wald auf ihr Transportfahrzeug zurennen.

„Jetzt! Feuer!", brüllte der Späher mit dem Fernglas und alle vier Männer rissen ihre Waffen hoch, legten an und eröffneten einen ohrenbetäubenden Kugelhagel auf den Transporter.

„Tac-tac-tac-tac-tac!", dröhnte es durch das Waldstück und die stürmisch angreifenden Vermummten feuerten auf die Windschutzscheibe und die Reifen des Fahrzeugs. Mit einem lauten Klirren zerbarsten die Scheiben des Transport-Vans und er geriet ins Schleudern. Dann hielt das Fahrzeug an.

„Macht die Schweine kalt!", schrie einer der Maskierten und schoss wie von Sinnen weiter auf die Fahrerkabine. Einer der drei Beamten im vorderen Bereich des Vans hatte einen Kopfschuss abbekommen und ein gewaltiger Blutfleck hatte sich über der Kopfstütze seines Sitzes ausgebreitet. Sein Nebenmann war am Arm verletzt worden und hatte sich hinter dem Motorblock in Deckung geworfen; verwirrt tastete er nach seiner Waffe. Der Dritte riss die Beifahrertür auf und feuerte wild um sich. Eine Salve aus zwei Sturmgewehren schickte ihn jedoch zu Boden.

Mittlerweile waren die vier Männer dem Fahrzeug so nahe gekommen, dass sie auch von der Seite durch die aufgerissene Tür ins Innere des Fahrerraums feuern konnten und der dort kauernde Polizist seine Deckung verlor. Einer der Männer riss sein Gewehr hoch, durchsiebte den Beamten mit mehreren Kugeln und stieß einen triumphierenden Schrei aus.

„Wir müssen den Ortungssensor zerstören!", brüllte der Mann, den die anderen Sven nannten; er hechtete vorwärts und zerschoss ein funkgerätartiges Etwas im Vorderteil des Transporters mit seiner Handfeuerwaffe.

„Bolzenschneider her! Los! Beeilung!", schrie er und die Vier sprinteten zur Tür des Transportraums.

Das Feuergefecht draußen war den zwei Polizeibeamten, die Frank Kohlhaas und Alf Bäumer bewachen sollten, nicht verborgen geblieben. Selbst Patient 111-F-47 hatte seine geistige Verwirrung kurzzeitig abgelegt und blickte sich verwundert um.

„Was zur Hölle ist da draußen los?", fauchte einer der Bewacher, lud eine Schrotflinte durch und machte sich daran, die Tür des Rückraums zu öffnen. Der andere tat es ihm gleich und eilte ebenfalls an Frank und Alfred vorbei.

„Holt mich endlich hier raus!", brüllte Bäumer auf einmal aus voller Kehle und versetzte einem der Beamten einen Tritt in den Unterleib.

Im gleichen Moment wurde die Tür von außen aufgebrochen und Licht fiel in das Dunkel des Rückraums. Einer der Polizisten feuerte blitzartig aus dem Van heraus und traf einen Maskierten mitten im Gesicht, als dieser versuchte, in den Van einzudringen. Eine Wolke aus Blut und Knochensplittern spritzte auf und der Mann sank mit zerfetztem Schädel zu Boden.

Die restlichen drei Angreifer antworteten mit Feuerstößen aus ihren Sturmgewehren und trafen den Beamten, der schließlich wie ein blutendes Sieb kopfüber aus dem Laderaum purzelte. Derweil fing Frank wie ein gequältes Kind an zu schreien; er begann schrill zu kreischen und riss in einem Anfall unbändiger Wut so fest an seinem zusätzlichen Sicherheitsgurt, dass er ihn aus der Verankerung brach. Mit einem hohen Tritt traf er den zweiten Wächter im Gesicht und dieser taumelte zurück. Frank quiekte gleich einem angestochenen Schwein und sein Blick verfinsterte sich so sehr, dass sein Gesicht zu einem brodelnden Kessel wahnsinnigen Hasses wurde. Plötzlich leuchteten seine Augen klar und blutrünstig auf. Ehe die drei anderen Vermummten den Rückraum stürmen konnten, hatte Kohlhaas den Beamten schon mit einer Kopfnuss zu Boden geschickt.

Vor Schmerzen stöhnend fasste sich der Wachmann an die Stirn. Er versuchte sich wieder aufzurichten, während er den vor Zorn rasenden Häftling ebenso verwirrt wie entsetzt anglotzte.

Zwar waren Franks Hände noch immer auf dem Rücken zusammengebunden, doch trat dieser dem Polizisten so hart ins Gesicht, dass dieser erneut blutend zusammenbrach. Kohlhaas stürzte sich auf ihn und biss ihm in die Backe. Es folgte ein Schuss aus einer Handfeuerwaffe, der den verrückt gewordenen Frank beinahe selbst getroffen hätte. Der Wächter stöhnte auf, als die Kugel in seinen Hals eindrang.

Frank heulte auf und trat wie im Rausch auf den Kopf des sterbenden Polizisten ein, bis ihn die anderen aus dem Van zogen. Kohlhaas weiße Kleider waren blutverschmiert, so dass er die vor ihm stehenden Maskierten eher an einen rachsüchtigen Metzger als an einen Häftling erinnerte. Nur Sekunden später fiel Frank erneut in einen Zustand geistiger Umnachtung; erschöpft setzte er sich auf die Einstiegstreppe des Transportfahrzeugs.

„Na, was ist jetzt, Mann? Komm! Oder willst du warten, bis die nächste Ladung Bullen hier ist?", schrie ihn Alf an.

Er schleifte Frank mit sich und folgte den anderen drei Männern in das Waldstück. Jetzt galt es, sich zu beeilen, denn die Operation hatte viel zu lange gedauert und ein solches Gemetzel war nicht eingeplant gewesen. Zudem hatten die Befreier einen Mann verloren und konnten von Glück sagen, dass kein anderes Auto die Landstraße entlang gekommen war.

Die drei Vermummten und Alfred, der Frank mehr oder weniger hinter sich herziehen musste, rannten in den Wald hinein.

„Macht schon!", brüllte einer der drei Maskierten. „Zum Teufel, wir haben nur noch zehn Minuten für das Stück!"

Alf Bäumer packte Kohlhaas am Kragen und herrschte ihn an, schneller zu rennen, was der vollkommen verstörte Häftling allerdings nur widerwillig tat.

„Wenn sich dein Kumpel nicht gleich ein bisschen mehr beeilt, dann knalle ich ihn ab, Alf! Ich meine es ernst!", drohte Sven, der schon vorausgelaufen war.

Alfred richtete sich vor Frank auf, schüttelte ihn und fauchte: „Das ist deine einzige Chance, du Idiot! Wenn sie dich jetzt kriegen, bist du so gut wie tot! Komm mit mir, vertraue mir!"

Frank hatte in den letzten Monaten niemandem vertrauen können und der geistige Aderlass, den die Holozelle von ihm gefordert hatte, war gewaltig gewesen. Dennoch klang das Wort „Vertrauen" in diesen Sekunden wie sanfter Engelsgesang in seinen Ohren, die so lange nur Gift eingesaugt hatten. Die frische, kalte Waldluft, die Frank jetzt einatmete, ließ ihn erkennen, dass diese Gelegenheit nicht weggeworfen werden durfte. Und so rannte er plötzlich; Frank rannte und rannte, schloss zu den anderen auf und verschwand mit ihnen im Dickicht des Waldes.

Nach einer Weile erreichten die Flüchtenden ein großes Feldstück, wo sie ein alt aussehendes und nicht besonders großes Flugzeug erwartete. Sie sprangen in den Laderaum und schoben die Tür hinter sich zu. Dann rangen sie nach Luft, während das Flugzeug abhob.

„Wer ist dieser Kerl, Alf?", fragte einer der drei Befreier mit unfreundlichem Unterton und zog sich die Sturmhaube vom Gesicht. Darunter wurden eine blonde Stoppelfrisur und ein großer Mund mit leicht schiefen Zähnen sichtbar.

„Keine Ahnung! Er wurde mit mir verlegt!", erwiderte Alf. „Sag uns deinen Namen, Mann!", fügte er hinzu und sah Frank mit scharfem Blick an.

„Frank Kohlhaas, Bürger 1-564398B-278843…", hauchte Frank erschöpft.

„Deine Bürgernummer interessiert bei uns keinen. Bei uns gibt es diese elende Scheiße nicht!", grollte der noch recht junge Mann, den die anderen Sven nannten. „Wir sind freie Männer und keine Sklaven mit Bürgernummern."

„Schon gut, ich glaube, der war in einer Holozelle. Deswegen ist er auch so durch den Wind", erklärte Alf den anderen.

„Ja, so eine Zelle…", stammelte Frank.

„Eine Holozelle? Dieses Ding, das jetzt von der GSA in sämtlichen Gefängnissen weltweit eingerichtet werden soll? Tatsächlich?", fragte einer der drei Rebellen erstaunt.

„Kein Wunder, dass du wirkst, als wärst du auf Drogen. Diese Dinger sind die übelsten Gehirnwäscheinstrumente, die es derzeit gibt. Wie lange warst du denn in so einem Loch?"

„Ich glaube seit August 2027. Lasst mich damit in Ruhe. Ich will nicht darüber reden", gab Frank zurück, das Gesicht wieder hinter seinen Knien vergrabend, wie er es in den letzten Monaten so oft getan hatte. Dann drehte er sich zur Seite und döste in seinem üblichen Halbschlaf vor sich hin, obwohl das veraltete Flugzeug einen Höllenlärm machte und unglaublich schwankte.

Es war im Jahre 2028 nicht einfach, eine solche Aktion mit einem Flugzeug durchzuführen oder überhaupt nur unbehelligt umher zu fliegen. Allerdings war dieser Flieger unauffällig, denn er war als zwar veraltetes, aber dennoch erlaubtes Transportmittel im Baltikum registriert worden. Wenn er vom Computer einer Satelliten- oder Luftüberwachungsstation gescannt wurde, dann lief er als Transportflugzeug eines Matas Litov, eines litauischen Bauern, durch die Datenbanken der europäischen Überwachungsserver. Die Chipkarte der Maschine war von einem begnadeten Computerhacker so verändert worden, dass sie vollkommen unauffällig wirkte und keinen Alarm auslöste. Doch auch die Künste dieses Mannes hatten ihre Grenzen; heute war es ihm allerdings noch gelungen, die sich ständig verbessernde Überwachung zu umgehen. Jedenfalls waren die Behörden auf einen so entschlossenen Angriff auf einen Gefangenentransporter nicht vorbereitet gewesen. Mit einer derartigen Aktion hatte offenbar niemand gerechnet. Zudem hatten die Angreifer auch eine große Portion Glück gehabt.
Frank Kohlhaas, dessen Bürgernummer jetzt nicht mehr von Bedeutung war, flog mit den anderen über Polen in Richtung des Gebietes der ehemaligen baltischen Staaten, Estland, Lettland und Litauen, die mittlerweile zusammen

mit weiteren Staaten Osteuropas zum Verwaltungssektor „Europa-Ost" zusammengefasst worden waren.

Allerdings war hier die komplette Überwachung der Bevölkerung noch nicht so ausgeklügelt und perfektioniert wie in Nordamerika oder Mitteleuropa. Viele Staaten Osteuropas hatten sich lange geweigert, die Befehle der Weltregierung, die sich zuerst in den westlichen Regionen etabliert hatte, blind zu befolgen. Und so dauerte es einfach länger, bis sie hier ein so komplexes Überwachungsnetzwerk installiert hatte wie im Westen. Das bedeutete allerdings nicht, dass nicht auch in Osteuropa die Vorbereitung für eine ähnliche High-Tech-Kontrolle der Bevölkerung im vollen Gange war. Aber noch hatte man, wenn man sich nicht zu dumm anstellte, mehr Freiräume.

Das am schärfste überwachte Gebiet der Welt waren im Jahre 2028 die britischen Inseln. Hier hatte sich das Übel vor langer Zeit seine erste starke Bastion geschaffen, von wo aus es über die Völker der Erde gekommen war.

In England wurden bereits die nächsten Schritte der Weltregierung getestet, so zum Beispiel das Komplettverbot von sexuellen Kontakten zwischen Mann und Frau, die Vernichtung jeglicher Familienstrukturen, sowie das gezielte Degenerieren und Verdummen der Bevölkerung durch Chemogifte und Massenimpfungen.

Wer gegen dieses System kämpfen wollte, der hatte sich wahrlich einiges vorgenommen. Durch Worte, Wählerstimmen oder Argumente ließ sich seine Macht jedenfalls nicht brechen. Und wer tatsächlich den Mut aufbrachte, den Mächtigen mit der Waffe in der Hand die Stirn zu bieten, dem wurde schnell bewusst, dass er bereits mit einem Bein im Grab stand.

Alf und seine Mitstreiter glaubten offenbar, etwas verändern zu können. Und jetzt war auch Frank bei ihnen, der es genoss, wieder frische Luft atmen und wieder leben zu können. Er hatte die Hölle gesehen und sich den Tod gewünscht. Doch scheinbar wollte ihn der Gevatter noch nicht. Nun hatte sich alles geändert.

Ausgelagert

„Outsourcing" oder auch „Auslagerung" war einer der Lieblingsbegriffe der Globalisierung, die zu Beginn des 21. Jahrhunderts mit aller Macht losgebrochen war. Jetzt war auch Frank irgendwie ausgelagert worden. Er hatte den Verwaltungssektor „Europa-Mitte" verlassen und lagerte nun woanders.

Das schäbige Flugzeug überflog das Gebiet des früheren Staates Polen, die mittlerweile vollkommen zerfallene Stadt Kaliningrad, das frühere Königsberg, und machte sich schließlich auf den Weg ins südliche Baltikum, um in einem ländlichen Gebiet nördlich von Vilkija in einem Dorf namens Ivas zu landen.

Die fünf Männer waren erschöpft und nahmen die vorbeiziehende Landschaft unter sich kaum durch die Fenster wahr. Frank wirkte noch immer verstört und konnte nur zeitweise verstehen, was gerade mit ihm geschah. Er litt unter Muskelkrämpfen und war trotz seines angeschlagenen Gesundheitszustandes und seiner kaum noch vorhandenen Kraft nicht in der Lage, wenigstens für eine halbe Stunde zu schlafen.

Immer hatte er die Augen halb offen und fühlte sich, als ob ihm jemand einen Sack Zement auf den Kopf gelegt hätte. Als das Flugzeug gelandet war, half ihm Alf beim Aussteigen und führte ihn zu einem baufälligen Haus.

„Kann ich irgendwo schlafen oder auch nur liegen?", fragte ihn Frank benommen.

„Ja, leg dich erst einmal bei mir hin", antwortete Alf und führte den jungen Mann in das Gebäude. „Wir haben etwas zu besprechen, Frank. Du kannst dich hier erst einmal ausruhen. Bis später!", sagte Alf und zeigte auf ein

Bett, das in einem halbdunklen Raum mit abblätternder Tapete stand.

Frank drehte sich zur Seite und versuchte zu schlafen. Es gelang ihm kaum, und doch hatte er das Gefühl, dass es ihm schon besser ging.

Nachdem er sich mehrere Stunden in einem verwirrenden Zustand des Halbschlafs befunden hatte, nickte er endlich ein. Kohlhaas träumte von nichts. Es war schwarz in seinem Kopf. So schwarz wie die Holozelle in den acht künstlichen Nachtstunden.

„Das war eine knappe Angelegenheit. Schade um Rolf Weinert, ist ein guter Mann gewesen, gerade erst 26 Jahre alt geworden", sagte Alf in die Runde. „Vielen Dank, dass ihr mich aus dieser Hölle herausgeholt habt. Ich weiß, ich wirke immer sehr hart und kämpferisch, aber ich hätte das auch kein Jahr mehr ausgehalten. Und der andere Kerl ist ja vollkommen kaputt. Aber es wäre wohl keinem von uns anders ergangen, wenn man ihn acht Monate in eine Holozelle gesteckt hätte. Dafür ist dieser Frank eigentlich noch erstaunlich gut beieinander."

„Von einer weiteren Person war niemals die Rede!", herrschte Alf ein junger Mann mit rotem Haar an.

„Was hätte ich denn machen sollen? Den armen Kerl zurücklassen? Ihn verrecken lassen? Du glaubst doch nicht, dass er ‚World Peace' noch lange überlebt hätte", giftete Bäumer zurück.

„Na ja, eigentlich können wir im Bezug auf unsere Sache keine Rücksicht auf Einzelschicksale nehmen", kam es von der Seite.

„Ich kümmere mich um ihn. Was soll er schon machen? Die litauische Polizei rufen?", brummte Alf sichtlich genervt.

„Lassen wir das. Wenn der Typ ein Sicherheitsrisiko wird, dann müssen wir ihn töten. So sind die Regeln!", ergänzte ein kaum 20jähriger Blondschopf.

„Ich weiß das auch, Junge! Du brauchst mich wirklich nicht aufzuklären, verstanden? Ich war schon dabei, da warst du noch ein Hosenscheißer!", zischte Alf aufgebracht in Richtung des jungen Kämpfers.

„Ruhe, Leute! Seid froh, dass es geklappt hat und ihr noch am leben seid! Eigentlich werden für Gefangenentransporte seit zwei Jahren fast nur noch die gepanzerten Großbusse verwendet. Dass sie diesmal einen veralteten Transport-Van, der wohl kurz vor der Ausrangierung stand, verwendet haben, war vermutlich nur der Fall, weil lediglich zwei Gefangene verlegt werden mussten und ein Großbus das Budget für eine solch unwichtige Fahrt überschritten hätte. Mit einem dieser neuartigen Ungetüme wärt ihr nicht so einfach fertig geworden. Da hättet ihr mindestens einen Granatenwerfer gebraucht, um den zum Halten zu bringen!", rief plötzlich ein hochgewachsener Mann Ende fünfzig in die Runde. Er war nachträglich in den Raum gekommen.

Es war Thorsten Wilden, ein ehemaliger Unternehmer, der vor einigen Jahren ins Baltikum geflohen war. Groß, grauhaarig, mit länglichem Gesicht und einem auffällig spitzen Kinn. Der Mann wirkte ruhig und sachlich. Es war ihm anzusehen, dass er in seinem Leben bereits viel durchgemacht hatte.

„Aber die Einwände der Kameraden kann ich verstehen, Alf. Morgen will ich diesen Frank persönlich kennenlernen. Ich hoffe, dass er uns hier keine Schwierigkeiten macht, sonst bleibt uns nichts anderes übrig, als ihn zum Schweigen zu bringen", ergänzte der ältere Mann, der eine gehörige Autorität ausstrahlte.

„Der wird nichts machen! Der ist doch total am Ende!",
sagte Alf zerknirscht. Er verdrehte die Augen.

„Wo ist er jetzt?", fragte Wilden.

„Bei mir. Also bei John, meine ich. Der pennt sicher", erwiderte Alf. „Ich werde mich um ihn kümmern und bür-
ge auch für ihn. Reicht das jetzt endlich?"

„Gut!", rief der Anführer den anderen Männern zu.
„Morgen wird hier wieder ein geregelter Tagesablauf für
alle stattfinden. Wir haben einiges zu säen und auch sonst
noch viel zu tun. Alf kann sich um den Neuen kümmern.
Und ich will, dass ihr ihm erst einmal die Ruhe zukom-
men lasst, die er nach einer solchen Tortur verdient.
HOK hat mir übrigens erzählt, dass die Befreiungsaktion
gestern Abend überall im Fernsehen gewesen ist. Er hat
den Bericht aufgenommen. Wir sollten ihn uns später ge-
meinsam ansehen."

„Ja, gut. Viel Spaß dabei, ich gehe jetzt nach Hause und
will heute niemanden mehr sehen", stöhnte Alf, während
er den Raum verließ.

Es dämmerte bereits und Frank lag noch immer zwischen
ein paar ungewaschenen Kissen. Langsam fiel ihm eine
gewaltige Last von der Seele und der Schmerz in seinem
Geist, der wie ein pochendes Geschwür angeschwollen
war, begann ein wenig abzuklingen. Im Nebenraum hörte
er ein Rascheln, kurz darauf dann lautes Schmatzen und
das Klackern von Besteck auf einem Teller. Einige Minuten später betrat sein Gönner den Raum.

„Du musst mal langsam was essen. Hier!" Alf reichte ihm
einige Scheiben Brot und zwei Bratwürste.

„Danke!", hauchte Frank. Langsam und gemächlich begann er zu essen.

„Du brauchst dir keine Sorgen zu machen. Hier findet uns niemand. Wir sind in Litauen. Weit weg von Deutschland, beziehungsweise diesem elenden Riesenkäfig namens ‚Europa-Mitte'. Iss dich satt und dann lasse ich dich weiter schlafen", beruhigte ihn Alf.

Es war seltsam. Wenn Frank einen Mann wie Alfred früher auf der Straße gesehen hatte, dann hatte er lieber die Seite gewechselt. Bäumer sah wirklich verwegen und gewalttätig aus – was er sicherlich auch war, wenn es sein musste.

Bäumer wirkte wie der typische Schwerverbrecher, den man zu lebenslanger Haft verdonnert hatte: Muskulös, mit einem dunklen, spitz zulaufenden Bart, einer Tätowierung am Hals und mit stechenden blauen Augen.

Frank sah hingegen auf den ersten Blick eher harmlos und noch sehr jugendlich aus, obwohl sein Körperbau kräftig war. Er hatte ein liebes Gesicht mit einer leicht knolligen Nase und sein Lächeln erschien gutmütig; nur selten regte er sich auf. Das eine Mal in der Fabrik war allerdings „ein Mal zuviel" gewesen und hatte sein Leben für immer zerstört.

Im Gegensatz zu Alf, dessen Gesichtsausdruck immer auf latente Wut und Frustration hinwies, konnte sich Franks Mimik im Falle größter Erregung von gutmütig bis hin zu psychopathisch verändern. Wenn Frank wirklich wütend wurde, verdrehten sich seine grünen Augen und dunkle, breite Brauen schoben sich darüber. Dann glich er einem fanatischen Endzeitprediger; irgendwie weggetreten, mit einem unzerstörbaren Willen und zu allem bereit.

Diesen Anblick hatten bisher nur wenige Menschen zu Gesicht bekommen, obwohl Franks Wutausbrüche in den letzten Jahren stetig zugenommen hatten.

Nun jedoch war der ehemalige Bürger 1-564398B-278843 erst einmal froh, bei Alfred Bäumer zu sein, einem Mann, den er zwar nicht kannte, der aber irgendwie doch Vertrauen ausstrahlte. Trotz des eher furchterregenden Aussehens schien unter Alfs harter Schale ein guter und ehrlicher Kern zu stecken. In Frank keimte ein vorsichtiges Gefühl von Hoffnung auf.

Er umarmte Alfs breite Schulter und murmelte leise: „Danke, Mann! Danke, dass ihr mich da rausgeholt habt. Ihr habt mir das Leben gerettet!"

Einige Minuten weinte er stumm in Alfs Armen, doch dieser drückte ihn irgendwann sanft, aber bestimmt zurück.

„Schon gut. War doch klar", sagte Bäumer, dem die rührselige Szene etwas ungewohnt vorkam.

„Die anderen haben uns beide aus diesem verfluchten Knast rausgeholt. Ich wäre da genauso draufgegangen. Mich hatten sie zwei Jahre in der Isolationshaft, zum Glück blieb mir die Gehirnwäsche einer Holozelle erspart. Da wäre ich sicher vor die Hunde gegangen. Allerdings wird man nicht zwangsläufig freigelassen, nur weil die Haftzeit irgendwann um ist. Der eine oder andere wird auch liquidiert, wenn seine Verhaltensanalyse zu negativ ausfällt. Diese Holozellen waren früher einmal ein Experiment zur perfekten Konditionierung und Gedankenkontrolle gewesen. Mind Control, welches die NSA, als sie noch so hieß, zusammen mit vielen anderen Methoden entwickelt hat", erklärte Alf angestrengt.

„Die Holozellen sind in Zukunft für alle Häftlinge mit politisch inkorrekten Tendenzen gedacht. Du warst wohl eines der ersten Versuchskaninchen. Es ging denen erst einmal darum, zu sehen, wann du krepierst. Dass du das nicht lange packst, war denen auch klar."

„Scheiß auf diese Ratten...", sagte Frank und versuchte, die Erinnerungen an die schreckliche Zeit in „Big Eye" zurückzudrängen.

„Der ganze politische und geschichtliche Hintergrund ist nicht in zwei Sätzen zu erklären. Vor allem, wenn du dich vorher noch nie damit befasst hast", fügte Alf seiner kleinen Rede hinzu.

Frank signalisierte, indem er sich umdrehte und die Decke über den Kopf zog, dass er jetzt wieder schlafen wollte. Es war zwar erst 21.16 Uhr, aber er war noch immer vollkommen erschöpft und fühlte sich wie leer gesaugt. So dämmerte Kohlhaas noch einer Stunde vor sich hin, wobei er die schäbige, dunkelrote Tapete im Augenwinkel musterte. Dann schlief er tief und fest.

Am nächsten Morgen fühlte sich Frank ungewohnt erholt. Er hatte über 13 Stunden geschlafen und war zum ersten Mal seit Monaten weder aufgeschreckt, noch hatte er einen Albtraum gehabt. Freudig bemerkte er, dass Alf ihm frische Kleider neben seinen Schlafplatz gelegt hatte. Kohlhaas trug noch immer seine weißen Gefängniskleider, die erbärmlich nach Schweiß stanken und mit den eingetrockneten Blutspritzern des Polizisten aus dem Van übersät waren. Er streifte sie erleichtert ab, warf sie neben dem Bett auf den Boden und zog sich um.

Verschlafen trottete Frank aus seinem Zimmer und bemerkte, dass es sehr still im Haus war. In der Küche saß niemand, so dass er sich in Ruhe umschauen konnte. Alles hier sah sehr ärmlich aus. Dreckiges Geschirr türmte sich in einer verrosteten Spüle zu Bergen auf. In der Ecke hatte sich ein Schimmelfleck gebildet. Alf hauste wahrlich in einer Bruchbude, wenn es denn überhaupt sein Haus war.

Sein Mitbewohner schien jedenfalls nicht da zu sein. Kohlhaas ging über eine alte Holztreppe in die obere Etage, wo er nur ein paar leere Räume vorfand. Einer davon war bis zur Decke mit Kartons und Holzkisten vollgestellt. Bäumer war allerdings auch hier nirgendwo zu finden.

„Wo bin ich bloß gelandet?", dachte Frank und strich sich mit der Hand über sein noch müdes Gesicht.

Er hatte seit der Flucht aus dem Gefängniskomplex noch nicht die geistige Verfassung gehabt, sich darüber Gedanken zu machen, an was für einem Ort er gestrandet war. Wer waren diese Fremden nur?

Frank trat durch die Haustür nach draußen und ließ sie einen Spalt breit offen, damit er wieder in das Gebäude zurück konnte, denn einen Schlüssel besaß er nicht.

Wenn man die Straße, in der Alfs verfallenes Haus stand, hinabblickte, konnte man eine Reihe weiterer Bruchbuden auf jeder Seite erkennen. Manche der Häuser schienen noch leer zu stehen, einige hatten völlig verwitterte Fassaden und in den ehemaligen Gärten hatte sich ein sprießender Wildwuchs ausgebreitet. Bei dem einen oder anderen Haus waren die Fenster mit Brettern zugenagelt worden; ein Gebäude hatte sogar ein eingefallenes Dach.

Hier und da war aber auch eines der Häuser wieder hergerichtet worden und Frank vernahm aus der Seitenstraße die Stimmen von Kindern. Ihre Sprache konnte er sogar verstehen, denn sie sprachen deutsch.

Die warme Märzsonne schien auf alle Dächer, egal ob verfallen oder wieder repariert. Glücklich sah Frank zum Himmel hinauf, er lächelte.

Trotzdem schienen nicht viele Menschen in diesem Dorf zu leben. Frank erblickte zwei Männer, die Kisten aus einem Lieferwagen ausluden, irgendwo knatterte ein Traktor in der Ferne und aus dem Haus gegenüber blickte eine Frau mittleren Alters aus dem Fenster. Frank ging die Straße hinunter und kam zu einem Platz, der früher wohl das Zentrum des kleinen Dörfchens gewesen war. Auch hier spross das Unkraut aus allen Ritzen und überwucherte den größten Teil des alten Kopfsteinpflasters, welches den Platz bedeckte.

Hier hatte es offenbar einst ein paar kleinere Läden gegeben. Jedenfalls befanden sich in der Mitte des Dorfes drei Häuser, die im Erdgeschoss große Schaufenster hatten. Bei zwei Gebäuden waren die Scheiben eingeschlagen worden und die Gebäude verfielen vor sich hin. Die Scheibe des anderen Hauses hatte jemand komplett mit Klebeband zugeklebt.

In der Mitte des Platzes befand sich ein fast vollständig von Büschen überwucherter Gedenkstein, der von einem eingerissenen Holzzaun umringt war. Frank konnte kaum etwas erkennen; zudem war die Inschrift auf kyrillisch, was der aus „Europa-Mitte" stammende Betrachter ohnehin nicht lesen konnte. Auf dem Stein war ein Soldat mit einem merkwürdigen Helm abgebildet. Diese Kopfbedeckung aus der alter Zeit hatte Kohlhaas allerdings schon einmal irgendwo gesehen und die auf dem Gedenkstein eingravierten Jahreszahlen konnte er auch entziffern: 1941 und 1989.

Der junge Mann ging weiter und betrachtete die verfallene Kirche, die ebenfalls auf diesem Platz stand. Das Dach des Gebetshauses war stark beschädigt und hatte riesige Löcher. Mit Moos und Flechten überzogene Ziegel lagen vor seiner morschen Eingangstür, die mit einem kaum noch erkennbaren Muster verziert war. Auf dem Kirchturm befand sich ein verrostetes Kreuz aus Eisen.

Frank musterte die Eingangstür. Vermutlich war das geflügelte Ding, dessen Kopf mit Flechten überwuchert war, einmal ein Engel gewesen, der die Menschen beim Eintritt in die Kirche symbolisch begrüßt hatte. Aber in einer Welt, die Gott nicht mehr zu interessieren schien, hatte wohl auch der Engel eines Tages seinen „Job" verloren.

Frank schob die große Holztür auf und stieg über ein paar Bohlen, um ins Innere der alten Kirche zu gelangen. Vertrocknete Blätter, Dreck und Unrat lagen überall auf dem Boden. Die Sitzbänke waren mit dicken Staubschichten bedeckt. Die Zeiten, als noch Menschen hier gesessen hatten, waren lange vorbei. Der Altar war leicht beschädigt und hatte kleine Risse und Sprünge, wahrscheinlich durch die Kälte eines harten Winters.

Kohlhaas hob den Blick und musterte die hölzernen Fresken an den Wänden, die zum größten Teil auch schon Spuren der Verwitterung zeigten. Hier wurden Engel dargestellt, die gegen finstere Kreaturen kämpften. Andere Fresken zeigten Mutter Maria und Jesus Christus.

„Die Superstars des Christentums...", dachte Frank und setzte ein zynisches Lächeln auf.

Längst war die alte Christenreligion dem Untergang geweiht. Sie war ebenso morsch wie die verlassene Kirche im Herzen dieses trostlosen Dorfes.

Dennoch wirkte das Gotteshaus auf Frank irgendwie erhaben. Das Gebäude stand nicht erst seit gestern hier, vielleicht war es noch aus dem späten Mittelalter – aber von solchen Dingen hatte Frank keine Ahnung, denn von Geschichte wusste er fast nichts.

Aber das spielte für Kohlhaas in diesem Moment auch keine Rolle. Irgendetwas an dieser Kirche löste in ihm Respekt aus, obwohl er bisher an nichts geglaubt hatte.

Vielleicht nur, weil sie im Grunde schön und alt war. In seiner bisherigen Welt hatte Frank so etwas noch nie gesehen. Graue Wohnblöcke, schmutzige Straßen, Unterführungen und Fabriken waren ihm vertraut, aber eine alte Kirche oder Burg hatte er noch nie bewusst betrachtet.

Das Gebetshaus wirkte wie ein Mahnmal aus einer vergangenen Zeit, über die die meisten Menschen heute nichts mehr wussten. Es war vermutlich für lange Zeit das Herz dieses Dorfes gewesen. Hier hatte man zu einer höheren Macht gesprochen; sie angefleht, den Menschen in dieser Welt nicht allein zu lassen. Doch letztendlich war alles anders gekommen, sinnierte Frank traurig.

Im Jahre 2028 war der Mensch allein und von einer höheren Macht, die ihn angeblich schützen wollte, hatte Frank noch nie etwas bemerkt.

„Gott, falls es dich überhaupt gibt, warum hast du uns verlassen?", sagte Frank mehr zu sich selbst und blickte noch eine Weile zur brüchigen Decke des alten Gebäudes hinauf. Dann ging er zurück auf den Platz.

Kohlhaas lief mehrere Stunden durch das trostlose Dorf. Immer wieder von Alfs Haus bis zum anderen Ende und zurück. Um die Ortschaft herum waren Felder und Wälder und nur eine schlammige Zufahrtsstraße schien es mit dem Rest der Welt zu verbinden. Frank ließ sich auf einer verwitterten Bank nieder und blickte gen Himmel, als drei kleine Kinder, vermutlich die, die er schon zuvor in der Nebenstraße gehört hatte, an ihm vorbei liefen und ihn neugierig musterten. Frank beachtete die kleinen Wesen indes kaum.

Irgendwo bellte ein Hund in einem Haus, das bewohnt aussah. Er stand auf und trottete weiter an renovierten und leerstehenden Häusern vorbei. Dieses Dorf, der abtrünnige Weltbürger hatte seinen Namen mittlerweile wieder vergessen, machte den Eindruck, als wäre es erst vor kurzem wieder besiedelt worden.

Den verrotteten Wohnblöcken und Straßenzügen in der von Armut, ethnischen Unruhen und Kriminalität gebeutelten Metropole Berlin war es allerdings noch vorzuziehen, fand Frank. Und ein paar Leute waren ja auch wieder da, allerdings wohl kaum die ursprünglichen Erbauer dieser Ortschaft.

„Ivas!", jetzt fiel Frank der Name des Ortes wieder ein. Alf hatte ihn mehrfach genannt. Ivas, irgendwo in Litauen. Aber was war das für ein merkwürdiges Dorf? Kohlhaas rätselte vor sich hin.

Mittlerweile war er müde und seine Schuhe waren völlig mit Schlamm bedeckt. Er beschloss, wieder zu Alfs Haus zurückzukehren, denn immerhin stand die Haustür noch offen, obwohl es unwahrscheinlich war, dass hier etwas gestohlen wurde. Ivas war ja nicht Berlin, wo Raub und Mord inzwischen an der Tagesordnung waren. Der Tag neigte sich dem Ende zu. Frank wusste noch immer nicht, wohin es ihn verschlagen hatte.

„In drei Tagen müssen wir hier raus. Ich natürlich auch, denn das ist nicht mein Haus", erklärte Bäumer nach dem Abendbrot.

„Das hatte ich mir schon fast gedacht", erwiderte Frank. „Wer ist denn der Eigentümer?"

„Es gehört einem anderen Dorfbewohner, der zur Zeit noch in Minsk ist, um ein paar Geschäfte zu erledigen", kam von Bäumer zurück. „Wilden hat gesagt, dass ich hier ein paar Tage wohnen kann, mit dir zusammen. Wenn der Besitzer wieder hier ist, dann können wir sicherlich eines der noch leer stehenden Häuser im Dorf beziehen."

„Was ist das hier eigentlich für ein seltsames Dorf?", murmelte Frank.

„Das wird dir Wilden morgen in Ruhe erklären. Eigentlich wollte er schon heute mit dir sprechen, aber du warst dich wohl erst einmal umsehen, was?", antwortete Alf, dem die Müdigkeit aus den Augen leuchtete.

„Woher stammst du eigentlich?", wollte Frank plötzlich wissen.

„Ich bin in Dortmund geboren und habe später in mehreren Städten des Ruhrgebietes gelebt. Zwischendurch auch mal vier Jahre in Frankfurt am Main", sagte Bäumer und goss sich noch einen Tee ein.

„Und warum warst du in ‚Big Eye'?", bohrte der Mann aus der Holozelle nach.

„Meine Güte, du bist ja neugierig. Aber gut, du wirst hier in Ivas bleiben müssen, das ist dir hoffentlich klar, und deshalb erzähle ich dir auch ein paar Dinge über mich."

Alf warf den Wasserkocher an und machte sich noch einen Kamillentee. Dann zog er eine Zigarette aus der Jacke und begann mit einem kleinen Vortrag über sein Leben. So genau wollte es Frank zwar gar nicht wissen, aber Alf wurde erstaunlich gesprächig, nachdem er sich warm geredet hatte. Auf einmal war er wieder wach geworden.

„Ich bin seit meinem 16. Lebensjahr immer wieder negativ aufgefallen. War in diversen politischen Gruppen aktiv, deren Namen dir wohl nichts mehr sagen werden, da sie alle schon lange verboten sind.

Ich habe 2013 schon einmal ein Jahr gesessen, damals noch zu BRD-Zeiten. Wegen so genannter Meinungsverbrechen – weil ich ein paar für das System unbequeme

Internetseiten ins Netz gestellt hatte. Ich war zu dieser Zeit gerade einmal 19 Jahre alt.

Meine Eltern verloren ihre Arbeit in der großen Weltwirtschaftskrise 2012/13, sie ließen mich sozusagen fallen und ich kehrte nach meinem Knastaufenthalt auch nicht mehr nach Hause zurück. Ich lebte bei Freunden, in diversen Wohngruppen und natürlich auch allein.

Nach sechs Jahren, also 2020, schloss ich mich den Red-Moon-Gruppen an, versuchte aber nach außen hin unauffällig zu leben. Das gelang mir allerdings nur begrenzt."

„Die Red-Moon-Gruppen?", hakte Frank ein. „Sind das nicht Terroristen gewesen? Waren das nicht diese Typen, die in Berlin ein Krankenhaus angezündet haben?"

„Das ist Unsinn! Üble Lügen!", schnaubte Alf und warf seinem Gegenüber einen verärgerten Blick zu.

„Tut mir leid. So hieß es im Fernsehen", legte Frank leise und kleinlaut nach.

„Im Fernsehen! Im verfluchten Fernsehen! Das beschissene Fernsehen ist doch selbst das größte Lügenwerkzeug des Weltfeindes, Mann! Hast du das noch immer nicht kapiert?", knurrte Bäumer, der sich zu Unrecht verdächtigt fühlte.

„Schon gut, war doch nicht böse gemeint", entschuldigte sich Kohlhaas.

„Nein, wir waren das nicht. Es schlossen sich in den Red-Moon-Gruppen, die öffentlich gegen die neue Weltregierung protestierten, Tausende von jungen Leuten zusammen. Globalisierungsgegner, Freidenker, Patrioten und andere. Nach dieser verfluchten Krankenhausgeschichte, die die Medien furchtbar aufbauschten, wurden wir kriminalisiert.

Das war die GSA, der internationale Geheimdienst, da bin ich mir sicher. Keine Leute von uns. Die Sache hat man uns damals einfach in die Schuhe geschoben. Sag mir mal, welchen Sinn es gehabt hätte, unschuldige Menschen in einem Krankenhaus abzufackeln?", erläuterte Alf mit sichtbarer Erregung.

„Siehst du dieses Tattoo an meinem Hals? Das ist der ‚Red Moon', der blutrote Mond des Freiheitskampfes. Unser altes Zeichen."

„Ich weiß da nicht genug von und es ist mir auch egal", sagte Frank. „Ich weiß nur, dass ich diese Weltregierung, dieses schreckliche System, mittlerweile abgrundtief hasse."

„Dann bist du bei uns richtig!", antwortete Alf, wobei er mit wütendem Blick auf seine Teetasse starrte.

„Und dann?", hakte Frank erneut nach.

„Dann? Dann war ich weiterhin aktiv. Nachdem die Red-Moon-Gruppen weltweit verboten worden waren, machten wir im Untergrund weiter. Schließlich wurde ich bei einer illegalen Demonstration, die ich mit einem meiner Bekannten organisiert hatte, Ende 2025 festgenommen und ins Gefängnis gesteckt. Es begann meine Zeit in „Big Eye". Weißt du, ich kann froh sein, dass sie anderes belastendes Material bei der Hausdurchsuchung damals nicht gefunden haben, sonst wäre ich sicherlich liquidiert worden."

„Was denn für Material?", fragte Kohlhaas.

Alfred Bäumer musterte ihn skeptisch. „Du fragst ganz schön viel für einen, der gestern noch auf der Nase gelegen hat. Ist doch egal. Das hätte mich jedenfalls den Kopf gekostet. Und auch so habe ich neun Jahre Haft wegen der Spontandemo kassiert. Das hätte ich niemals bis zum Ende ausgehalten. In meiner Zeit als Aktivist der Red-Moon-Gruppen lernte ich auch ein paar von den schrägen Vögeln aus diesem Dörfchen kennen. Die hatten mir vor Jahren schon gesagt, dass ich hierhin mitkommen sollte, als sie sich selbst nach und nach in Richtung Baltikum aufgemacht hatten.

Ich aber wollte nicht aufhören, in meiner Heimat zu kämpfen, um sie wieder von diesem System zu befreien. Heute sage ich mir, dass es dumm gewesen ist, so lange zu warten. Ich hätte „Europa-Mitte" schon vor Jahren den Rücken kehren und mit den anderen nach Litauen abhauen sollen. Der Feind ist im Westen mittlerweile viel zu stark."

„Na, jetzt bist du ja hier. Und ich auch. Etwas Besseres hätte uns nicht passieren können. Soll ‚Europa-Mitte' doch zum Teufel gehen", zischte Frank. Er wischte sich ein paar Teetropfen von der Lippe.

„Wir dürfen Deutschland nicht zum Teufel gehen lassen! Es ist unser Land und unser Volk! Nein, wir sind hier nicht im Urlaub. Wir verlagern nur den Kampf. Aufgegeben wird erst, wenn uns die Maden in unseren Gräbern zerfressen!", fauchte Alfred und krallte sich an den alten Holztisch.

Frank war verdutzt. Erstaunt beobachtete er seinen Mitbewohner, der sich mit einer aggressiven Handbewegung die Teekanne schnappte.

„Wir sind hier nicht im Urlaub?" Frank wunderte sich über die Aussage, die sein neuer Hausgenosse mit so viel Leidenschaft losgeschleudert hatte. Was meinte Alf damit?

Erneut schlief Frank überdurchschnittlich gut und fest. Ein nie gekanntes Gefühl der Erleichterung hatte ihn ergriffen, manchmal fühlte er sich sogar richtig euphorisch. „Ich fürchte nicht einmal mehr den Teufel!", dachte er sich dann und lächelte stolz in sich hinein.

Doch so einfach war es nicht. Die Nachwirkungen der Holozelle waren weitaus tückischer, als er zunächst dachte. Und sie waren nach wie vor da; tief in den dunklen Ecken seines Verstandes. Dort lauerten sie und planten hervorzubrechen, um Franks Seelenfrieden im Schlaf zu erdrosseln.

So wie die Trauer nach dem Tod eines geliebten Menschen meist in Schüben zurückkehrte, war es auch mit dem mentalen Schrecken, den die Holozellen-Gehirnwäsche hinterlassen hatte. Der Horror hatte sich bloß eingegraben und wartete in seinem Versteck auf das erneute Signal zum Sturmangriff. Aber in diesen ersten Tagen seiner neu gewonnen Freiheit hatte Frank erst einmal seine Ruhe.

Der Regen prasselte auf das Wellblechhüttenvordach des kleinen Schuppens vor Franks Fenster und das unermüdliche Hämmern schaffte es, ihn schließlich aufzuwecken. Es war schon nach zehn Uhr an diesem trüben Morgen und Kohlhaas wälzte sich genervt zur Seite, als Alf plötzlich in der Tür stand und ihn ansprach: „Guten Morgen, steh bitte auf. Wilden ist hier und möchte dich unbedingt sprechen."

Der grauhaarige Dorfchef saß in der Küche und nippte an einer Kaffeetasse. Er begrüßte Frank freundlich und bat ihn, nach dem Frühstück mit zu ihm zu kommen. Frank war die Situation sichtlich unangenehm, doch wollte er keinen Ärger. Wenig später verließ er mit Wilden das Haus.

„Folge mir einfach!", sagte der Anführer der Dorfgemeinschaft, der an diesem Tag einen langen grauen Mantel und einen Hut mit schmaler Krempe trug.

Der Regen hatte die Straßen des Dorfes aufgeweicht. Frank watete der ebenso autoritär wie imposant wirkenden Gestalt durch den Schlamm hinterher. Nach einem kurzen Fußmarsch durch ein paar Nebenstraßen kamen sie zu einem erstaunlich gut renovierten Haus, welches von einem gepflegten Garten umgeben war.

„Wir gehen hoch!", bemerkte Wilden knapp.

Oben angekommen setzte sich der ehemalige Unternehmer hinter einen reich verzierten Schreibtisch aus dunklem Holz, um erst einmal zu schweigen. Frank setzte sich ihm gegenüber in einen Sessel aus schwarzem Kunstleder, der sehr gepflegt roch. Er schaute sich um. Das Zimmer schien ein Büro zu sein, es war in tadellosem Zustand. Überall hingen Bilder an den Wänden: Schlachtengemälde, eingerahmte Fotos von bedeutenden Männern aus der alten Zeit und diverse Orden.

„Nun, Frank Kohlhaas. Wie gefällt es dir in Ivas?", begann Wilden das Gespräch und versuchte, seinem Gegenüber die Unsicherheit zu nehmen, indem er freundlich lächelte.

„Gut!", war die einsilbige Antwort seines jungen Gastes.

„Gut!", wiederholte Wilden leise.

„Ich will es kurz machen und nicht lange um die Sache herum reden." Der ergraute Herr runzelte die Stirn und schaute kurz aus dem Fenster.

Dann fuhr er fort: „Dieses Dorf heißt Ivas. Es liegt im Gebiet des früheren Staates Litauen. Genauer gesagt im südwestlichen Teil dieses eigentlich schönen Landes. Es ist klein und unbedeutend. Ein kleines Dorf, das vor einigen Jahren im Zuge des weltweiten Wirtschaftszusammenbruches von seinen ehemaligen Bewohnern so gut wie vollständig verlassen worden war. Eine Geisterstadt, wie man sie auch aus Nordamerika kennt."

„Aha!", brummte Frank verdutzt.

„Ja, dieses Dorf ist so klein und so unwichtig, dass selbst das schärfste Auge zweimal hinsehen muss, um es überhaupt zu bemerken", fuhr Wilden fort.

„Dann bin ich hier ja sicher", versuchte Frank zu scherzen.

„Nun, Sicherheit ist relativ. Vor allem in der heutigen Zeit, Herr Kohlhaas!", sagte sein Gegenüber.

„Aber hier..." Frank stockte.

„Wie ich bereits erwähnte, Frank Kohlhaas", fiel ihm Wilden ins Wort. „Es ist heute ein Segen auch nur im Ansatz sicher zu sein. Du bist hier in Ivas, einem unbedeutenden Dorf in einem nicht übermäßig bedeutsamen Land in Osteuropa. Dieses Dorf ist so unwichtig, dass selbst das Große Auge, das Auge, welches die ganze Welt sehen kann und immer darauf drängt, noch mehr zu sehen, es bisher nicht bemerkt hat. Weißt du, was ich damit ausdrücken will, Frank?"

„Nein! Sagen Sie es mir endlich!", erwiderte Frank leicht genervt.

„Dann will ich dir genau erklären, wo du hier bist und bei wem du hier bist", sprach Wilden mit ernstem Blick. „Das hier ist kein gewöhnliches Dorf im beschaulichen Litauen und wir sind keine Feriengemeinschaft. Wir sind politische Dissidenten, die gegen die Weltregierung kämpfen. Und das hier ist unser Stützpunkt. Von mir aus kannst du es auch als Siedlungsenklave betrachten.

Hier leben Männer mit ihren Familien oder auch allein. Einige dieser baufälligen Häuser habe ich vor zehn Jahren für relativ kleine Summen von dem sich in Auflösung befindlichen litauischen Staat erworben, um Mitstreiter aus unserer Gruppe anzusiedeln. Es werden auch noch mehr kommen und wir werden dieses Dorf noch weiter aufbauen, aber dafür muss jeder Mann in Ivas wasserdicht sein. Ich hoffe, du verstehst, was ich meine."

Frank stutzte. „Rebellen gegen die Weltregierung?", dachte er und blickte Wilden verwundert an.

„Ich denke, ich weiß, was Sie meinen", gab er anschließend zurück.

„Du bist hier nach Ivas gekommen und wirst bleiben müssen. Wir können dich nicht gehen lassen, denn du hast bereits zu viel gesehen und bist ein Sicherheitsrisiko. Wenn du auch nur ein Wort über uns oder dieses Dorf verlierst, dann müssen wir dich beseitigen. Ich sage es dir ganz offen. Das ist die Situation, in der du dich befindest, Frank", sagte Wilden, während er Kohlhaas einen entschlossenen Blick zuwarf.

„Und glaube mir, wir werden nicht zögern, dich sofort umzulegen, wenn du uns hier gefährdest!", setzte er mit kalter Miene nach.

„Verstehe!", presste Frank etwas überfordert aus sich heraus.

„Aber ich will dich nicht bedrohen oder verängstigen, denn du hast schon genug durchgemacht. Ich kann also gut nachvollziehen, wenn du erst einmal deine Ruhe haben willst. Ich will dich auch nicht zwingen, bei uns mitzumachen. Halte dich an einfach Alf, er ist reinen Herzens und könnte dir vielleicht sogar ein Freund werden. Er bürgt für dich und hat versprochen, stets auf dich zu achten."

„Ich will mich erst einmal ausruhen und dann schaue ich mir eure Gruppe einmal genauer an. Und keine Angst, ich bin euch dankbar, denn ihr habt mein Leben gerettet. Mit Sicherheit werde ich euch dann nicht im Gegenzug verraten", antwortete Kohlhaas dem älteren Herrn und bemühte sich dabei, ebenfalls einen entschlossenen Blick aufzusetzen.

„Glaube mir, Frank. Du bist hier sicher und kannst erst einmal deinen Seelenfrieden wiederfinden. Ein Zurück gibt es für dich ohnehin nicht mehr. Wenn sie dich jemals fassen sollten, wirst du sofort liquidiert.

Du bist weltweit in allen Scandateien als Terrorist und Mörder markiert und wirst nie wieder ein so genanntes „normales Leben" führen können. Wobei es bei näherer Betrachtung allerdings klar wird, dass wir als freie Männer hier die einzigen sind, die tatsächlich ein normales Leben führen – zumindest eines, das diese Bezeichnung auch verdient", erklärte Wilden mit sanfter werdender Stimme.

„Ich wollte mich auch bei Ihnen noch einmal bedanken", gab Frank verhalten zurück.

„Schon gut, ich bin froh, dass Alf und die anderen dich nicht haben sterben lassen", meinte der Dorfchef, wobei er einen väterlichen Gesichtsausdruck aufsetzte.

Das Gespräch mit dem Gründer der Gemeinschaft von Ivas dauerte noch eine Weile. Wilden wurde zunehmend gelöster, freundlicher und netter. Es schien, als hätte der auf den ersten Blick so kalt wirkende Mann bereits Gefallen an seinem noch jungen Gegenüber gefunden.

Das Dorf Ivas war seit 2013, als die schwere Krisenzeit den gesamten Erdball erschüttert hatte und Millionen Menschen in bitterste Armut gestürzt waren, nach und nach von seinen einstigen Bewohnern verlassen worden.

Der Zusammenbruch der Wirtschaft in Litauen hatte zu einer Exodus von jungen Leuten geführt, die sich der Illusion hingegeben hatten, in den Ländern Westeuropas noch Arbeit zu finden. Dörfer wie Ivas, die weitgehend vom Kleinhandel und der Landwirtschaft gelebt hatten, waren zerfallen und am Ende vollständig aufgegeben worden.

Zurückgeblieben war eine Geisterstadt, wovon es in Osteuropa mittlerweile Hunderte gab. Thorsten Wilden, der ehemalige Unternehmer aus Westfalen, hatte 2018, als die BRD offiziell unter die Verwaltung der Weltregierung gestellt worden war, den Entschluss gefasst, seiner Heimat den Rücken zu kehren und mit seinem letzten Geld Häuser in Ivas zu erwerben.

Wilden war bereits zu BRD-Zeiten als politischer Dissident verfolgt und vom Geheimdienst beobachtet worden. Als man den Unternehmer im Jahre 2009, als er für eine dem Establishment unangenehme Partei kandidiert hatte, mit Hilfe einer großangelegten Medienkampagne beinahe wirtschaftlich ruiniert hatte, war Wildens Entschluss gereift, nach Osteuropa auszuwandern.

Doch hatte er noch eine Weile durchgehalten, obwohl die Medien weiterhin dazu aufgerufen hatten, sein Geschäft zu boykottieren und seine Familie zugleich von aufgehetzten Wirrköpfen bedroht worden war.

Danach hatte sich die Lage immer weiter zugespitzt. Im Zuge der Weltwirtschaftskrise hatte Wilden den größten Teil seines Vermögens verloren und war durch seine fortgesetzte politische Tätigkeit mehr und mehr ins Schussfeld geraten. Nachdem sich die innenpolitischen Wirren in Westeuropa in Form von bürgerkriegsähnlichen Zuständen, ethnischen Konflikten und Hungersnöten immer weiter verschärft hatten, hatte Wilden die Flucht nach Litauen vorbereitet.

Schließlich hatte er sein verbliebenes Vermögen aufgeboten und dem kollabierenden litauischen Staat mehrere Häuser und Grundstücke in Ivas abgekauft. Der zerbrechende Staat, der durch die Krise in den völligen Bankrott getrieben worden war, hatte dankbar eingewilligt und sich über jeden Cent des ausländischen Investors gefreut.

Als sich die Weltregierung im Jahre 2018 mit dem Versprechen an die Völker etabliert hatte, die große Krise zu meistern, hatte sie nach und nach auch die letzten Nationalstaaten ausgeschaltet. Danach hatten die massenhaften Liquidierungen von politisch und weltanschaulich missliebigen Personen ganz Europa erschüttert.

Der neu eingerichtete internationale Geheimdienst, GSA, war in dieser Phase rücksichtslos gegen Personen, die zuvor als potentielle Dissidenten erkannt worden waren, vorgegangen. Seitdem waren Masseninhaftierungen und blutige Säuberungen weltweit an der Tagesordnung.

Das alte Europa hatten die Mächtigen damals endgültig zerschlagen, während seine sterbenden Völker dem Untergang preisgegeben worden waren. Nur in den USA hatte die GSA noch effektiver gewütet und noch größere Bevölkerungsteile ausgelöscht.

In dieser Zeit des Terrors war Wilden längst in Osteuropa verschwunden und hatte den ersten Ansturm mit seiner Familie unbeschadet überstanden. Viele seiner politischen Weggefährten von einst waren jedoch in Gefängnissen und Massengräbern verschwunden.

Zwar war es nicht so gewesen, dass in den Ländern Osteuropas der Terror überhaupt nicht gewütet hatte, doch war die Vorarbeit der Behörden zur Einrichtung eines perfekten Überwachungsstaats nur halbherzig vonstatten gegangen. Da die komplette Registrierung der Bevölkerung 2018 noch nicht so perfekt umgesetzt worden war wie im Westen, war der Schlag, den die neuen Herrscher gegen die Menschheit geführt hatten, weniger verheerend gewesen.

Russland und die anderen Staaten Osteuropas waren sogar erst im Jahre 2020 Mitglieder der Weltrepublik geworden und hatten sich auch erst zu diesem Zeitpunkt aufgelöst. Somit war in Litauen noch ein wenig Luft zum Atmen geblieben. Doch die Mächtigen drängten nun immer mehr darauf, auch in den Ländern außerhalb von Nordamerika und Westeuropa ihr Regime der totalen Kontrolle aufzurichten.

Nach diesen schwierigen Fakten und Erläuterungen, über die sich Frank in seinem Leben noch niemals intensivere Gedanken gemacht hatte, war er von Wildens Erzählkunst beeindruckt. Insgesamt war er von ihm fasziniert.
Die Tatsache, dass der von der Weltregierung immer mehr unter Druck gesetzte Verwaltungssektor „Europa-Ost" noch nicht dieselben Überwachungsmechanismen eingerichtet hatte wie etwa „Europa-Mitte", verschaffte der Gemeinschaft von Ivas ein wenig mehr Zeit.
Doch auch hier war zunehmend strengste Geheimhaltung nötig und Wildens Dorf musste sich immer mehr einfallen lassen, um als unwichtiges Örtchen, das von ein paar noch unwichtigeren Bauern bewohnt wurde, zu gelten.
HOK oder Holger, der seinen Nachnamen keinem außer Wilden verraten hatte, war daher auch einer der wichtigsten Männer in Ivas. Der ehemalige Informatiker war ein Meister im Fälschen von Scanchips und Fahrzeugregistrierungen. HOK konnte Menschen und Dinge aus Datenbanken verschwinden lassen. Eine Fähigkeit, die ihn zu einer Art „Computer-Medizinmann" machte.
Nach vier Stunden verließ Frank schließlich das Haus von Thorsten Wilden. Diese neue Welt hatte ihn beeindruckt. Und eine Wiederkehr in das alte Leben gab es für jemanden wie ihn ohnehin nicht mehr.

Als Kohlhaas zwei Tage später in HOKs Arbeitszimmer kam, wurde er von einem korpulenten Riesen begrüßt. Der junge Mann Ende zwanzig saß vor einer Computeranlage von beträchtlicher Größe, umgeben von Kisten und Kartons, die mit allem erdenklichen Krempel vollgestopft waren. Er machte dem Klischee vom durchgeknallten, aber genialen Hacker alle Ehre.

HOK grinste hämisch und musterte Frank von oben bis unten. Dabei verzog sich sein von einem ergrauten Bart umgebener Mund, während er sich an seiner wachsenden Halbglatze kratzte.

„Du brauchst einen neuen Scanchip! Du bekommst einen neuen Scanchip! He, he!", trompetete der füllige Informatiker und tippte etwas auf seiner Tastatur ein.

„Ach, ja, ich bin HOK. Sachbearbeiter für elektronische Fragen und Probleme in diesem schönen Dorf", ergänzte er.

„Hallo!", sagte Frank.

„Ach wie gut, dass niemand weiß, wie der HOK so richtig heißt. Kleiner Scherz, den ich immer gerne bringe", fuhr selbiger fort und fuchtelte dabei hastig mit den Unterarmen. „Und bald weiß auch niemand mehr, wie du richtig heißt."

„Ich werde immer Frank Kohlhaas heißen", warf sein Gast ihm entgegen.

„Ja, sicher. Und ich werde immer HOK sein, auch wenn ich manchmal ‚Mike Weber' oder ‚Enrico Althaus' bin", erwiderte Holger mit philosophischem Unterton. „Wie auch immer, du bekommst jetzt einen neuen Scanchip, denn sonst bist du in dieser Welt mächtig am Arsch."

HOK ließ die Tasten klappern und wirkte für die nächsten Minuten wie von seinem Computerbildschirm hypnotisiert. Er klickte sich durch diverse Datenbanken und wies Frank darauf hin, dass es jetzt eine Weile dauern würde. Immerhin musste er eine große Anzahl von Zugangscodes generieren, was sich über Stunden hinziehen konnte.

HOKs vielfache Zugriffe auf die geheimen Server von Verwaltungsdistrikten und Meldedatenbanken waren bisher unbemerkt geblieben oder konnten nicht nachverfolgt werden. Die Verschlüsselungs- und Sicherheitsmaßnahmen, die Holger bei seinen virtuellen Attacken auffuhr, waren beeindruckend und spiegelten zugleich die in dieser Zeit durchaus berechtigte Paranoia in seinem Kopf wieder.

„Dieser Rechner steht von seinem Quellcode her offiziell in Patah Keadan in Malaysia. Manchmal greife ich auch von Sibirien, Nordwestchina oder Angola aus an. Das ist immer lustig", schnatterte der Cyberfreak mit einem stolzen Lächeln.

„Ich glaub's dir ja, Mann. Aber ich verstehe von diesen Sachen nichts", stöhnte Frank etwas überfordert.

„Code hier und Code da...

Nein, das klappt nicht...

Verdammt, wieso nicht?

Gut, hier sind wir also gelandet...

He, he, he! Na, also!

Und „Go"! Ab die Daten...

Das sieht gut aus...

Das sieht sehr gut aus, he, he, he...

Und „Zip" und „Kopieren" und „Einfügen"...

HOK murmelte vor sich hin und hackte sich weiter durch das Datenmeer im internationalen Cyberspace. Er erschien kaum noch ansprechbar, wobei Frank auch lieber schwieg. Kohlhaas setzte sich auf einen ramponierten

Bürostuhl, der bereits unter HOKs Gewicht gelitten hatte, und wartete ab.

Schließlich dauerte der Vorgang fast drei Stunden. Frank war inzwischen aus dem Haus gegangen und hatte einen kleinen Dorfspaziergang gemacht. Als er zurückkehrte, erwartete ihn der leidenschaftliche Cyber-Fanatiker. Er grinste breit.
Dann verbeugte er sich theatralisch vor seinem neuen Klienten. „Herzlich willkommen, Bürger 08-711369Y-191947, in unserer wundervollen ,One-World'! Ich darf Sie doch auch hier unter uns und ganz inoffiziell als Maximilian Eberharter ansprechen, nicht wahr?"
„Klingt komisch, aber gut", gab Frank mit einem Anflug von Respekt zurück.
„Auch Ihr Scanchip-Konto wurde wieder aufgeladen. Meinen Glückwunsch!", tönte HOK und hüpfte fast vor Freude.

Nach den allgemeinen Vorgaben für die Bürgerregistrierung war Frank Kohlhaas jetzt als stolzer Besitzer der Bürgernummer 08-711369Y-191947 in Graz gemeldet und von Beruf Tiefbauingenieur. Sein Gehalt war auch nicht übel. Über 1800 Globes im Monat, so viel hatte er noch nie verdient.
Wer dieser Maximilian Eberharter wirklich war, wusste Frank nicht und er fragte auch nicht nach. Vielleicht war die Bürgernummer 08-711369Y-191947 ausrangiert worden, weil ihr Besitzer verstorben war. Vielleicht war sie auch einfach erfunden oder umgeschrieben worden. HOK wusste sicherlich, was er tat.
Der korpulente Zeitgenosse mit dem leicht verschrobenen Verhalten und den emotionalen Schwankungen war

in Ivas schlichtweg unersetzlich. Er besorgte den Einwohnern ordnungsgemäße Registrierungen und lud ihre Scanchip-Konten auf, verschaffte ihnen Arbeit und Einkommen – zumindest als Computerdatei. HOK war genial, das musste ihm auch Frank lassen.

Zusätzlich hielt sich die Dorfgemeinschaft auch noch mit etwas Landwirtschaft und illegalen Tauschgeschäften über Wasser. Bisher funktionierte das System besser, als es sich Kohlhaas vorstellen konnte.

Trotzdem war Ivas ein gefährlicher Ort. Nur wenn alle ihren Mund hielten, niemals unbedacht redeten oder prahlten, war hier ein ruhiges und vor allem unauffälliges Leben möglich. Von außen betrachtet, wirkte das Dorf völlig unscheinbar. Seine Bürger waren sogar brave Steuerzahler, die bei der Finanzdistriktsbehörde des Unterverwaltungssektors „Europa-Ost, Sektion Baltikum" gemeldet waren.

Insofern war Wildens Gemeinschaft in einer günstigen Situation. Unangenehm konnte es nur werden, wenn jemals ein Beamter diesen Ort genauer untersucht hätte. Da die Finanzlage des Unterverwaltungssektors aber nach wie vor katastrophal war und sich ganz Litauen in einem Dauerzustand schlimmster Armut befand, war es unwahrscheinlich, dass die Verwaltung, die durch massive Personaleinsparungen kaum noch Mitarbeiter hatte, einen Vertreter in ein halb leerstehendes Ruinendorf schicken würde. So lange jeden Monat wenigstens ein paar Steuergroschen von hier in die ausgehungerten Kassen flossen, war es den Behörden vor Ort vollkommen egal, wer hier hauste.

Diese Mentalität der Gleichgültigkeit, welche in Osteuropa weit verbreitet war, behinderte die Vorhaben der Weltregierung in großem Maße. Allerdings gab es im ehemaligen Litauen zumindest noch eine eigene Verwaltung, was in anderen Regionen der Erde nicht mehr der Fall war.

In Afrika hatte die Weltregierung indes erst gar nicht versucht, eine Komplettüberwachung der Bevölkerung einzuführen, da dies nicht umsetzbar war. Aber aus Sicht der Mächtigen war das auf dem schwarzen Kontinent auch gar nicht notwendig. Die vor sich hin siechenden afrikanischen Länder waren politisch absolut unbedeutend und es reichte aus, wenn Teile der Bevölkerung als billige Arbeitssklaven für die dort angesiedelten Produktionsbetriebe rekrutiert wurden. Außerdem hielt die Weltregierung den Kontinent in der eisernen Zange der Abhängigkeit durch Verschuldung.

Besatzungstruppen sorgten außerdem überall für die grobe Einhaltung der Befehle von oben. Ansonsten griff die Weltregierung nur sporadisch ein, um die Bevölkerung zu dezimieren. Trinkwasservergiftungen und künstlich erzeugte Seuchen sorgten dafür, dass sich die Afrikaner nicht noch schneller vermehren konnten.

Die Länder in Ostasien wurden ebenfalls weitgehend von außen beherrscht. Hier bediente sich die Weltregierung der Waffen der Kreditabhängigkeit, der militärischen Bedrohung und der wirtschaftlichen Sanktionen. Zwar hatten Staaten wie Indien und China erst vor wenigen Jahren den Scanchip als Ersatz für Kreditkarte und Personalausweis eingeführt, doch war die Bevölkerung dort so groß und unüberschaubar, dass sich eine flächendeckende Bespitzelung als zu aufwendig darstellte. Zudem war die Infrastruktur dieser Regionen, zusammen mit dem Niedergang des ehemals hochtechnisierten Europa, immer mehr zusammengebrochen.

Aber auch diesen Herausforderungen wollte sich die Weltregierung eines Tages stellen. Es gab noch viel zu tun. In naher Zukunft mussten die 1,9 Milliarden Chinesen und 1,5 Milliarden Inder so stark dezimiert werden, dass weitere politische Schritte folgen konnten. Die Pläne lagen bereits in den Schubladen der einflussreichen Vordenker der Neuen Weltordnung. Es war nur noch eine Frage der Zeit bis zum nächsten Schritt.

Die früher einmal technisch hoch entwickelten Nationen Europas, allen voran Deutschland, England, Frankreich und Russland, waren dagegen durch einen schleichenden Vorgang der Zersetzung von den Vorgängern der nun herrschenden Kräfte erfolgreich attackiert und zu Fall gebracht worden.

Wissend um den Erfindungsreichtum und die zivilisatorischen Errungenschaften der europäischen Völker hatten sie sich die alte Welt gezielt als Angriffsziel ausgesucht und sich rasch die Kontrolle über die damaligen Großmächte gesichert. Das Gleiche galt für den nordamerikanischen Kontinent.

Diese Gebiete waren einst als erste erobert worden – schleichend, nicht durch das Schwert, sondern durch die Macht von Geld und Zins.

Die Vorgänger der Männer, die heute die Weltregierung leiteten, hatten sich stets klug angestellt, denn ihre größte Stärke war ihre Gerissenheit gewesen.

Früher waren die Völker Europas stolz und stark gewesen und hatten viel von Werten wie Freiheit oder Unabhängigkeit gehalten. Daher hatten sie die Väter der Neuen Weltordnung langsam vergiftet, so wie man einen mächtigen Löwen nicht direkt angreift, sondern ihn zuerst einschläfert und krank macht.

Nachdem der Feind ein internationales Netzwerk aufgebaut und die Macht über das Geld erlangt hatte, waren auch die wichtigsten Zeitungen von ihm aufgekauft worden. Damit hatte er die Macht erlangt, die Massen zu manipulieren und Kriege nach Belieben zu finanzieren. Europa war von innen heraus zerfressen worden. Zuerst geistig, dann in seiner kulturellen Substanz.

Schon vor der Ausrufung der Weltregierung im Jahre 2018 hatten die Mächtigen fremde Völker aus aller Welt millionenfach nach Europa geholt, um überall ein Puzzle aus verschiedenen Ethnien und verfeindeten Religionen entstehen zu lassen. Das internationale Joch der modernen Sklaverei und das Gebot, zu konsumieren, der aus allen Medien schallte, waren das einzige, was die Weltbürger untereinander verband.

Damit war die Gefahr, dass sich eines Tages einheitliche Fronten gegen die Weltdiktatur bilden konnten, gebannt, denn zu unterschiedlich waren die Interessen und Lebensziele der verschiedenen Völkerteilchen und Splittergruppen. Wo einst innerlich geeinte Nationen existiert hatten, waren nun nur noch entwurzelte Massen übrig geblieben.

Der Plan war aufgegangen und die Mächtigen hatten die Grundlage geschaffen für das, was die Eingeweihten der Neuen Weltordnung schon vor langer Zeit prophezeit hatten: Einen „Einheitsmenschen" ohne klar definierte Herkunft, in sich zerrissen und haltlos. Eine Kreatur ohne eigene Kultur, ohne höheren Geist und ohne Identität – den idealen Sklaven.

Weltfrieden in Ivas?

„Nicht schon wieder diese Ronald-Miller-Scheiße!", stöhnte Alf am nächsten Morgen als er vor einem Laptop saß und die neuesten Nachrichten aus aller Welt abfragte. Auf einer Internetseite, die offiziell mit einem Sperrvermerk versehen war und für gesetzestreue Bürger eigentlich nicht zugänglich war, sah er die Gedenkfeier für den von iranischen Freischärlern entführten und erschossenen Soldaten der internationalen GCF-Truppe in New York.

Natürlich war dieses Video über die offizielle Fernsehsender weltweit ausgestrahlt worden, doch die verbotene Internetseite hatte es durch eine Reihe von Hintergrundinformationen ergänzt und ließ seinen Inhalt so etwas anders erscheinen als es sich die Medien wünschten.

Der Weltpräsident drückte vor laufenden Kameras ein paar Krokodilstränen heraus, die an seiner kräftigen Nase entlang kullerten, und dankte dem jetzt nicht mehr so unbekannten Soldaten für seinen Kampf gegen den Terrorismus, für Menschenrechte und den Weltfrieden.

Der Fernsehbericht zeigte Ronald Millers weinende Witwe, sein neugeborenes Baby und seine Tochter im Kindergarten. Die Reportage über seine trauernde Familie dauerte fast eine ganze Stunde. Die Tochter erzählte, dass sie gerne Bilder mit Wachsmalstiften malte und ihren Hamster liebte; dann wurde sie beim Weinen um ihren Vater in Großaufnahme präsentiert.

Der Weltpräsident besuchte sie im Kindergarten, bemühte sich, betroffen zu schauen, und erklärte der Kindergärtnerin, wie wichtig es jetzt wäre, den Krieg gegen islamische Fanatiker in aller Welt zu verstärken.

„Die sollten ruhig einmal erwähnen, dass sie Teheran vor neun Jahren mit Nuklearwaffen dem Erdboden gleich gemacht haben!", keifte Alf wütend und schlug fast seinen Laptop kaputt. „Darüber könnte man sicherlich auch ein paar gute Videoberichte mit weinenden Kindern drehen!" Er wandte sich Frank zu: „Damals sind über eine Million Männer, Frauen und Kinder getötet worden. Die Global Control Force hat sie einfach ausradiert, um ein Exempel zu statuieren!"

„Weiß ich noch …", gab sein Mitbewohner zurück.

„Ach, Scheiße! Diese Drecksmedien! Diese Geistesvergifter würde ich mit Freude alle abknallen, wenn ich die Möglichkeit dazu hätte!", spie Alf zornig aus.

„Was soll`s. Das ist halt die übliche Propaganda", sagte Frank und ging in die Küche. „Reg dich nicht auf, sonst klappst du irgendwann mal mit einem Herzkollaps um."

Bäumer schimpfte noch eine Weile vor sich hin. Kurz darauf folgte er Frank. Mit erhobenem Zeigefinger stellte er sich vor ihn.

„Heute kommt John aus Minsk wieder. Wir müssen mit Wilden reden, damit er uns sagt, wo wir ab jetzt wohnen können."

„Ich mit dir wohnen? Dann bekommst du Fernsehverbot!", erwiderte Frank mit einem Lächeln.

„Schnauze, ich bin geladen, Alter!", zischte Alf zurück, grinste hämisch und machte ein paar spaßhafte Boxbewegungen in Richtung seines Gesprächspartners.

Die Unterredung mit Wilden war kurz und sachlich. Der Dorfchef erklärte Frank und Alf, dass sie in Zukunft in ein noch leer stehendes Haus am anderen Ende des Dorfes ziehen konnten. Zwar war es eine Bruchbude sondergleichen, aber hatte es zumindest einen alten Ofen. Außerdem war es wohl möglich, so Wilden, der Baracke Strom zu verschaffen.

Als Frank und Alf zu ihrer provisorischen Bleibe zurückkehrten, trafen sie dort auf einen etwa vierzig Jahre alten Mann in einem Strickpullover, der Kisten aus einem weißen Kombi auslud. In Begleitung des Fremden befand sich eine junge Frau mit blonden Haaren, die sie zu einem Pferdeschwanz zusammengebunden hatte. John und die Frau näherten sich den beiden.

„Ach, wen haben wir denn da? Gestatten, John Thorphy", stellte sich selbiger vor.

„Julia Wilden", fügte die Blondine lächelnd hinzu.

„Alfred Bäumer, wir kennen uns ja noch nicht", entgegnete Alf.

„Äh...Frank Kohlhaas", warf dieser in die Runde.

John Thorphy hatte einen stark englischen Akzent, was die Frage nach seiner Herkunft jedoch nur oberflächlich klärte.

„Wir haben bei dir gewohnt. Nochmals vielen Dank. Sind gerade aus dem Knast befreit worden", erläuterte Alfred.

„Kein Problem" stellte John fest und machte sich weiter daran, Kisten aus seinem Kofferraum zu holen.

„Das wird mein Vater schon richtig angeordnet haben", ergänzte Julia, wobei sie Frank mit einem flüchtigen Blick aus ihren grünblauen Augen musterte.

„Und wie war es so?", versuchte sich Frank an einer Konversation.

„Wie war es wo so?", fragte die junge Frau zurück und strich sich durch die wenigen Strähnen, die nicht in ihren Pferdeschwanz am Hinterkopf eingebunden waren und ihr ins Gesicht fielen.

„Na, da, wo ihr gewesen seid...", sagte Frank verlegen.

„Gut!", erhielt er als kurze Antwort.

„Ist der Mann...äh...John...Engländer?", schob Frank nach.

„Nein! Und er mag auch keine Engländer", hörte er von Julia. „John ist Ire. Rede mit ihm nicht über England oder gar über Engländer!"

„War ja nur 'ne Frage", murmelte Frank und schaute an seiner Gesprächspartnerin vorbei.

„Gut, da jetzt alle Fragen gestellt wurden, könnt ihr uns ja beim Ausladen helfen", rief Julia und deutete auf den Kombi.

„Klar, wird erledigt!", antwortete Alf. Er sah Kohlhaas bestimmend an und dieser machte sich sofort an die Arbeit.

In den nächsten Wochen hatten Frank und Alf alle Hände voll zu tun. Nicht nur notwendige Arbeiten in ihrem neuen Heim hielten sie auf Trab, sondern auch Wilden selbst. Diesem fielen immer neue Dinge ein, die die zwei im Dorf erledigen konnten.

Kohlhaas lernte nun nach und nach auch die anderen Dorfbewohner kennen und glaubte, dass ihn die meisten zumindest halbwegs leiden konnten. Einige begegneten ihm allerdings auch mit großem Misstrauen und vermieden allzu lange Gespräche mit dem Neuankömmling, der ständig in Bäumers Begleitung durch Ivas lief. Dass Frank in einer Holozelle gesessen hatte, rang jedoch vielen Dorfbewohnern eine Mischung aus Mitleid und Respekt ab.

Julia Wilden, die Frank optisch keinesfalls abstoßend fand, schien seine Gegenwart nicht sonderlich zu suchen. Kohlhaas bekam sie kaum zu Gesicht, auch wenn er bei seinen Spaziergängen durch das Dorf ungewöhnlich oft an Wildens Haus vorbeiging, obwohl es sich in einer Nebenstraße befand.

„Sie sieht zwar gut aus, aber sie ist halt Misses Wichtig, die Tochter des großen Chefs", dachte Frank manchmal. „Hält sich eben für was Besseres und scheint mir nicht übermäßig zu vertrauen."

Ganz falsch lag Kohlhaas mit seiner Einschätzung nicht: Julia, wie auch der junge Sven, gehörten zu jener Gruppe von Dorfbewohnern, die den Kontakt mit Frank eher vermieden. So kam es diesem jedenfalls nach einer Weile vor.

Aber er bemühte sich, das Verhalten dieser Leute zu verstehen. Sie kannten ihn nun einmal nicht; außerdem war er bloß durch Zufall an diesen seltsamen Ort gekommen. Was sollte er jetzt erwarten? Wenn er sich als Schwätzer oder Sicherheitsrisiko erwies, konnte das die Gemeinschaft von Ivas in die Katastrophe führen. Demnach war die Angst vor dem unbekannten Neuling nicht ungerechtfertigt.

Bäumer jedenfalls hatte Frank bereits ins Herz geschlossen und auch dem Dorfchef schien Kohlhaas nicht unsympathisch zu sein, da dieser bei jeder Gelegenheit auf ihn einredete und ihm die Weltgeschichte von den Kulturgründungen der Indogermanen über Alexander den Großen bis zur Gegenwart erklärte. Manchmal sogar alles durcheinander.

„Man hätte Wilden gut für die Umerziehungsstunden in der Holozelle einsetzen können, nur dass er die gegenteiligen Thesen vertritt. So viel hat selbst der Sprachcomputer nicht geredet", sagte Frank gelegentlich zu Alf, um dann zu grinsen.

Letzterer verehrte den ehemaligen Unternehmer aufgrund seines universalen Wissens über Politik und Geschichte bis ins Mark, musste bei solchen Bemerkungen allerdings auch schmunzeln.

So vergingen schließlich Tage, Wochen und Monate in einer gewissen Eintönigkeit. Oft waren einige der Dorfbewohner für längere Zeit fort und ab und zu verließ eines der drei Transportflugzeuge seinen Standort, um irgendwo hin zu fliegen und erst Tage später wieder zurück zu kommen.

Die Flugzeuge wurden stets unter Tarnplanen oder in alten Scheunen versteckt. Es war zwar nicht illegal, sie zu besitzen, da sie ja ordnungsgemäß registriert worden waren, doch ließ Wilden auch hier größte Vorsicht walten.

Frank und Alf arbeiteten derweil pausenlos, um ihr Haus endlich bewohnbar zu machen. Zunächst wurden über Umwege Tapeten besorgt, da es im Umkreis von vielen Kilometern keine Läden mehr gab, die solche Artikel führten, damit zumindest die wichtigsten Räume renoviert werden konnten. Ähnliche Schwierigkeiten taten sich auch bei den Baumaterialien auf, die man behelfsweise von den anderen leerstehenden Häusern nehmen musste; beispielsweise noch intakte Ziegel für das lädierte Dach.

Es war eine lange und mühselige Arbeit, bei der sich die beiden Männer immer mehr anfreundeten. Nach wie vor gab es nur im Hauptraum ihres Hauses einen brauchbaren Holzofen, der jedoch schon sehr alt war. Kohlhaas wurde mulmig, sobald er an den kommenden Winter dachte.

Gegen Ende des Monats Juli meldeten sich plötzlich auch Franks Schlafstörungen zurück; er hatte regelrechte Alpträume, in denen das gleißende Licht der Holozelle wiederkehrte und sogar Herr Irrsinn auftauchte. In Franks

Träumen redete der gespenstische Begleiter manchmal, wobei sich Kohlhaas wunderte, wie hoch und hell seine Stimme war.

Oft weckte ihn Bäumer auf, wenn er um sich schlug oder im Schlaf redete. Es war merkwürdig. Gerade jetzt, wo die Ruhe, ja im Vergleich zur Zeit in „Big Eye" sogar die reinste Idylle, eingetreten war, kamen die bösen Erinnerungen zurück. Gerade als Frank meinte, die schreckliche Zeit hinter sich gelassen zu haben, griff der Horror unerwartet an, um ihn zu peinigen.

Eines Tages, es war bereits August geworden, stand HOK am frühen Morgen vor der Haustür und fragte Alf nach Frank. Dieser saß in der provisorisch eingerichteten Küche, kurz darauf kam er selbst an die Tür.

„Morgen, Frank! Komm bitte sofort mit!", begrüßte ihn HOK mit betretener Miene.

„Was ist?", fragte Kohlhaas mit einem unbehaglichen Gefühl im Bauch.

„Schnell! Komm erst einmal mit! Bitte!", drängelte der Computerfachmann, der eine unheilvolle Atmosphäre ausstrahlte.

Schweigend gingen die beiden schließlich zu HOKs Haus, wo der Informatiker sofort in seinen Arbeitsraum rannte und sich vor dem flackernden Bildschirm seines Rechners niederließ.

„Setz dich hin", bat er Frank freundlich, um dann hinzuzufügen: „Bleib bitte ruhig, bei dem, was ich dir jetzt sage."

„Was ist denn los?", fragte Kohlhaas mit einer Mischung aus Ungeduld und tiefer Sorge, denn HOKs Miene ließ nichts Gutes erahnen.

„Ich habe deinen alten Scanchip untersucht. Das war nicht persönlich gemeint, aber es ist eine Anweisung von Wilden bezüglich jeder Person, die neu in unser Dorf kommt. Es ist bloß eine Sicherheitsmaßnahme. Der Scanchip wird auf verdächtige Subdateien und Querverweise hin untersucht. Ich habe mich in einen internen Datenserver eingeloggt und nicht öffentliche Informationen studiert, die über jeden Bürger im Sektor ‚Europa-Mitte' automatisiert oder durch behördliche Stellen gesammelt werden.

Die Subdateien, die der betreffende Bürger niemals in seinem Leben zu Gesicht bekommt, außer er hat einige Programme so zurecht programmiert und umgeschrieben, wie ich es in den letzten zehn Jahren getan habe, beinhalten viele Informationen über dessen Leben."

„Aha?", erwiderte Frank mit komplettem Unverständnis.

„Ein gewöhnlicher Scanchip besitzt etwa 500 interne Subdateien und Querverweise, die der Besitzer natürlich nicht lesen kann, weil sie nur von offiziellen Stellen abgerufen werden können", erklärte HOK hastig.

Franks Gehirn wurde wieder einmal mit Fachbegriffen der Computersprache überflutet, obwohl sich HOK redlich bemühte, alles halbwegs verständlich auszudrücken.

„Die Subdateien eines jeden Scanchips enthalten eine Fülle von Daten. Zum Beispiel:

1) Verhaltensanalyse am Arbeitsplatz
2) Gesundheitszustand und gesundheitliche Risiken für die weitere ökonomische Verwertung des Bürgers
3) Einkommen
4) Konsumverhaltensstatistik
5) Soziale Verträglichkeit
6) Subversive Aussagen am Telefon

7) Subversive Aussagen im Internet
8) Familienmitglieder und Verwandte
9) Verhalten im Bezug auf Medien und Werbeangebote
10) Politische Ausrichtung
11) Religiöse Ausrichtung
12) Freunde und Bekannte (inklusive der Kontaktintensität und Häufigkeit)
13) Sexuelle Ausrichtung

Es gibt noch Hunderte weiterer Unterpunkte und Details, die ich dir hier jedoch ersparen möchte", sagte HOK.

„Und jetzt? Habe ich etwas falsch gemacht?", wollte der verunsicherte Frank wissen.

„Nein!", antwortete HOK knapp. „Für uns geht es um spezielle Unterpunkte. Etwa, ob da steht: ‚IZSS' (Informationszuträger für staatliche Stellen) oder ‚EBG' (Empfänger behördlicher Vergünstigungen) – was heißen würde, dass du ein Spitzel bist oder einmal warst."

„Was soll der Scheiß?", giftete Frank HOK entgegen. „Ich habe mit solchen Dingen nichts zu tun!"

„Dein alter Scanchip ist sauber, keine Sorge", beruhigte ihn HOK. „Das ist auch nicht die Sache, auf die ich hinaus will. Wir müssen hier nun einmal extrem vorsichtig sein und diesen Prozess musste bisher jeder über sich ergehen lassen."

„Dann wollt ihr hier euren eigenen Überwachungsstaat ‚Ivas' einführen, oder wie?", knurrte Frank wütend.

„Nein, wollen wir nicht!", gab HOK zurück, wobei er sich irgendwie ertappt zu fühlen schien.

„Ich habe mir auch die Querverweise bezüglich deiner Familienmitglieder und Verwandten angesehen. Tut mir leid, das gehörte nicht zu meiner Aufgabe und ich muss mich dafür entschuldigen", murmelte HOK kleinlaut. Verlegen blickte er auf seine Tastatur.

„Und dann gegen die Weltregierung kämpfen! Die sind vielleicht auch bloß neugierig und spionieren aus lauter Langeweile die Leute aus!", herrschte ihn Kohlhaas an.

„Ja, es tut mir leid. Wirklich!", versuchte HOK seinen erbosten Gast zu beruhigen.

Franks Mundwinkel zuckten nach unten, während er den dicklichen Informatiker skeptisch beäugte.

„Leider ist mir da etwas Schreckliches aufgefallen", fuhr Holger nach einer kurzen Pause fort. „Rainer Kohlhaas ist dein Vater, nicht wahr? Und Martina Günther, geborene Kohlhaas, deine Schwester, oder? Nico Günther ist dann wohl dein Neffe..."

„Was ist mit ihnen?", schrie Frank mit aufgerissenen Augen.

„Die Scanchips von Rainer Kohlhaas und Martina Günther sind als ‚stillgelegt' ausgezeichnet. Ihre Bürgernummern werden demnächst neu vergeben", sprach HOK mit einem Kloß im Hals.

„Was?", presste Frank heraus.

„Beim Scanchip deines Vaters ist ein Inhaftierungsvermerk seit dem 09.04.2028 eingetragen, seit Anfang Juni 2028 ist er schließlich ‚stillgelegt' worden. Als Zusatz steht da die Fußnote ‚OSDBA' (Offizielle Stilllegung durch behördliche Anordnung) und weiter ‚BA' (Bürger ausgeschaltet). Er ist liquidiert worden", erklärte Holger.

„Wie?", rief Frank wie vom Blitz getroffen.

„Das Gleiche gilt auch für deine Schwester. Sie wurde ebenfalls erst inhaftiert und später liquidiert. Dein Neffe allerdings...", sagte HOK, doch Kohlhaas fiel ihm ins Wort.

„Was? Was ist mit Nico?", brüllte ihn Frank mit starrem Entsetzen in den Augen an.

„Er ist hier als ‚Waise in staatlicher Obhut' verzeichnet. Er lebt also noch", fuhr der Informatiker fort, während er sich bemühte, Franks Gefühlsausbruch irgendwie abzuschwächen.

Doch es hatte keinen Sinn. Der junge Mann taumelte zurück und sank seinen Stuhl. Frank rang nach Luft und bemühte sich mit letzter Kraft, die Klauen des Schreckens, die ihm die Kehle zudrückten und ihm den Atem nahmen, abzustreifen, aber es gelang ihm nicht. Innerhalb von Sekunden fiel er in ein schwarzes Loch der Verzweiflung und stürmte weinend aus dem Haus.

Da waren der Schrecken und die Angst wieder, die ihn in den letzten Monaten bis auf gelegentliche Alpträume verschont hatten. Sie waren in alter, finsterer Größe zurückgekehrt und schienen bleiben zu wollen.

Die nächsten Tage verstrichen und Frank verließ kaum mehr seinen Schlafraum. Alf versuchte, ihm zu erklären, dass die Inhaftierung von Verwandten und Familienmitgliedern vom System dazu genutzt wurde, untergetauchte Straftäter aus der Reserve zu locken, doch Frank schrie ihn nur an, zu verschwinden.

Plötzlich waren die Nächte wieder finster und grausam. Der Schrecken, den die Holozelle in Franks Geist entfacht hatte, kam nun Arm in Arm mit dem neuen Schrecken in der Dunkelheit zurück.

Erneut dachte Frank darüber nach, seinen Eltern und seiner Schwester ins Jenseits zu folgen und seine hoffnungslose Existenz endlich zu beenden, doch Alf baute ihn immer wieder auf und wich auch in den schwärzesten Stunden nicht von seiner Seite.

Als der September den Herbst über Ivas brachte, wurde Frank eines Nachts von einem verstörenden Traum heimgesucht. Er konnte sich am nächsten Morgen, als er mit furchtbaren Kopfschmerzen aufwachte, nicht mehr ganz an jedes Detail erinnern, doch die meisten Bilder blieben ihm im Gedächtnis.

Frank befand sich als Zuschauer in einem Raum, der einem Gerichtssaal ähnlich sah. Vorne war das Richterpult und die Anklagebank und lediglich sie wurden von einem Scheinwerfer beleuchtet. Der Rest des Raumes blieb im schemenhaften Halbdunkel versunken; auch die Sitzreihen der Zuschauer, auf denen Frank als einziger saß. Vorne auf der Anklagebank saßen zwei Personen, die er erst nicht genau erkennen konnte, da er sie nur von hinten sah. Hinter dem Richterpult befand sich kein Mensch, es war eher ein Schatten oder ein Geistwesen.

„Die Verhandlung ist eröffnet!", rief der Schemen. „Ich bitte um Ruhe! Es geht heute um die Strafsache ‚Die Politik gegen Herrn Rainer Kohlhaas und Frau Martina Günther, geborene Kohlhaas'."

Die beiden Angeklagten drehten sich um und warfen Frank ängstliche Blicke zu. Es waren sein Vater und seine Schwester. Schnell wandten sie sich wieder dem Richter zu, denn er begann mit seinen Ausführungen.

Der einzige Zuschauer reckte den Kopf und versuchte, das Namensschild zu entziffern, das vor dem eigenartigen Richter auf dem Pult stand. Erst nach angestrengtem Starren erkannte Frank, dass dort gar kein Name zu sehen war. Dort stand bloß: „Die Politik".

Der Schatten verlas eine Fülle von Anklagepunkten und begann daraufhin mit der Befragung der beiden.

„Wir fangen mit Ihnen an, Herr Rainer Kohlhaas", sprach er mit grollender Stimme. „Können Sie sich daran erinnern, sich jemals um die wichtigen Fragen bezüglich meiner Person gekümmert zu haben?"

„Nun, ich habe mich schon manchmal mit Ihnen befasst, soweit es mein Leben betraf", stammelte Rainer Kohlhaas.

„Könnten Sie das genauer erläutern?", hakte der Richter nach.

„Also, ich habe ab und zu Nachrichten gesehen und Zeitung gelesen", versuchte Rainer Kohlhaas zu erklären.

„Und Sie, Frau Martina Günther? Haben Sie sich wirklich jemals ernsthaft um mich gekümmert?", sprach der Schattenrichter mit drohender Stimme.

„Vielleicht nicht genug. Aber gelegentlich schon. Ich kam allerdings oft nicht dazu. Mein Beruf hat mich meist so in Anspruch genommen, dass ich keine Zeit mehr hatte, viel an Sie zu denken", gab Franks Schwester kleinlaut zurück.

„Und bei Ihnen ist es ähnlich gewesen, Herr Kohlhaas?", polterte der Richter durch den Saal.

„Es tut mir leid, aber wenn ich ehrlich bin, habe auch ich immer nur gearbeitet und mich in erster Linie um mich selbst gekümmert. Ich musste ja zusehen, dass ich überlebe und Geld verdiene. Und da fehlte mir einfach die Zeit", hörte Frank seinen Vater mit zitternder Stimme sagen.

„Und Sie haben geglaubt, dass Sie damit durchkommen? Dass Sie mich all die Jahre hindurch ignorieren könnten und nicht ernst zu nehmen bräuchten?", knurrte ihn das Geistwesen an.

„Vergeben Sie mir. Die Zeit hätte ich mir sicherlich nehmen sollen. Ich habe ja auch Ihren Werdegang verfolgt,

Herr Richter. Nachrichten habe ich viel gesehen und mich informiert...", rechtfertigte sich Rainer Kohlhaas halbherzig.

„Ja, bei mir war es auch so!", fügte Martina hinzu.

„Und Sie denken, es hat ausgereicht, andere über mich reden zu lassen? Sie glauben wirklich, es sei genug gewesen, wenn andere sich um mich kümmerten und Sie selbst nur das nachplapperten, was diese über mich erzählten? Warum haben Sie sich nie selbst ein Bild von mir gemacht?", fragte der Schatten vorwurfsvoll.

„Vergeben Sie uns, Herr Richter, aber wir hielten einfach andere Dinge in unserem Leben für wichtiger, als uns um Sie zu kümmern", lamentierten die beiden Angeklagten voller Sorge.

Plötzlich fand sich Frank an einem anderen Ort wieder. Zuerst fiel ihm der schreckliche Gestank auf, der ihm vom Boden aus in die Nasenlöcher kroch. Er befand sich auf einem Feld, das sich endlos weit bis in den letzten Winkel einer alptraumhaften Welt auszudehnen schien. Nur die blassen Konturen einiger Berge waren noch in der Ferne zu erkennen. Dann sah Frank, was das Feld bedeckte. Es waren Leichen. Hunderte, Tausende, Millionen.

Sie stanken furchtbar und verrotteten vor sich hin. Ihre gräuliche Haut war ledrig und aus ihren Mündern und vertrockneten Augenhöhlen krochen Maden und anderes Gewürm.

Es waren so unfassbar viele: Männer, Frauen, Kinder – manche erst frisch gestorben, andere schon stark verwest und fast zu Skeletten zerfallen. Frank musste aufpassen, dass er beim Gehen nicht auf dem Teppich von Gebeinen und Fleisch ausrutschte, denn das Meer der Toten war gigantisch und es füllte die Ebene bis zum Horizont aus.

Der junge Mann wanderte einige Stunden einfach geradeaus, wobei jeder Schritt in dieser grauenhaften Umgebung eine Qual war. Doch die Ebene erstreckte sich immer weiter und weiter und war nach wie vor mit zahllosen Leichen bedeckt. Die Berge, so erkannte Kohlhaas plötzlich, waren Berge aus Schädeln, die in Massen aufeinander getürmt worden waren.

Frank lief durch das Land der Toten und als er schon dachte, dass er nie mehr einen Ausweg aus dieser Hölle finden würde, hörte er plötzlich eine Stimme.

„Frank Kohlhaas!", schallte es aus einer Ecke des Feldes.

Der Träumende näherte sich dem Ort, von wo aus er die Stimme vernommen hatte, und konnte bald einen dunklen Fleck erkennen, der immer größer wurde, umso näher er kam. Schließlich erkannte er, dass es der schattenhafte Mann war, der gespenstische Richter.

„Ich bin die Politik, Frank Kohlhaas! Schön, dass du mich gefunden hast! Hier sind die zwei!", sagte das Wesen und zeigte mit seiner Geisterhand auf den Boden vor sich.

Dort lagen Rainer Kohlhaas, sein Vater, und Martina Günther, seine Schwester. Beide hatten einen Kopfschuss und ihre Körper wurden von Maden zerfressen.

„Siehst du, Frank Kohlhaas, wenn du dich nicht um die Politik kümmerst, dann kümmert sich die Politik eines Tages um dich!", sagte der Richter.

Frank schreckte schreiend auf. In dieser Nacht schlief er nicht mehr ein.

Der Rest des Jahres 2028 verging ohne größere Veränderungen im Leben des mittlerweile 27 Jahre alten Mannes.

Der Winter in Litauen war lang und kalt. Von einer „Klimaerwärmung", wie man sie 2010 noch in den öffentlichen Medien gepredigt hatte, um damit Zwangsmaßnahmen und politische Schritte zu rechtfertigen, war allerdings nichts zu spüren.

Franks Angstzustände, Schlafstörungen und Depressionen kamen nach wie vor in Wellen. Besonders in den dunklen Wintermonaten hatte er stark darunter zu leiden. Ansonsten wurde er von Wilden und den anderen Dorfbewohnern zu allen möglichen Arbeiten herangezogen. Doch die täglichen Aufgaben taten Frank gut, denn sie sorgten für Ablenkung. Im Herbst wurden die wenigen Felder rund um Ivas von den Einwohnern abgeerntet und die Erträge winterfest gemacht; so wie in alten Zeiten.

Auch das war für Frank Neuland, da er bisher nur die Massenabfertigungsnahrung der großen Agrarkonzerne gegessen hatte. Zudem renovierten Alf und er noch immer ihr altes Haus, wobei sie nur langsam vorankamen.

Innerlich war Kohlhaas nach wie vor noch nicht bereit, sich den Rebellen, wenn es denn überhaupt welche waren, anzuschließen. Außer Geschwätz war ihm nämlich noch keine nennenswerte Rebellion aufgefallen, obwohl ihn Wilden bei jeder Gelegenheit über weltpolitische Themen aufklärte.

Seine Tochter Julia schien indes noch immer nicht viel von ihm zu halten, wobei Frank zumindest ihr Mitleid geweckt hatte.

„Immerhin etwas!", dachte er.

Wenn es draußen stürmte und der Eisregen gegen die undichten Fenster hämmerte, es dunkel und kalt war, fühlte sich Frank verloren, selbst wenn Alf im Nebenraum irgendwelche Internetseiten nach neuen Informationen durchforstete und dabei Flüche oder Jubelschreie ertönten.

„Soll es jetzt ewig so weitergehen?", fragte er sich. „Ist das mein Schicksal? Hier in diesem Kaff im Baltikum herumzuhängen? Mit dieser skurrilen Bande von selbsternannten Freiheitskämpfern?"

Wenn Frank das Gesicht seines Vaters und seiner Schwester vor seinem geistigen Auge sah; wenn er an die Holozelle dachte und daran, dass sein kleiner Neffe irgendwo in einer Gehirnwäscheanstalt aufgezogen wurde, während seine Schwester, die nie etwas Unrechtes getan hatte, in einem Massengrab verrottete, dann loderte die Wut in seinem Inneren auf.

„Alf, was bedeutet das Symbol der ‚Red Moon Gruppen' noch einmal?", fragte er seinen Mitbewohner eines Abends.

„Habe ich dir doch schon gesagt", antwortete Alf, der sich gerade ins Bett legen wollte.

„Ich will es wissen – und zwar genau!", bohrte Frank nach und zeigte dabei einen Gesichtsausdruck, der selbst Alf Respekt einflößte.

„Nun, das ist ein altes Kultsymbol. Der ‚Blutige Mond' oder ‚Blutmond' eben. Die alten Kelten, wie auch viele andere Völker der Vorzeit, kannten dieses mystische Zeichen. Vor allem jetzt im Winter war es bedeutsam. Damals wurde das Vieh vor Wintereinbruch in einer bestimmten Vollmondnacht in großer Zahl geschlachtet und deswegen nannten unsere Vorfahren diesen Mond den ‚Blutmond'. Es war also auch eine Art Ritual für die alten Götter, um diese vor dem Winter um Schutz und Hilfe anzuflehen. Es wurde ein Kreis mit Blut gezogen, um den sich der Stamm versammelte, betete und tanzte. Oft tranken die Alten dazu blutroten Wein.

Man glaubte, dass während dieses Rituals nicht nur die Geister von verstorbenen Verwandten und Freunden anwesend waren, sondern auch die von den Tieren, die die Gemeinschaft verlassen hatten, um ihr Fleisch zu geben."

„Also auch eine Art Gedenken an die Verstorbenen?", wollte Frank weiter wissen.

„Das ist eine Bedeutung. Die andere Bedeutung ist der heraufziehende Krieg, die Rache, das Blutvergießen, die Raserei der Schlacht. Man kann den blutigen Mond auch als Warnung an die Feinde verstehen. Hängt halt alles von der Interpretation des Symbols ab. Die Gründer der ‚Red Moon Gruppen' fanden es halt interessant, sich dieses Zeichen zu geben", fuhr Bäumer fort.

„Die zweite Bedeutung gefällt mir besser!", zischte Frank. Alfred schaute etwas verwundert und schabte mit seinen Fingern leise über den Küchentisch.

„Lass uns endlich den Blutmond über unsere Feinde bringen. Ich werde irgendwann mit Wilden reden. Wenn ich mich eurer angeblichen Rebellion anschließe, dann will ich auch wirklich Rebellion machen", knurrte er grimmig.

„Machen wir doch...", konterte Alf, der Frank noch nie so aggressiv erlebt hatte.

„Ja, ich hoffe es! Ich will töten!", fauchte er. „Rache! Blutmond!"

Frank drehte sich auf dem Absatz um und ging in sein Zimmer. Die Tür schlug er hinter sich zu. Bis zum nächsten Morgen wurde er nicht mehr von seinem Freund gesehen.

Rebellion und Neuschnee

Es dauerte nicht lange, da war Ivas von einer dicken Schneedecke bedeckt und es war bitter kalt. In Franks und Alfs Behausung war es lediglich im größten aller Räume, dem mit dem Holzofen, halbwegs erträglich.

Dieser Winter erwies sich als besonders entbehrungsreiche Zeit. Meistens mussten sich die beiden mit ein paar zusätzlichen Wolldecken wärmen. Aber wenigstens hatte das Dach keine Löcher mehr, so dass es nicht in die obere Etage des verfallenen Gebäudes schneite.

Heute hatte Frank den Entschluss gefasst, mit Wilden zu reden. Er wollte Nägel mit Köpfen machen und ein echter Rebell werden; allerdings wusste er noch nicht richtig, wie dies aussehen sollte.

Es war ein grauer Vormittag und die wenigen Lichtquellen in den bewohnten Häusern des Dorfes trugen kaum dazu bei, das Halbdunkel in den Gassen zurück zu drängen.

Ein entschlossener Frank stapfte durch den gefallenen Neuschnee der letzten Nacht in Richtung des Hauses von Thorsten Wilden. Allmählich ging ihm die Eintönigkeit in diesem angeblichen Hort der Revolution auf die Nerven.

„Ihr wollt mich? Dann bekommt ihr mich!", giftete er aus seinem Stoppelbart in die Düsternis.

An der Haustür des Dorfchefs angekommen, machte sich Frank mit lautem Klopfen bemerkbar. Agatha, Wildens Frau, öffnete die Tür. Neben ihr stand Julia im Flur. Sie gab ein leises „Hallo!" von sich. Wilden erschien auf der Treppe, die ins obere Stockwerk führte.

„Frank, sei gegrüßt! Was gibt es?", fragte der ergraute Herr etwas verwundert. Er wirkte verschlafen und war noch unrasiert.

„Haben Sie kurz Zeit, Herr Wilden? Ich will mit Ihnen sprechen!", antwortete Frank mit einem Blick, den weder Julia noch Wildens Frau jemals zuvor gesehen hatten.

„Ja, gut. Wir gehen in mein Büro", erwiderte der Rebellenführer.

„Gut! Ich komme hoch!", stieß Frank hervor und hastete die Stufen hinauf.

Kurz darauf saßen sich beide Männer gegenüber. Noch bevor Wilden nachfragen konnte, fing Frank schon an zu reden.

„Das hier ist kein Ferienort, haben Sie einmal gesagt. Gut! Gut!", murmelte Frank mit verbissener Miene. „Das hier ist ein Rebellenstützpunkt, sagten Sie, Herr Wilden!"

„Ja, ist es", erwiderte der ältere Herr etwas überrascht. Sein Gast erschien ihm heute merkwürdig.

„In Ordnung! Dann machen wir Rebellion, dann wehren wir uns endlich richtig gegen dieses System. Kein Gerede mehr, sondern Taten. Zuerst möchte ich schießen lernen! Sturmgewehr, Maschinengewehr, Handfeuerwaffen. Geht das in Ordnung, Herr Wilden?", trug Frank fordernd vor.

„Im Prinzip schon", kam zurück.

„Sehr schön! Ich bin nämlich jetzt so weit. Ich weiß, dass einige über mich nach dem Motto reden: Den füttern wir hier nur durch, der nützt uns nichts, da er sich an keiner wichtigen Aktion beteiligt. Gut, von nun an beteilige ich mich an Aktionen. Wenn hier tatsächlich welche stattfinden, denn bemerkt habe ich von der großen Rebellion noch nichts", stichelte Kohlhaas.

„Wir bauen hier zunächst einmal autarke Strukturen auf. Die bewaffnete Aktion, eure Befreiung betreffend, war eine Ausnahme. Ansonsten sind keine derartigen Sachen mehr für die nächste Zeit geplant", erklärte der ehemalige Firmenchef.

„Wie auch immer", donnerte Frank. „Wenn besondere Aktionen stattfinden, dann lassen Sie es mich wissen. Ich mache mit. Mein Leben ist mir egal und ich werde Ihnen zeigen, dass ich mehr Eier habe als die meisten dieser Dorfbauern, die mich hier schräg angucken. Also geben Sie mir Bescheid, wenn was läuft. In diesem Sinne, das wollte ich nur einmal loswerden. Und grüßen Sie mir Ihre werte Frau Tochter, Herr Wilden."

Frank klopfte auf den Schreibtisch, lächelte formlos und ging aus dem Raum. Er stapfte die Treppe hinunter, warf Julia ein „Tschüss" entgegen und machte die Haustür hinter sich zu. Reichlich verdutzt blieb Familie Wilden zurück. So kannten sie Frank nicht und er selbst kannte sich so auch nicht.

„Wenn ich rebellieren soll, dann muss ich wenigstens mit einer Waffe schießen können. Wo sind eure Waffen?", nervte Frank eine Woche später seinen Mitbewohner.

„Mensch, geh mir nicht auf den Sack!", blökte Alf zurück und stand kurz davor, mit Frank aneinander zu geraten, da dieser schon den ganzen Tag gereizt durch das Haus tigerte.

„Ich gehe zu Wilden!", schimpfte der angehende Rebell.

„Schon gut, ich habe eine Knarre. Von mir aus gehen wir in den Wald und machen ein paar Schießübungen", stöhnte Alf.

„Das hört sich gut an, dann los", erhielt er als fröhliche Antwort.

Bäumer ging in den Keller und kam wenige Minuten später mit einer Glock in der Hand zurück. Daraufhin verließen die beiden Männer das Haus.

„Bin mal gespannt, ob du überhaupt etwas triffst", hänselte Alf seinen Freund auf dem Weg in das nahegelegene Waldstück hinter dem Dorf. Frank jedoch lief wortlos voraus. Nachdem sie eine Weile durch den Schnee gewatet waren, blieb Alf stehen.

„Siehst du das Astloch in der Birke dort drüben?", fragte er seinen hitzköpfigen Mitbewohner.

„Klar, gib mir die Pistole!"

Ohne weiter nachzudenken, richtete Frank die Waffe auf den etwa zehn Meter entfernten Baum und feuerte: „Bamm! Bamm! Bamm!"

Alfred rannte zum Ziel, nachdem Frank das Magazin leer geschossen hatte. Er war verblüfft. Die meisten Kugeln hatten das Astloch getroffen, große Rindenstücke lagen rund um den Baum auf dem Boden.

„Gar nicht übel, Junge", bemerkte Bäumer und blickte verwundert zu dem noch unerfahrenen Schützen. „Wie oft hast du in deinem Leben denn schon geschossen?"

„Noch nie!", gab Frank zurück, wobei er stolz lächelte.

„Dein in letzter Zeit gewachsener Wille scheint dich auch zu einem guten Schützen zu machen", meinte Alf.

Drei Magazine schoss Kohlhaas noch leer, dann mussten sie abbrechen, um nicht zu viel Munition zu vergeuden. Bäumer war durchaus beeindruckt, da sein Mitstreiter das Ziel meist genau getroffen hatte.

„Wilden kann dir ein Sturmgewehr besorgen. Dann kannst du damit üben", versprach Alf. Wenig später ging er mit Frank zurück ins Haus.

So unbedeutend es auf den ersten Blick auch gewesen sein mochte – Alfs Lob hatte den jungen Frank mit Stolz erfüllt. Er lächelte zufrieden in sich hinein und freute sich schon auf die Schießübungen mit den größeren Kriegswaffen, den echten „Wummen". Zum Schießen hatte Kohlhaas offenbar Talent.. Und dass er zu etwas Talent hatte, war ihm im Leben noch nicht oft gesagt worden.

So verbrachte er die ersten zwei Wochen des kalten und nassen Januars, des widerlichsten Monats des Jahres, mit zahlreichen Schießübungen, dem Lesen von politischen Büchern und gelegentlichen Hilfsarbeiten im Dorf. Frank fühlte sich inzwischen ein wenig anerkannter, vor allem seitdem er signalisiert hatte, dass auch er bereit zum Widerstand war.

Selbst von Julia Wilden war er zum ersten Mal angelächelt worden, als er ihren Vaters an der Tür um neue Munition für seine Waffen gebeten hatte.

Mehr und mehr steigerte sich Frank in den Gedanken hinein, ein Rebell zu werden. Er schoss bei seinen Übungen in Gedanken eher auf schemenhafte Gefängniswärter, Polizisten oder Politiker als auf Strohsäcke und Bäume. Oft grinste er wie ein glückliches Kind, wenn der kalte Stahl eines Gewehrs in seine Hand glitt. Seine Resultate als Schütze wurden immer besser und wenn sich Kohlhaas nach einem anstrengenden Tag zufrieden ins Bett legte, dachte er oft an den Blutmond und merkte dabei nicht, wie bösartig sein Lächeln mittlerweile werden konnte.

Alfred fand seinen Mitbewohner zeitweise recht seltsam. In letzter Zeit war Frank verdächtig still geworden; manchmal stierte er abwesend aus dem Fenster und biss sich währenddessen auf die Unterlippe, bis sie zu bluten begann.

Der junge Neuankömmling war eifrig darin, das Handwerk des Tötens in all seinen Facetten zu erlernen. Oft redete Frank beim Abendessen von nichts anderem mehr. Er philosophierte über Möglichkeiten des Widerstandes, der Revolution und der Gegenpropaganda. Manche Ideen erschienen Alf sogar genial, andere wirkten kindisch und verrückt. Irgendetwas ging unter Franks Schädeldecke vor, wurde langsam ausgebrütet wie ein böses Kind.

In diesen Tagen, in denen Frank in Alfs Gegenwart fast nur noch vom Geräusch des Sturmgewehrs schwärmte und John Thorphy eine regelrechte Großbestellung für Schuss-, Hieb- und Stichwaffen überreichte, wies ihn sein Mitbewohner manchmal genervt zurück.

„Du wirst schon noch früh genug in den Krieg ziehen können, Mann", seufzte er des öfteren mit leidender Miene. „Ende des Monats haben wir eine größere Versammlung, dann nehme ich dich mit!"

„Versammlung? Was für eine Versammlung? Zum Schneeschippen?", spottete Frank übermütig.

„Was soll dieser Quatsch? Ich kann dein Gelaber von der Revolution im Moment nicht mehr hören. Bleib mal auf dem Teppich und finde zurück zur Realität. Wir werden morgen nicht wie ein Haufen angetrunkener Gorillas losrennen und alles wegballern. Mach deine Schießübungen oder übe den Nahkampf, aber verhalte dich nicht wie ein Amokläufer", ermahnte ihn Bäumer.

Frank hingegen tat seinerseits beleidigt und ging in sein ausgekühltes Zimmer. Am liebsten hätte er Alf ins Gesicht geschlagen und der übrigen Welt gleich mit. In jede Pore seines Körpers war der Hass wie ein neuer Mieter eingezogen. Kohlhaas grübelte weiter, während auch dieser Tag dahinfloss.

Der ehemalige Bürger 1-564398B-278843 schlug die Zeit bis zum Ende des Monats tot und wartete gespannt auf die Versammlung, von der Alf ihm erzählt hatte. Dieser hielt sich nach wie vor mit genaueren Informationen zurück und ließ Kohlhaas weitgehend in Ruhe.

Es war der vorletzte Tag des Januars 2029 und der unruhige Frank war schon seit den frühen Morgenstunden auf den Beinen. Die Versammlung der Dorfbewohner war erst für 18.00 Uhr angesetzt, doch Frank schweifte bereits wie ein nervöser Tiger durch das kalte Haus oder schlenderte durch Ivas, um jeden Einwohner, der ihm begegnete, freundlich und erwartungsvoll anzulächeln.

Am späten Nachmittag verließ er mit Bäumer das Haus und fand sich kurz darauf in einer hell erleuchteten Scheune wieder. Wilden wartete dort inmitten einer größeren Gruppe auf sie.

Frank und Alf begrüßten die anderen kurz, dann stellten sie sich in eine Ecke. Beide verschränkten die Arme vor der Brust und schauten zu Wilden herüber, der gerade zu einer Rede ansetzte:

„Liebe Freunde!", begann er, den Blick seinen Zuhörern zuwendend; neben ihm stand Julia. „Ich freue mich, dass ihr alle hier seid! Vor allem begrüße ich unsere Gäste aus Frankreich und alle, die zum ersten Mal an einer solchen Besprechung teilnehmen."

Franks Erwartung stieg ins Unermessliche. Er warf Julia einen flüchtigen Blick zu. Diese zwinkerte ihm zu und lächelte, was ihn sehr freute, denn eine so freundliche Geste hatte er von ihr noch nie gesehen.

Ihr Vater fuhr fort: „Ihr wisst sicherlich alle, worum es heute geht. Ich habe vor einigen Jahren dieses leerstehende Dorf gekauft, um hier ein Refugium für all jene zu schaffen, die reinen Herzens sind und sich dem Kampf gegen das Weltversklavungssystem verschrieben haben. Seit dieser Zeit haben wir viel geschafft und dieses einstige Ruinendorf, diese Geisterstadt, wieder zu einem halbwegs bewohnbaren Ort gemacht.

Allerdings habe ich den Eindruck, dass viele von uns das ruhige Leben in Ivas so sehr genießen, dass sie vergessen haben, was der eigentliche Sinn dieser Basis ist. Der Sinn ist natürlich auch, einen Ort der Freiheit für uns schaffen, doch sollte Ivas vor allem ein Stützpunkt für jene sein, die Widerstand gegen die Henker Europas leisten wollen. Die letzten Monate waren ruhig, wir verhielten uns ruhig. Wir bauten und arbeiteten und sicherten erst einmal unseren Lebensunterhalt, was unerlässlich ist, wenn man einen Kampf beginnt. Diese Phase scheint mir jedoch abgeschlossen zu sein, weshalb wir uns nun Gedanken machen müssen, wie wir diese Freiheit auch unseren Landsleuten bringen können. Mit anderen Worten: Der Kampf muss jetzt richtig beginnen!"

Es folgte ein kurzer Applaus der etwa 100 Personen in der großen Scheune. Frank öffnete seine verschränkten Arme nicht. Grimmig starrte er in Richtung des Dorfchefs.

„Die meisten, die heute hier sind, leben in Ivas. Ein paar sind auch von außerhalb. Wir haben hier Andrej von der ‚Russischen Patriotischen Sektion', Robert und William von der Organisation ‚Free Britain' und unsere Freunde aus Belgien, besser gesagt aus Flandern. Weiterhin Baptiste und Hugo aus Frankreich. Auch aus dem benachbarten Skandinavien ist der eine oder andere heute zu uns gekommen. Die Vertreter der spanischen ‚Citadel Gruppe' durften heute Morgen leider nicht aus ihrem Untersektor ausreisen und ich hoffe, es geht ihnen gut. Man möge mir verzeihen, sollte ich einen unserer auswärtigen Gäste vergessen haben", setzte der ältere Herr seine Rede fort.

„Und nun zum eigentlichen Thema. Es geht heute um den 01. März 2029, an dem die Weltregierung auch in „Europa-Mitte" das so genannte „Fest der neuen Welt" durchführen will. Dieser weltweite Feiertag, der im Sektor „Europa-Ost" in diesem Jahr in Kiew stattfindet, wird im westlichen Teil Europas in Paris zelebriert.

Aus diesem Anlass wird der neue Gouverneur von „Europa-Mitte", Leon-Jack Wechsler, nach Paris kommen, um die Feierlichkeiten zu eröffnen.

Die Weltöffentlichkeit, das heißt die Medien, werden ihren Blick auf dieses Ereignis richten, wobei die Feierlichkeiten in New York und Paris die politisch wichtigsten sein dürften."

„Davon ist auszugehen", flüsterte Alf in sich hinein. Kohlhaas drehte ihm kurz den Kopf zu. Er zuckte mit den Achseln, um anschließend wieder in Wildens Richtung zu starren.

„Seit der offiziellen Ausrufung der Weltregierung im Jahre 2018 sind die Feierlichkeiten zum „Fest der neuen Welt" bisher immer gewaltige Medienspektakel gewesen, die selbst die Fußball-Weltmeisterschaften und die Olympiade in den Schatten gestellt haben", erläuterte der Dorfchef.

„Scheiße! Komm auf den Punkt!", brummte Frank mit verbissener Miene.

„Auch wenn es die Medien in den letzten Monaten totgeschwiegen haben, so ist die Stimmung vor allem in Frankreich am brodeln. Die Einführung der zusätzlichen Wasserverbrauchssteuer im letzten Jahr hat der Weltregierung keine Sympathien bei der Bevölkerung gebracht. Zudem ist die Armut der breiten Masse, wie überall, noch schneller angewachsen.

Die bürgerkriegsähnlichen Konflikte zwischen den moslemischen Einwanderern, die mittlerweile die Mehrheit in allen französischen Großstädten haben, und der einheimischen Bevölkerung haben ebenfalls ein explosives Ausmaß erreicht. Würden hier die GCF-Besatzungstruppen nicht mit äußerstem Druck den Deckel auf den kochenden Topf pressen, dann würde das ehemalige Staatsgebiet von Frankreich wohl schon morgen in viele kleine Teile zerfallen", berichtete der Rebellenführer.

Die beiden Franzosen nickten zustimmend und blickten ernst in die Runde.

„Bereits im letzten Jahr gab es bei den sozialen und ethnischen Unruhen in Paris und Marseille fast 1000 Tote und schon damals wurden alle Unruhestifter von der Polizei und den GCF-Trupps brutal niedergeknüppelt", schob er nach.

„Gut, das sind altbekannte Fakten, die wir alle kennen dürften. Es ist in diesem Jahr jedenfalls erwartungsgemäß schlimmer geworden: Mehr Überwachung, mehr Arbeitslose, mehr Obdachlose, mehr Kriminalität und mehr Straßenkrieg. Wie in ganz „Europa-Mitte", wo uns die Menschheitsbeglücker mit ihren Segnungen beschenken!"

„Er hält wieder einen Vortrag über Politik", stöhnte Frank, wobei er die Augen verdrehte.

„Was werden wir jetzt tun? Was werden wir am 01. März 2029, wenn vermutlich zwischen ein und zwei Millionen Zuschauer nach Paris kommen, unternehmen?", rief Wilden in die Runde.

„Wenn die Medien und so viele Menschen da sind, warum machen wir nicht irgendeine spektakuläre Aktion – mit Transparenten oder so?", schlug ein Zuhörer vor.

„Das ist alles in Planung, dafür brauchen wir keine auswärtige Hilfe. Wir haben für so etwas wirklich genug Leute vor Ort", erklärte einer der Franzosen und winkte ab.

„Vielleicht sollten wir uns in die Menge stellen und...", gab ein junger Bursche zum Besten.

„Moment!", schrie Frank plötzlich dazwischen. „Wir legen diesen Leon-Jack Wechsler um! Das wäre ein echtes Zeichen!"

Wilden und die anderen drehten ihre Köpfe in Richtung der dunklen Ecke, aus der der verwegene Vorschlag gekommen war. Frank starrte zurück und verzog dabei keine Miene.

„Das kannst du vergessen, Kohlhaas! Um den Kerl ist eine Sperrzone von zwei Kilometern, vollgestopft mit GCF-Soldaten, Agenten und Bullen", hielt einer der Besucher Frank mit verächtlichem Blick entgegen.

„Halte dich jetzt bitte mit so einem Unsinn zurück", kam von Alf.

„Gut, aber Flugblätter auf die Straße werfen oder dem Gouverneur die Zunge herausstrecken, wird nicht viel bringen", konterte Frank selbstbewusst.

„Ich lege den Typ um! Wer kommt mit mir?", provozierte er weiter, bevor jemand antworten konnte.

Jetzt schaltete sich Wilden ein, denn viele der Anwesenden wurden langsam unruhig: „Wir sollten realistisch bleiben. Für Machogehabe ist hier kein Platz, Junge!"

„Ich meine es ernst! Absolut ernst!", knurrte Frank. „Ich weiß, dass man dabei draufgehen kann, aber das interessiert mich nicht mehr. Also, wer mitmachen will, der kann sich bei mir melden. Wer sich die Hose vollscheißt, der lässt es halt ..."

„Es reicht, Kohlhaas!", fuhr Wilden dazwischen.

„Wer bist du überhaupt, dass du hier so eine große Schnauze hast? Du bist kaum ein paar Tage hier und schon markierst du hier den Macker", warf Frank eine ältere Frau aus der anderen Ecke des Raumes vor.

„Genau! Du bist der Typ aus der Holozelle. Und da hast du dir einen Knacks geholt", fügte ihr Mann hinzu.

„Zieh deine Show woanders ab!", tönte es von der Seite.

„Jetzt halte endlich die Klappe!", zischte Alf und knuffte seinen peinlichen Mitbewohner in die Seite.

„Ich bin Frank Kohlhaas! Ich sage hiermit, obwohl ich mindestens die Hälfte von euch überhaupt nicht richtig kenne, dass ich, wenn ihr mir die Waffen und die Ausrüstung gebt, notfalls ganz allein versuchen werde, irgendwie an diesen Politikerbastard ran zu kommen.

Entweder ich gehe drauf oder er geht drauf! Ich schwöre es bei meiner Ehre und meinem Namen, dem guten Namen meines Vaters und meiner Schwester, die von Leuten wie diesem Hurensohn Wechsler ermordet wurden. Wenn ich morgen meine Meinung ändere, dann bitte ich euch, mich zu erschießen, denn dann bin ich es nicht mehr wert zu atmen!", predigte Kohlhaas mit zusammengekniffenen Augen.

Bäumer seufzte und hielt sich den Kopf. Andere blickten Frank ungläubig an, einige schienen von dem jungen Fanatiker beinahe fasziniert zu sein. Julia Wilden schien zu der zweiten Gruppe zu gehören.

„Der Kerl ist nicht ganz dicht!", hörte Frank jemandem rufen. Wilden versuchte indes, Franks Vortrag zu unterbrechen: „Ich wollte die politische Situation noch ein wenig erläutern! Ruhe jetzt!"

Doch Kohlhaas war noch nicht fertig: „Ich habe noch etwas zu sagen, zu euch glorreichen Rebellen! Um es noch einmal für alle klarzustellen: ICH TÖTE LEON-JACK WECHSLER!

Oder die Bullen oder sonstwer töten mich. Scheiß was drauf! Ich meine es ernst, ich gehe notfalls ganz allein. Wäre nur nett, wenn mir vorher einer von euch großen Kriegern zumindest einen Stadtplan von Paris besorgen könnte. Wenn ich morgen meine Meinung geändert haben sollte, dann dürft ihr mich gerne umbringen! Also, wer kommt mit mir?"

Ein Raunen ging durch die Teilnehmer der Versammlung. Alf schaute peinlich berührt zu Boden und bemühte sich anschließend, den anderen zu erklären, dass Frank sonst eigentlich ganz normal war.

Es dauerte ein paar Minuten, bis Wilden wieder halbwegs für Ruhe gesorgt hatte. Er befahl Frank, augenblicklich zu schweigen. Der junge Hitzkopf war mittlerweile wieder einen Schritt zurückgegangen, er schien sich beruhigt zu haben.

„Mannomann!", brummte Alfred Bäumer. „Jetzt hält dich jeder hier für einen totalen Spinner. Wechsler umlegen? So ein Schwachsinn!"

Sein Freund antwortete nicht und schaute ihn nur mit eiskalten Augen an, dann schob er ein angedeutetes Grinsen nach.

Für den Rest der Versammlung, die sich nicht mehr allzu lange hinzog, verhielt sich Frank ruhig und richtete seinen finsteren Blick auf jeden, von dem er glaubte, dass er seine fanatische Entschlossenheit noch anzweifelte.

Die beiden Franzosen, Baptiste und Hugo, die offenbar einer patriotischen Gruppe aus Nordfrankreich angehörten, erläuterten derweil, was sie alles an Demonstrationen und werbewirksamen Aktionen für den 01.03.2029 geplant hatten. Sie waren sich sicher, dass die Bevölkerung in der französischen Hauptstadt unzufrieden und rebellisch genug sein würde, um am Tag der Feierlichkeiten auf die Barrikaden zu gehen.

Einige islamische Gruppen aus französischen Großstädten hatten sich für den 01.02.2029 sogar mit der Organisation der beiden Franzosen zusammengeschlossen, obwohl beide Seiten eigentlich absolut verfeindet waren. Da es aber gegen einen gemeinsamen Gegner ging, hatten sie ihre Differenzen kurzzeitig beiseite gelegt. Ihre Konflikte im Kampf um die Vorherrschaft im ehemaligen Frankreich vertagten sie damit allerdings nur.

Es war nicht unwahrscheinlich, dass den Gouverneur des Sektors „Europa-Mitte" der Unmut vieler Pariser erwartete, doch ob sie es wagen würden, ihre Wut auch auf die Straße zu tragen, sollte sich erst noch zeigen. Leon-Jack Wechsler und die Weltregierung waren vielen Menschen innerlich verhasst, doch die Mächtigen verfügten über gewaltige Druckmittel, die das einfache Volk mit Recht fürchtete.

Der Polizeiapparat und die Überwachung funktionierten. Die GCF-Truppen, die sich meist aus Soldaten aus Übersee zusammensetzten, welche mit Frankreich oder Europa nichts anfangen konnten und deshalb auch leichter auf die einheimische Bevölkerung schossen, waren zahlreich. Außerdem verfügten sie über tödliche Waffen und wirksame Methoden zur Niederschlagung großer Menschenmassen.

Soldaten französischer Herkunft dienten in den Reihen der Global Control Force wiederum weit von ihrer Heimat entfernt, da sie ihrerseits auch keine Bindung an das Volk haben sollten, das sie gerade beherrschen.

GCF-Soldaten deutscher Herkunft befanden sich in dieser Zeit bevorzugt als Besatzer im nahen Osten oder in

Afrika. Das alte Deutschland wurde hingegen von GCF-Soldaten, die aus Asien, Afrika oder Amerika stammten, bewacht. Und so war es überall.

Als sich die Versammlung schließlich auflöste und alle Besucher die große Scheune verließen, warf der eine oder andere Teilnehmer Frank einen abschätzigen oder auch bewundernden Blick zu. Alfred Bäumer war noch immer verwirrt. Sein Mitbewohner schien allmählich den Verstand zu verlieren.

Julia bahnte sich ihren Weg durch die Menge und tippte Kohlhaas auf die Schulter.

„He!", sagte sie leise. Frank drehte sich um und sah sie an.

„Was sollte das denn eben? Du weißt doch genau, dass das eine Schnapsidee ist! Hast du sie nicht mehr alle?", fragte sie verstört.

„Doch, ich habe sie noch alle! Aber danke der Nachfrage, Fräulein", erwiderte Frank barsch.

„Aber du willst das doch nicht wirklich versuchen, oder?, legte sie nach.

„Doch! Oder hältst du mich für einen Dummschwätzer?", schnaubte Frank.

„Keiner von uns würde auch nur hundert Meter an Wechsler herankommen", versuchte die Frau zu erläutern.

„Lass das mal meine Sorge sein. Du kannst mir ja schon einmal einen Stadtplan von Paris besorgen, damit würdest du mir bereits helfen", antwortete Kohlhaas und sah Julia mit ausdrucksloser Miene an.

„Ich weiß, du denkst, dass dich viele hier nicht ganz für voll nehmen – und teilweise stimmt es ja auch – aber solche Selbstmordaktionen bringen uns nicht weiter."

„Ja, wenn du meinst. Es ist mein Leben und meine Sorge. Ich zwinge doch niemanden, mit mir zu kommen. Verteile du deine Flugblätter oder sprühe die Wände mit philosophischen Sprüchen voll. Ich mache, was ich für richtig halte", kam von Frank zurück. „Und ob mich hier einer für voll nimmt oder nicht, interessiert mich einen Dreck. Ich nehme ja auch nicht jeden für voll. Rebellen wollt ihr sein? Gut, die Befreiungsaktion für Alf war nicht schlecht, aber das reicht noch lange nicht aus. Ich gehe morgen zu deinem Vater und werde ihn bitten, mir die nötige Ausrüstung für meine Aktion zu besorgen."

„Aber...", brachte Julia nur heraus.

„Ich verschwinde jetzt!", sagte Frank und ließ die junge Frau stehen.

Die folgenden Tage waren von Streitgesprächen mit Alf und Wilden geprägt, die meinten, dass sich der Frank auf der Versammlung zum Affen gemacht hätte.

Kohlhaas jedoch ließ nicht locker und verbohrte sich in den Gedanken, den Gouverneur von „Europa-Mitte" zu töten, um ein Zeichen zu setzen. Pausenlos grübelte Frank nun über Möglichkeiten nach, um an Wechsler heran zu kommen. Seine Ideen bewegten sich dabei zwischen genial und irrsinnig. Doch ließ er sich nicht mehr von seinem Vorhaben abbringen. Einer müsse mit dem Gegenschlag beginnen, ereiferte sich Frank. Einer musste zuerst vor aller Augen Blut vergießen und damit den Krieg gegen das System beginnen. Daran glaubte Frank inzwischen felsenfest, so dass alle Appelle der Vernunft wirkungslos an ihm abprallten.

„Du willst also als Besucher mit einem gefälschten Scanchip nach Paris einreisen. Gut, das wird wohl funktionieren", meinte Wilden. „Grenzkontrollen sind schon seit den Zeiten der Europäischen Union abgeschafft worden. Und heute, in einer Zeit des freien Warenverkehrs, wären sie aus ökonomischer Sicht sogar undenkbar. Die allgemeine dichte Überwachung der Massen ist da viel effektiver."

Ja, ich weiß!", antwortete Frank schon wieder ungeduldig. „Wie komme ich durch die Bannmeile? Oder soll ich mich irgendwo mit einem Scharfschützengewehr postieren und Wechsler aus der Ferne wegpusten?", dachte der junge Mann laut nach.

„Das wird schwierig, denn im Umkreis von mindestens einem Kilometer sind überall Sicherheitskräfte, auch auf den ganz hohen Gebäuden und natürlich im Inneren", gab der Dorfchef zurück.

„Ab wann wird die Sperrzone denn errichtet?", fragte Frank.

„Vermutlich zwei oder drei Tage vor der Veranstaltung. Aber glaube nicht, dass du dich dort irgendwo verstecken kannst, Junge", wehrte Wilden ab.

„Verstehe mich nicht falsch. Ob sie mich abknallen oder nicht, spielt keine Rolle. Ich will nur rein kommen, raus muss ich nicht mehr", murmelte Kohlhaas.

„Vielleicht wärst du uns mit anderen Aktionen viel dienlicher. Schon einmal daran gedacht? Aktionen, die nicht komplett verrückt sind und dich noch eine Weile leben lassen", versuchte Wilden einzulenken.

„Ja, kann schon sein. Aber ich habe es vor allen in der Versammlung gesagt und jetzt mache ich es auch. Bloß wie?", entgegnete der ungestüme Gesprächspartner des Dorfchefs.

„Wie du meinst...", stöhnte das Dorfoberhaupt.

„Wenn man an der Oberfläche nicht an den Bastard ran
kommen kann, dann vielleicht anders", rätselte Kohlhaas.
„Ich habe nur keine Ahnung von dieser Scheißstadt."

„Wie meinst du das jetzt?", fragte Wilden mit gerunzelter
Stirn.

„Nun, wenn ich in meiner Heimatstadt Berlin so etwas
machen wollte, dann käme ich vielleicht durch irgendwelche Tunnel, alte U-Bahn-Schächte oder Abwasserkanäle",
kam von Frank zurück.

„Da wirst du in Paris genügend finden. Diese Stadt ist
unterhöhlter als jeder Ameisenhaufen, es gibt dort unzählige unterirdische Zugänge, vor allem im Innenstadtbereich", gab Wilden zu.

„Wer kann mir darüber Informationen verschaffen? Diese zwei Franzosen sind doch noch ein paar Tage hier,
oder?"

„Nun, ich glaube kaum, dass sie jeden Tunnel unter Paris
kennen. Außerdem sind sie aus dem Norden des Landes.
Aber es gibt sicherlich Bauverzeichnisse und Lagepläne
für die Kanalisation und andere Unterhöhlungen der
Stadt in den Datenbanken des Verwaltungszentrums. Da
solltest du dich an HOK halten.

Jedes amtliche Dokument muss auch immer auf Englisch
vorhanden sein. Das ist seit Jahren Vorschrift. Also
brauchst du noch nicht einmal französisch zu können.
Frag HOK! Trotzdem gehst du in den sicheren Tod. Entweder du verirrst dich in diesen Löchern oder sie knallen
dich ab. An Wechsler wirst du niemals herankommen!",
prophezeite Wilden.

Doch der Dorfchef unterschätzte Franks Einfallsreich-
tum, genau wie seine Hartnäckigkeit. Nur wenige Stunden
später, nachdem er notiert hatte, welche Waffen und Aus-

rüstungsgegenstände für das Attentat mitgenommen werden mussten, rannte Kohlhaas zu HOK und nötigte ihn, nach Plänen über den Unterbau von Paris zu suchen.

Der Informatiker stutzte zwar, als ihm Frank voller Leidenschaft seine Pläne offenbarte, doch dann tat er ihm den Gefallen und drang in die Welt der Datenbanken und elektronischen Baupläne vor.

Glücklicherweise war HOK eine Forschernatur; es dauerte keine halbe Stunde, da hatte ihn die neue Recherche schon fasziniert.

Doch es dauerte, bis Holger tiefergehende Informationen gefunden hatte. Paris war mehr untertunnelt als die meisten anderen Städte in Europa. Mittlerweile lebten 16 Millionen Menschen in der Metropole und die Stadt erstickte in ihrem eigenen Dreck.

Seit die Pariser Kanalisation 1850 in großem Stil ausgebaut und später das umfassende Metro-System gegraben worden war, stand Frankreichs alte Hauptstadt auf einem Labyrinth kilometerlanger Gänge.

Schon seit 2010 konnte das U-Bahn-Netz nicht mehr erweitert werden, weil man bei den Versuchen immer wieder auf stillgelegte Tunnel, Katakomben oder Kanäle gestoßen war. Nach der Weltwirtschaftskrise im Jahre 2013 waren viele Metro-Linien in Folge massiver Einsparmaßnahmen stillgelegt worden. Nach 2018 war es, sehr zum Ärger der Einwohner der Stadt, noch schlimmer geworden. Heute waren viele alte U-Bahn-Schächte ungenutzt und führten ins dunkle Nirgendwo. Das Tunnelnetz war derart riesig, dass selbst offizielle Bau- und Lagepläne die zahlreichen Wurmlöcher unter der Stadt kaum noch vollständig wiedergeben konnten.

HOK kramte ein paar interessante Datenbänke hervor und wühlte sich in gewohnter Emsigkeit durch Berge neuer Informationen. Die Stunden vergingen und bald war Holger wieder komplett in seine Arbeit vertieft.

„Bis morgen suche ich dir ein paar nette Tunnel und Kanäle raus, die so nahe an Wechslers Redepult heranführen, dass du ihn an den Füßen kitzeln kannst. Ob die Pläne allerdings noch alle aktuell sind, kann ich nicht sagen. Eine Garantie wird es also nicht geben. Es ist in den letzten Jahren viel verändert worden."

Kohlhaas wartete gespannt auf Ergebnisse und malte sich vor seinem geistigen Auge schon Einzelheiten des Attentates aus.

„Ja, ist schon klar. Ich gehe jetzt. Vielen Dank, Mann!", antwortete Frank und verließ HOKs Haus mit einem zufriedenen Lächeln.

Eine Woche später hatten HOK und Frank bereits einen detaillierten Plan ausgearbeitet, der den angehenden Rebellen durch ein Tunnelsystem von fast drei Kilometer Länge führen sollte.

Die weltberühmte Prachtstraße von Paris, die früher „Avenue des Champs-Elysées" geheißen hatte, war 2018 in „Straße der Humanität" umgetauft worden. Den Triumphbogen, eines der alten Wahrzeichen der Stadt, hatte man 2019 abgerissen, ebenso wie man den Eifelturm demontiert hatte. An Stelle des „Arc de Triomphe" hatten die Mächtigen ein modernes „Kunstwerk" aus Stahlbeton mit dem Namen „Tempel der Toleranz" errichten lassen.

Die „Straße der Humanität" war ebenfalls stark umgebaut worden, wobei man viel Wert darauf gelegt hatte, möglichst viele historische Häuser abzureißen und durch Betongebäude im Einheitslook zu ersetzen.

Nach anfänglichen Protesten hatten sich die Bürger der Stadt Paris daran gewöhnt. Immerhin hatten sie in der

Regel andere Sorgen, als sich um den Erhalt alter Wahrzeichen zu kümmern.

Für die Zukunft gab es weitere Pläne, die Stadt noch gründlicher von ihrem alten Gesicht zu trennen, denn moderne Sklaven benötigten keine eigene Identität oder gar Heimatgefühle.

Die Parade der GCF-Friedenstruppen sollte am 01.03.2029 auf der „Straße der Humanität" stattfinden, ebenso weitere Spektakel zur leichten Unterhaltung. Es war zudem geplant, einen Teil der alten Straße zum Sperrgebiet zu erklären und damit für niemanden zugänglich zu machen. Etwa dreißig Meter vor dem „Tempel der Toleranz" sollte die Rednerbühne aufgebaut werden, auf der Leon-Jack Wechsler die Feierlichkeiten eröffnete.

Die in den Straßen um die Sperrzone herum verteilten Menschenmassen sollten den Politiker nur auf riesigen Videoleinwänden zu sehen bekommen.

Was das Volk aus der Nähe bewundern durfte, im nicht abgesperrten Teil der Allee, waren die Paraden von Militär und Polizei, die Stärke demonstrierten. Der Gouverneur des Verwaltungssektors „Europa-Mitte" würde derweil die „frohe Botschaft der Menschheitsbeglückung durch die Neue Weltordnung" liefern, während die Aufmärsche der Sicherheitskräfte der Bevölkerung zeigten, dass es gesünder war, sie auch zu glauben.

Es war ein ungeheurer Wahnsinnsgedanke, den Frank Kohlhaas in seinem Kopf heranreifen ließ. Sich an einem solchen Tag mit einem derartigen Ziel in das verdreckte und heruntergekommene Ballungsgebiet Paris zu wagen, war mehr als verwegen. Aber was hatte Frank schon noch zu verlieren? Mehr als töten konnten sie ihn nicht.

Was du heute kannst besorgen

„Was du heute kannst besorgen, das verschiebe nicht auf morgen!"
„Was du heute kannst besorgen, das verschiebe nicht auf morgen!"
„Was du heute kannst besorgen, das verschiebe nicht auf morgen!"

Frank ließ seinen Wahn nicht ruhen und hämmerte sich diese Parole gebetsmühlenartig in den Verstand. Er hatte in den folgenden Tagen die meiste Angst davor, dass er doch noch Angst bekam. Rückzug durfte es jetzt nicht mehr geben; er musste hart bleiben und seine Entschlossenheit durfte keine Sprünge oder Risse aufweisen.
„Leon-Jack Wechsler muss sterben! Sterben! Sterben!", rezitierte er sich immer wieder selbst.
Alf ging ihm zurzeit wieder einmal aus dem Weg. Die Idee mit dem Vordringen durch die Kanalisation fand er allerdings auch nicht schlecht und tatsächlich dachte er manchmal darüber nach, seinen durchgedrehten Mitbewohner bei der Operation zu begleiten. Den Gouverneur vor aller Augen zu ermorden und gleichzeitig Unruhen in einer der wichtigsten Metropolen Europas auszulösen, konnte gewaltige Auswirkungen haben.
Auch bot sich Bäumer hier die Möglichkeit, an einer politisch höchst bedeutsamen Aktion teilzuhaben; da musste er Frank zustimmen. Alf hatte doch im Grunde ebenfalls nichts zu mehr verlieren und was wäre er für ein Revoluzzer, wenn er jetzt kniff?
So verstrichen weitere Tage, wobei Alfred kaum noch ruhig schlafen konnte. Sollte er bei der Sache tatsächlich

mitmachen? Aber wie? Durch Tunnel kriechen, dann auftauchen und auf Wechsler schießen? Das hätte, selbst wenn es funktionierte, den sicheren Tod zur Folge. Ein Entfliehen aus der Sperrzone wäre unmöglich, da war sich Alf sicher. Er musste mit Frank reden, denn dessen Plan war noch lange nicht perfekt.

Die erste Woche des neuen Monats war fast vorüber und draußen stürmte und hagelte es. Frank und Alfred saßen beim Abendbrot und hatten einen unruhigen Tag hinter sich. Kohlhaas hatte sich tagelang den Kopf zerbrochen und HOK um weitere Kanalisationspläne gebeten, doch war er mit dem Ergebnis seiner Überlegungen nach wie vor nicht zufrieden.

Alfred unterbrach die Stille: „Du hast gesagt, dass man sich bei dir melden soll, wenn man bei der Sache mitmachen will. Nun, ich habe gründlich darüber nachgedacht und bin zu dem Entschluss gekommen, dich das nicht alleine durchziehen zu lassen."

„Aha? Das freut mich zu hören. Du willst mir also helfen?", antwortete Frank.

Alfred warf ihm einen ernsten Blick zu, um dann zu erwidern: „Ja, im Prinzip schon, aber ich möchte von dir noch ein paar genauere Informationen, wie wir das anstellen sollen. Die Idee mit den Stollen und Tunneln finde ich eigentlich ganz sinnvoll und HOK scheint dir ja schon ein paar Lagepläne gegeben zu haben. Hast du sie mittlerweile ausreichend studiert?"

„Davon kannst du ausgehen. Allerdings reicht das noch nicht ", meinte sein Gegenüber.

„Du planst also tatsächlich, irgendwo in der Nähe des Tempels der Toleranz durch unterirdische Zugänge zu

kriechen und Wechsler dann bei seiner Rede abzuknallen?", fragte Bäumer noch immer ungläubig.
„Ja, so in etwa!", kam zurück.
„Dir ist schon klar, dass die Eingänge zu Abwasserkanälen im Vorfeld solcher Großereignisse immer in unmittelbarer Nähe des Veranstaltungsortes zugeschweißt werden? Meistens zwei oder drei Tage vorher", erläuterte Alf.
Frank sah ein, dass Bäumer eine Schwachstelle seiner Überlegungen gefunden hatte: „Da hast du wohl recht. Davon habe ich gehört und es auch schon in Fernsehberichten gesehen. Scheiße ist das!"
„Du musst den Plan also modifizieren. Außerdem habe ich keine Lust auf eine hundertprozentige Selbstmordaktion. Nichts anderes ist das, wenn wir plötzlich aus einem Loch kommen und den Gouverneur, der von tausend Bullen umringt ist, umpusten."
„Ja, ich sehe ein, dass an deiner Kritik etwas dran ist", erwiderte Frank, wobei er erwartungsvoll zu Alf herüber lugte. „Hast du denn einen besseren Vorschlag?"
Bäumer kramte einen Zettel hervor, den er mit ein paar Stichpunkten vollgekritzelt hatte: „Hm, unter Umständen ja."
Er zögerte einige Sekunden, holte Luft und durchforstete das kleine Papierstück nach den wichtigsten Einzelheiten seines Plans. Dann begann er mit seinen Ausführungen:
„Also, wir steigen im Abstand von zwei oder auch drei Kilometern Entfernung in einer unbedeutenden Nebenstraße in einen Kanal oder Tunnel. Lass mich gleich mal HOKs Lagepläne studieren. Wir brauchen jedoch etwas anderes als eine gewöhnliche Handfeuerwaffe, die wir im schlimmsten Fall gar nicht verwenden können, wenn die Sicherheitskräfte zuvor die Kanaldeckel und Zugänge

zum Untergrundsystem in der Nähe des Toleranztempels zugeschweißt haben."

„Komm auf den Punkt!", drängte Kohlhaas.

„Ich rede von einem Sprengsatz, den wir unter Wechslers Arsch postieren, um ihn dann vor den Augen der Weltöffentlichkeit hochzujagen. Ich dachte zum Beispiel an NDC-23. Das Zeug ist leicht zu tragen und hochkonzentriert. Zwanzig Kilogramm davon reichen aus, um das halbe Kanalsystem rund um den Platz inklusive diesem Gouverneur-Wichser in die Luft zu sprengen.

Wir könnten es in einfachen Rucksäcken in das Tunnelsystem transportieren, es unter der Rednerbühne im Untergrund befestigen und dann zur Explosion bringen. Natürlich mit Zeitzünder, damit wir rechtzeitig wieder im Tunnelgewirr verschwinden können", erklärte Alfred. Der Hüne wirkte begeistert.

„Klingt gar nicht schlecht, Alter!", stieß Frank aus und schlug auf den Tisch.

„John oder einer der anderen kann uns das Zeug besorgen. Vor allem die Russen verkaufen NDC-23 kiloweise auf dem Schwarzmarkt. Meistens sind es alte Bestände der aufgelösten GUS-Armee", fügte Bäumer hinzu.

„Das hört sich nicht schlecht an", brummte Frank in sich hinein.

„Wir müssen aber auch davon ausgehen, dass uns einige Kanalzugänge versperrt bleiben, entweder weil Mitarbeiter der Pariser Stadtwerke noch darin arbeiten oder wegen der Sicherheitskräfte, die letzte Kontrollen vor dem großen Ereignis durchführen."

Frank kratzte sich am Kopf und überlegte. Alfreds Plan sprach ihn an.

„Wir benötigen Handschneidbrenner, um notfalls Schlösser oder Absperrgitter zerstören zu können", unterstrich

Bäumer. „Davon haben wir ein paar hier im Dorf. Es ist also kein Problem, die Dinger zu organisieren."

„Hört sich verdammt gut an!", ereiferte sich Frank derweil mit einem breiten Grinsen im Gesicht.

Alf legte nach: „Was mir da gerade noch einfällt: Für den Fall, dass sie am Morgen vor der Veranstaltung das Tunnelsystem mit einem Infrarot-Scan durchleuchten, sollten wir auf jeden Fall Kühldecken mitnehmen, in die wir uns einpacken können. Die kann John auch besorgen. Trotzdem wird die Sache verdammt gefährlich. Wir müssen auf alle Eventualitäten gefasst sein."

„Wir sollten zu Wilden gehen und ihm den Plan vorlegen. Vielleicht fällt ihm auch noch etwas dazu ein. Hört sich insgesamt wirklich gut an", lobte Frank seinen Gefährten.

Der Dorfchef hielt die Idee, die ihm diesmal beide Männer vortrugen, zwar für sehr riskant, aber durchführbar. Julia Wilden, die beim Gespräch zugegen war, schien ebenfalls beeindruckt zu sein. Frank lächelte ihr verstohlen zu und freute sich insgeheim, dass sie ihm endlich Bewunderung zollte.

Es gab allerdings noch viel zu tun. Als nächstes statteten die Männer John dem Iren einen Besuch ab. Dieser fühlte sich zwar genötigt und äußerte offen seinen Unmut, dass man ihn schon wieder für Besorgungen losschickte, willigte aber schließlich auf Drängen Wildens ein. Bereits am nächsten Tag machte sich Thorphy auf den Weg nach Osten.

Wo John den Sprengstoff auftrieb, erzählte er nicht, aber es dauerte lediglich drei Tage bis er mit über zwanzig Kilogramm des hochexplosiven Materials zurückkehrte, um es Frank und Alf stolz lächelnd zu überreichen.

„Was du heute kannst besorgen, das verschiebe nicht auf morgen!", dachte Kohlhaas, als er die in blaue Tüten eingepackte kneteartige Masse betrachtete. Seine Schnapsidee nahm langsam Gestalt an und in seinem Kopf sah er den verhassten Politiker schon in Fetzen gerissen auf dem Asphalt vor dem Tempel der Toleranz liegen.

An seiner finsteren, wahnhaften Entschlossenheit, diesem Mann und auch jedem anderen, der sich ihm in den Weg stellte, den Tod zu bringen, änderten auch die Schlafstörungen und wiederkehrenden Alpträume nichts, die Frank in den folgenden Nächten erneut zu quälen begannen.

Durch nichts wollte er sich davon abhalten lassen, seine Rache auszuüben. Manchmal ging Frank in den dunklen, mit verfaulten Brettern und alten Kisten vollgestellten Kellerraum, in dem Alf den Sprengstoff gelagert hatte. Hier gab es nicht einmal einen Lichtschalter, so dass er einsam in der Finsternis stand und grübelte. Während sein Mitstreiter schlief, schlich sich Kohlhaas immer wieder die steinerne Treppe hinunter und beugte sich über die blauen Tüten, die mit Klebebandstreifen bedeckt waren, um sie mit einem liebevollen Lächeln zu streicheln wie eine Mutter ihr neugeborenes Kind.

Bis Mitte Februar gab es für Frank und Alf nicht anderes mehr als das intensive Studium der Tunnelnetzwerke von Paris. HOK besuchte die beiden manchmal mehrmals am Tag, um ihnen noch aktuellere und detailreichere Aufzeichnungen zu geben.

Auf Anraten des Informatikers, planten sie, das unterirdische Labyrinth nahe der „Avenue des Saint-Ouen" zu betreten; in etwa zwei Kilometer Entfernung des Sperrgürtels. Hier wanden sich endlose Gänge durch die Eingeweide der Metropole, von denen ein paar fast genau unter dem „Tempel der Toleranz" her verliefen.

Nichtsdestotrotz war das Hinabsteigen in die Unterwelt von Paris der pure Wahnsinn. Nicht nur, dass man sich auf die Aufzeichnungen der Stadtwerke und Behörden keineswegs blindlings verlassen konnte; es bestand auch jederzeit die Gefahr, niemals mehr aus dem Gewirr aus Stollen heraus zu finden.

Manche Tunnel waren schon vor vielen Jahren gesperrt worden oder sogar halb eingestürzt, so dass selbst die langjährigen Mitarbeiter der Stadtverwaltung und der Abwasserbehörden nicht mehr jeden Pfad durch die Erde kannten. Auch wollten Frank und Alf nicht unbedingt nähere Bekanntschaft mit den berüchtigten Katakomben von Paris machen. Diese dunklen Orte waren eine Nekropole, wie es sie weltweit kaum ein zweites Mal gab. Hier ruhten die Gebeine von über fünf Millionen Menschen, die zu Beginn der frühen Neuzeit aus Platzmangel auf den Friedhöfen hinab in die Finsternis geschafft worden waren. Im Grunde stand die ehemalige französische Hauptstadt auf einem gigantischen Gräberfeld. Fasziniert erzählte Alf von den Kammern der Toten unter der Stadt, die teilweise bis an die Decken voller Gebeine waren. Frank, der vorgab, den Tod nicht mehr zu fürchten, wurde es dabei immer etwas mulmig, obwohl er sich sagte, dass die Lebenden viel gefährlicher waren als die Verstorbenen, deren Ruhe man zu stören gedachte.

„Mögen es uns die Toten von Paris verzeihen, dass wir ihr Reich betreten wollen. Wenn sie erkennen, was die Mächtigen aus ihrem Land gemacht haben und dabei klagend auf die Welt herabblicken, werden sie dankbar sein, wenn wir im Namen ihrer Nachfahren Rache nehmen", dachte sich Kohlhaas.

Fernab aller Gruselgeschichten über Katakomben und Untergrundstollen gab es jedoch weiterhin eine Menge zu organisieren, ehe die Zeit so weit fortgeschritten war, dass es kein Zurück mehr gab. Frank und Alfred sollten mit dem Flugzeug nach Compiegne im Nordosten von Paris gebracht werden, um von dort aus unauffällig in die riesige Metropole einzudringen.

Da es sich bei allen Flugzeugen in Ivas um für die Luftüberwachung unauffällige Privatmaschinen handelte, war diese Vorgehensweise durchaus sinnvoll. Von Compiegne aus gedachten die beiden Attentäter mit einem Leihwagen nach Paris zu fahren. Ihre Scanchips waren gefälscht und es blieb zu hoffen, dass Holger seine Arbeit gewissenhaft erledigt hatte.

Die Anreise nach Paris sollte mindestens eine Woche vor dem 01.03.2029 erfolgen, damit genug Zeit blieb, wenigstens einmal den Weg durch die Stollen und Tunnel hin zum „Tempel der Toleranz" und zurück zu erkunden. Das schäbige Hotel, in dem Frank und Alfred auf den großen Tag warten sollten, hatte HOK bereits im Internet ausgemacht, ebenso die Leihwagenfirma in Compiegne. Es musste alles bis ins kleinste Detail geplant werden, denn Zeitverzögerungen und Unsicherheiten konnten sich bei dieser Operation schnell zu einer tödlichen Katastrophe ausweiten.

Der Abflug des kleinen Transportflugzeugs, welches offiziell Herrn Artur Burzius, einem estischen Versicherungskaufmann, gehörte, sollte am 19.02.2029 um 9.00 Uhr morgens von Ivas aus erfolgen.

Schließlich waren nur noch zwei Tage übrig. Die Uhr tickte und Frank musste sich trotz aller Schrecken und Schicksalsschläge, die er bereits überstanden hatte, eingestehen, dass er Angst hatte. Angst zu sterben. Angst vor dem Tod. Er versuchte, seine Nervosität zu verbergen, doch sein Wippen mit dem Fuß, wenn er am Küchentisch saß, oder sein Aufschrecken im Schlaf verrieten es.

Auch seinem Freund erging es nicht besser. Alfred lief in diesen Tagen meistens grübelnd durch Ivas, sprach bei jeder Gelegenheit mit Wilden, der bemüht war, ihm Mut zu machen, und saß in der Nacht stundenlang mit einem Tee und einer Zigarette in der hell erleuchteten Küche. Er schlief kaum und wälzte sich stets bis zum Morgengrauen durch die unangenehmen Nächte, die dem 19.02.2029 vorausgingen.

„Julia ist an der Tür, Frank!", rief Alf aus dem Nebenraum, während sein Mitbewohner versuchte, sich auf das Lesen einer politischen Broschüre zu konzentrieren. Es war bereits Abend geworden. Für morgen um 9.00 Uhr war die Reise nach Westen angesetzt.

Im Laufe des Tages war schon das halbe Dorf zu den beiden Männern gekommen, um ihnen alles Gute für die Operation zu wünschen. Mehrere Frauen hatten Kuchen und andere Lebensmittel vorbeigebracht; HOK indes noch einmal selbst einen Blick auf die Lagepläne geworfen. Die anderen Leute aus Ivas hatten meist nur kurz vorbeigeschaut, um Frank und Alf die Daumen zu drücken.

Steffen de Vries, der Belgier, der seit vier Jahren mit seiner Familie in Ivas lebte und die beiden am morgigen Tage nach Compiegne fliegen sollte, war allerdings den gesamten Nachmittag zu Besuch gewesen. Auch er war unglaublich angespannt und gestand, dass er froh war, nicht mit nach Paris kommen zu müssen.

„Ja, bin gleich da!", antwortete Frank und stand auf.

Bäumer hatte Julia bereits ins Haus gelassen und sie in die Küche geführt. Sie freute sich, Frank zu sehen. Verhalten lächelnd gab sie ihm die Hand.

„Ich wollte euch nur viel Glück wünschen!", sagte sie mit sorgenvollem Unterton.

„Danke! Wir werden es brauchen!", erwiderte Alfred und atmete tief durch.

„Ja, ich freue mich auch, dass du gekommen bist, Julia!", gab Frank zurück. „Wenigstens noch ein schöner Anblick, bevor wir den Pariser Untergrund besichtigen müssen."

Die junge Frau wurde ein wenig rot, sie schmunzelte. „Wenn das aber zu gefährlich wird...wenn ihr nicht an diesen Mann herankommt, dann könnt ihr ja immer noch die Sache abbrechen."

Frank drehte sich zum Fenster und schaute hinaus: „Wir werden sehen. Wenn wir erst einmal da sind, dann ziehen wir es auch durch!"

„Ich meinte ja nur ...", fügte Julia hinzu.

„Wir werden das schon packen. Und wenn nicht, sind die Pariser Katakomben ja nicht weit, da haben wir dann genügend tote Kumpels", scherzte Alf mit bitterem Zynismus.

Julia fand das nicht sehr witzig; betreten schaute sie Bäumer an.

„Sag doch so etwas nicht!", sagte sie leise und schien den Tränen nahe.

Kohlhaas genoss es ein wenig, sie so zu sehen. Das ansonsten immer etwas besserwisserische und leicht zickige Fräulein erschien jetzt geknickt und zeigte Gefühle. Frank versuchte trotzdem, sich keine Blöße zu geben. „Wir kommen schon zurück, Julia! Mach dir keine Sorgen!"

Sie verabschiedete sich mit Tränen in den Augen und schüttelte Bäumer die Hand. Frank umarmte sie sogar. Er freute sich, dass sie ihn so verabschiedete; für die Zeit eines Wimpernschlages beflügelte ihn Julias Berührung regelrecht. Dann jedoch riss sich Kohlhaas zusammen und bemühte sich, an etwas anderes als an Wildens hübsche Tochter zu denken.

„Die mag dich scheinbar!", hänselte ihn Alf, als Julia das Haus verlassen hatte.

„Keine Ahnung!", antwortete Frank mit einem demonstrativen Kopfschütteln.

„Sie ist ja auch 'ne Süße!", legte Bäumer nach.

Frank drehte sich von ihm weg, ging wieder zum Fenster und starrte hinaus. Es war dunkel geworden und regnete mittlerweile in Strömen.

Die beiden Rebellen, die sich Großes vorgenommen hatten, waren in dieser Nacht noch lange wach. Längst waren sie zu aufgedreht und nervös, um noch erholsamen Schlaf zu finden. Irgendwann jedoch war die Erschöpfung so groß, dass sie zumindest etwas dösen konnten.

Diese letzte Nacht in Ivas war schrecklich für Frank. Wieder waren es die seltsamen Träume, die ihn in der kurzen Phase seines Dämmerschlafes heimsuchten. An einen Erinnerungsfetzen konnte er sich am nächsten Morgen, als sie Steffen de Vries durch lautes Bollern an der Haustür aus dem Schlummer riss, noch erinnern:

Frank irrte einmal mehr durch eine fremdartige Traumwelt. Sie glich ganz der Holozelle, in welcher er acht lange Monate gelitten hatte. Weißes, grelles Neonlicht schnitt ihm in die Augen, während er ohne ein festes Ziel durch den Lichtnebel wanderte.

Es dauerte eine Weile, bis Kohlhaas erkannte, dass es seine eigene Holozelle war; wirkte sie doch weitaus größer, als er sie in Erinnerung hatte. Die Wände waren gar nicht mehr zu sehen und nur die Toilette und die verhasste Pritsche mit dem hellgrauen Kunstlederüberzug waren inmitten des weißen Lichtes zu erkennen.

„Frank!", hörte er die tiefe Stimme eines Mannes aus der Ferne schallen.

Er folgte ihr und sah sich bald einem schrecklichen Anblick gegenüber. Vor ihm erstreckte sich ein riesenhaftes Netz voller dicker, schwarzer Spinnen. Einige starrten ihn hasserfüllt aus ihren vierpaarigen Augenreihen an, wobei ihre triefenden Mundwerkzeuge zuckten. Manche der Kreaturen zischten und fauchten, als sich Frank ihrem Netz näherte, andere waren eifrig damit beschäftigt, ihre Beute einzuspinnen und beachteten ihn nicht.

Das gewaltige Spinnennetz, das bis in den weiß erleuchteten Himmel hinauf ragte, war voller unglücklicher Wesen, die in schleimige Fäden eingewickelt waren. Die hilflosen Opfer wimmerten und kreischten in verzweifelter Agonie.

Langsam ging Frank weiter und konnte schließlich erkennen, wen die hässlichen Spinnenmonster gefangen hielten und aussaugten. Es waren Säuglinge. Es war Nico. Es waren alles kleine Nicos.

„Frank! So sieh doch hin!", flehte einer der Säuglinge, in dessen Fleisch eine Spinne gerade ihre Mundwerkzeuge bohrte. „Sieh doch hin! Sieh doch hin!"

Die Bestie schmatzte, sich am Blut des kleinen Menschen labend, und dieser rief: „Frank, siehst du, wie groß die Holozelle inzwischen geworden ist? Siehst du, wie sie sie perfektioniert haben? Diese Zelle kennt keine Wände und keine Decken mehr, denn sie umspannt die ganze Welt! So sehr konnte sie verbessert werden!"

Die Spinnen labten sich weiter an ihren Opfern. Bald hatten sie sich wieder von ihrem Betrachter abgewandt, krochen über das gigantische Netz und saugten und fraßen und schlangen.

„Sieh hin, Frank!", heulten die Säuglinge im Chor.

Kohlhaas rieb sich sein müdes Gesicht und gähnte. Die letzten Fragmente des Traums verschwanden aus seinem Geist.

Frank und Alf packten alles zusammen und Steffen de Vries lieh ihnen dabei seine helfenden Hände. Bereits in dieser Phase der Operation durften keine Fehler gemacht werden und so wurde zuerst einmal die Liste mit den Ausrüstungsgegenständen abgehakt.

Taschenlampen, Sprengstoff, Pistolen, Nahkampfwaffen, Essensrationen, Gummistiefel, Armeestiefel, Baupläne von Abwasserkanälen und so weiter. Die Liste war lang und es dauerte über eine Stunde, bis die drei Rebellen sie ordnungsgemäß durchgearbeitet hatten.

Kurz bevor sie in das Transportflugzeug stiegen, kam plötzlich Wilden angerannt.

„Ich wünsche euch Hals- und Beinbruch, Jungs!", rief er.

„Habt ihr heute morgen schon die neuesten Nachrichten gelesen?", fuhr er schnaufend fort.

Frank, Alf und der Belgier drehten sich um: „Nein, wir hatten andere Dinge im Kopf."

„Japan!", sagte der nach Luft ringende ältere Herr. „Japan hat sich aus dem Weltverbund herausgelöst. Sie wollen ihren alten Staat zurück!"

„Aha!", kam es von Frank leicht uninteressiert zurück.

„Das wollte ich euch noch mit auf den Weg geben. Vor einer Woche hat es Großdemonstrationen in Tokio und vielen anderen Städten des Landes gegeben. Der von der Weltregierung eingesetzte Unterdistrikts-Gouverneur Kaito Ikeda und sein Berater Ron Baldwin haben fluchtartig die Insel verlassen. Der neue Präsident des Staates ist Haruto Matsumoto, der Anführer der Volksbewegung. Japan hat alle Zahlungen und Tribute an die Weltregierung eingestellt und die ausländischen Diplomaten und Überwacher verjagt. Das hat sich noch kein Staat seit 2018 getraut!", erklärte Wilden mit unverhohlener Begeisterung.

„Japan ist am Ende der Welt und wir sind hier", bemerkte Steffen de Vries weitaus weniger enthusiastisch.

„Aber das ist doch ein Zeichen! Das System bröckelt. Vielleicht folgen Japan ja irgendwann auch andere Staaten nach", warf der Dorfchef, etwas enttäuscht darüber, dass die drei Männer die Bedeutung des Ereignisses nicht ganz verstanden hatten, in die Runde.

Dann fügte er hinzu: „Wenn man die öffentlichen Medien verfolgt und neben den Lügen und der Hetze die Informationen zwischen den Zeilen liest, kann man auch annehmen, dass es sogar in China und Korea brodelt."

Die drei Widerstandskämpfer, die kurz vor dem Abflug zu einer tödlichen Mission standen, nickten bloß und verabschiedeten sich dann von Wilden.

Dieser rief ihnen nach: „Seht ihr, es gibt doch noch Hoffnung! Unser Kampf ist nicht umsonst!"

Um halb zehn Uhr morgens erhob sich das kleine Flugzeug in die Lüfte. Kohlhaas und Bäumer blickten wehmütig auf den Ort ihres vorläufigen Friedens, das Dorf Ivas, hinab. Dann verschwand es am Horizont.

Unter sich sahen sie die Landschaft immer kleiner werden und bald war der Flieger so hoch gestiegen, dass er die Wolken streifte. Der versteckte und offene Krieg, der unter ihnen auf Erden tobte, schien für einen Moment vergessen, doch er würde keineswegs fort sein, wenn sie den Boden wieder berührten. Frank und Alf schwiegen eine Weile, genau wie der flämische Rebell Steffen de Vries, den sie zuvor nur flüchtig kennen gelernt hatten und der mit seinen zwei Töchtern, seinem Sohn, seiner Frau und seinem Hund Duna in der Nähe des Dorfzentrums lebte.

Es war schön hier oben am Himmel, wesentlich angenehmer als auf der verfaulten Erde. Die Nervosität ging kurzzeitig zurück, Frank erinnerte sich an Wildens Worte.

„Japan!", überlegte er. „Das ist so weit weg und betrifft uns nicht. Oder doch?"

Vielleicht war es wirklich ein Zeichen der Hoffnung, auch für die restliche Menschheit, dass eines Tages die starren Sklavenketten wieder zerbrochen werden konnten. Aber es war bedrückend. Der Weltfeind war in diesem Zeitalter so übermächtig geworden.

Die Massenmedien tanzten ohne Ausnahme seinen Tanz der Lüge mit und flogen jeden Tag neue Angriffe auf die Gehirne der Massen wie auf Städte, die bereits zerbombt waren und die es galt, noch weiter zu zerstören. Die Macht der Finanz, das Geldwesen, hatte der Feind schon seit langer Zeit in seinen Klauen und mit dieser stets schlagbereiten Keule zertrümmerte er die Welt Stück für Stück.

Das Militär war von ihm gekauft worden und stumpfsinnige Söldner, denen man den eigenen Willen abgezüchtet zu haben schien, schickte er gegen alle, die ihm zu widerstehen versuchten.

Was würde die Zukunft bringen? Die Schlinge um den Hals der Menschheit zog sich mit fortlaufender Zeit immer enger und enger. Etwas musste getan werden, daran gab es keinen Zweifel.

Mit Worten allein war der Käfig nicht zu sprengen, in dem die Völker inzwischen vor sich hin vegetierten und immer weiter verfaulten. Wenn niemand mehr sein Leben riskierte und zugleich bereit war, auch Leben zu nehmen, hatte der Feind weiterhin alle Trümpfe in der Hand. So sahen es zumindest Frank und Alf.

„Japan!", presste Bäumer mit einem gewissen Unverständnis heraus. „Wilden, der große Analytiker der Weltpolitik. Ich weiß nicht, was ich von der Sache halten soll."

„Auf jeden Fall besser als nichts!", kam es aus der Pilotenkabine.

„Wir werden sehen, ob Japan damit durchkommt!", gab Frank zu bedenken.

„Ich werde dir sagen, was passiert!", knurrte Alf. „Sie werden jetzt anfangen, dieses eigenbrötlerische Inselvolk weich zu kochen. Langsam, aber sicher. So wie sie es immer tun, wenn sich Staaten unabhängig machen und es wagen, selbstständig zu handeln.

Beginnen wird es mit einer weltweiten Pressehetze, die die Japaner bis ins Mark verleumden wird. Dann kommt der Wirtschaftsboykott und am Ende der Krieg – oder die Japsen fügen sich. Das ist die alte und bewährte Taktik."

„Es kann aber auch sein, dass sich andere Länder auf die Seite Japans schlagen", antwortete Kohlhaas mit einem leichten Anflug von Zuversicht.

„Ja, kann aber auch nicht sein", konterte Alf. „Dieser neue Präsident, dieser Matsumoto, muss schon ein echter Samurai sein, um zu überstehen, was ihn und sein Volk

jetzt erwartet. Er muss Nerven wie Stahlseile haben und sollte immer mit einem offenen Auge einschlafen."
„Hoffen wir, dass er etwas von seinen tapferen Ahnen hat", sagte Frank.

Die Herauslösung Japans aus dem Weltverbund war aus Sicht der Herrschenden eine unfassbare Dreistigkeit. Das Land hatte seit der Krise im Jahre 2013 schwere Zeiten durchgemacht. Seine Exportwirtschaft war kollabiert und die Staatsverschuldung so gigantisch, dass das hoch technisierte Land, dessen Bevölkerung lange Zeit erfolgreich die europäische Technologie kopiert und im Sinne ihrer Mentalität „japanisiert" hatte, fast wie ein Kartenhaus zusammengefallen war.
Japans Wirtschaft, der Grundpfeiler des neuen Nationalstolzes nach dem Zweiten Weltkrieg, war zu Grunde gegangen. Nach 2018 war es noch schlimmer geworden und die Insel hatte sich in einen Hexenkessel der Unzufriedenheit verwandelt. Während immer größere Teile des traditionsbewussten und nationalistischen Volkes die Rückkehr zu den japanischen Werten, den „alten Weg" und die Abschottung nach außen gefordert hatten, war von der Marionettenregierung unter Gouverneur Ikeda die genau gegenteilige Politik durchgesetzt worden.
Schließlich hatten sich die Spannungen im Aufstieg der nationalistischen Volksbewegung Matsumotos entladen; der neue Präsident des Inselvolkes hatte die antijapanischen Elemente niedergeschlagen und die Schergen der Weltregierung aus dem Land verwiesen. Damit hatte er dem Weltverbund offen den Krieg erklärt.

Steffen de Vries schaltete das Radio an und aus der Pilotenkabine dröhnte ein Song des Cyberpop-Hipcore-Stars

Evan Steele, den Frank und Alf entsetzlich fanden. Dann folgten die Nachrichten.

Zuerst kam eine Meldung über den Weltpräsidenten, welcher in Washington einen „One-World-Kindergarten" eröffnet hatte. Dort hatte er betont, dass frühkindliche Störungen wie Unaufmerksamkeit oder rebellisches Verhalten am besten mit neuartigen Medikamenten behandelt werden sollten und es die Pflicht eines jeden Menschenfreundes sei, den Kindern bei der Überwindung dieser „Krankheiten" zu helfen.

Die Leiterin des Kindergartens wurde interviewt und schien von den neuen Medikamenten begeistert zu sein. Dann meldeten sich Vertreter der großen Pharmakonzerne zu Wort und verkündeten, dass in ihren Laboren weiter intensiv an Arzneimittelprogrammen für Kleinkinder geforscht würde.

Anschließend erfuhren die Hörer Neues über die Situation in Japan. Die Nachrichtensprecherin sagte: „Heute morgen hat die Weltregierung auf ihrer Krisensitzung in New York weitere Maßnahmen zum Umgang mit dem faschistischen Staat Japan besprochen. Der Weltpräsident und führende Vertreter aus Politik und Wirtschaft kamen zu dem Ergebnis, dass die Weltgemeinschaft angesichts der wachsenden Bedrohung durch den Inselstaat in Zukunft harte Vergeltungsaktionen in Betracht ziehen muss.

Japan, unter dessen neuer Regierung politische Dissidenten verfolgt und ermordet werden, ist im Besitz von Nuklearwaffen und offenbar auch bereit, diese gegen die freie Welt einzusetzen. Das beweisen geheime GSA-Berichte.

Der Gouverneur des Verwaltungssektors „Asien-Ost", Mr. Kim Bo-Hung und sein Vertreter Mr. David Bloomfield, kündigten im Verlauf der Konferenz einen harten Kurs gegen Japan an."

„Wir können nicht zulassen, dass faschistische Regime wie das von Haruto Matsumoto zu neuen Krebsgeschwüren in einer friedliebenden und freien Welt werden", äußerte der Weltpräsident.

GCF-Kommandeur Edward McOwen erläuterte, dass eine mögliche Sicherheitszone um Japan gelegt werden müsse und ordnete das Entsenden von Kriegsschiffen der GCF-Pazifikflotte in den ostasiatischen Raum an.

Er ermahnte alle Verwaltungsbezirke und Untersektoren der Weltgemeinschaft zur Wachsamkeit, um Fanatiker und Diktatoren wie Matsumoto schon im Vorfeld unschädlich zu machen. Die Pläne Japans, sich aus der Weltwirtschaft auszuklinken und sogar das Zinssystem zu beseitigen, geißelte der Weltpräsident als „perversen Akt einer wahnsinnig gewordenen Diktatur".

„Was habe ich gesagt?", bemerkte Bäumer und setzte ein leidendes Lächeln auf. „Es geht schon los."

„Man kann den Japanern nur viel Glück und ein dickes Fell wünschen. Jetzt haben wir erst einmal unseren eigenen Kampf", stellte sein Partner fest.

Das Flugzeug überflog das ehemalige Polen und kam dem Sektor „Europa-Mitte" mit jeder verstreichenden Minute näher. Den drei Männern wurde es zunehmend mulmiger, die Stimmung in dem kleinen Transportflugzeug wirkte gedrückt.

Alle redeten plötzlich leise, als ob sie Angst hätten, von einem riesigen Ohr im Himmel belauscht zu werden. Und tatsächlich, die neugierigen Augen und Ohren rund um den Flieger vermehrten sich. Die zahlreichen Radar- und Warnanlagen, mit denen der Luftraum überwacht wurde,

151

brachten Frank das Spinnennetz aus seinem Alptraum ins Gedächtnis. „Europa-Mitte" war nah.

Doch es geschah nichts. Niemand bemerkte die ungebetenen Gäste, die in das komplett überwachte Gebiet eindrangen. Wenn irgendjemand den Flieger wirklich gescannt hatte, hatte er nur einen nichtssagenden Namen in der Registrierungskartei der Maschine gefunden. Das Große Auge hatte an ihnen vorbeigeblickt, obwohl sie direkt vor seiner Pupille herflogen waren.

Die Stunden vergingen im wahrsten Sinne des Wortes wie im Flug. Frank, Alfred und Steffen atmeten kurz auf, als sie auch beim Passieren der alten Grenze nach Frankreich kein Funkspruch der Flugüberwachung erreichte. Compiegne war nicht mehr weit und de Vries machte sich zum Landeanflug bereit.

Schließlich erreichten sie den Boden ohne Zwischenfälle, doch ein Gefühl größter Unsicherheit schlug ihnen entgegen, als sie aus dem Flugzeug ausstiegen. Es war wie in den alten Zeiten, als sich die Menschen Europas noch Urlaubsflüge in die südlichen Länder hatten leisten können. Wenn man den kalten Norden verlassen hatte und nach einigen Stunden im Süden aus der Maschine gekommen war, war man oft mit einer ungewohnten Wand aus schwüler Hitze konfrontiert worden.

Hier war es ähnlich, wobei die Wand, die im Zentrum von Frankreich auf Frank und Alf wartete, nicht aus Hitze, sondern aus Misstrauen gemacht war.

HOK hatte in seiner akribischen Art ein kleines Dorf außerhalb der Stadt ausgesucht, damit sie dort, fern von allzu großer Aufmerksamkeit durch die Einheimischen, in Ruhe landen konnten. Der Belgier wählte ein großes Feld am Rande des Dorfes aus, ließ die beiden aussteigen und erhob sich so schnell er konnte wieder in die Lüfte.

Aus Sicherheitsgründen machte er sich sofort auf den Weg zurück nach Ivas. De Vries hatte keine Lust, sich auch nur eine Minute länger als nötig in einer so stark überwachten Zone aufzuhalten.

Die Nerven des Flamen hatten bereits seit Stunden blank gelegen. Noch immer war er schweißgebadet und konnte vor Aufregung kaum noch atmen. Als de Vries 2019 den Sektor „Europa-Mitte" mit seiner Familie verlassen hatte, war es für ihn wie eine Wiedergeburt gewesen. Hier im Westen fühlte er sich indes nach wie vor von tausend Augen verfolgt.

Steffen war im Laufe der Jahre äußerst paranoid geworden; selbst HOKs perfekt gefälschtes Scanchip gab ihm nur ein oberflächliches Gefühl der Sicherheit. Der Gedanke, sieben Tage auf die Wiederkehr von Frank und Alf in Compiegne zu warten, war für ihn unerträglich.

Schon im Jahre 2011 war de Vries wegen Waffenschmuggels inhaftiert worden, was bedeutete, dass sein Name nach wie vor in allen behördlichen Dateien verzeichnet war. Als er Ivas am Ende wieder unbeschadet erreichte, fiel ihm ein Stein vom Herzen.

Frank und Alf standen derweil mit vollgepackten Rucksäcken auf einem Feld nahe des Dörfchens bei Compiegne; ihre Herzen hämmerten nervös vor sich hin. Jetzt waren sie auf sich allein gestellt, mitten im Feindesland. Nun galt es, nicht aufzufallen.

„Wir sehen aus wie Wanderer aus dem Wald", brummte Alf.

„Lass uns in dieses Dorf gehen und dann mit dem Bus nach Compiegne fahren. Wir müssen heute noch nach Paris rein", erklärte Frank mit einem Kloß im Hals.

Sie liefen auf der staubigen Landstraße, die von ihrem Landeplatz zu dem kleinen Dorf hinunter führte, und blickten sich dabei immer wieder um. Die Last war schwer, jeder hatte etwa 25 Kilogramm zu schleppen und sie konnten nur hoffen, dass sie hier kein Polizist verdächtig fand.

Die zwei Rebellen hatten sich unauffällig gekleidet. Frank trug eine blaue Jeanshose und ein dunkelgrünes Polohemd. Zudem zierte eine hellgraue Baseballmütze seinen Kopf, die er sich so tief wie möglich ins Gesicht gezogen hatte.

Bäumer trug ebenfalls eine blaue Jeans, einen braunen Rollkragenpullover und eine rötliche Baseballmütze mit dem Symbol der Cleveland Indians. Unter den Hosenbeinen der beiden Männer schauten schwarze Armeestiefel heraus, denn festes Schuhwerk war bei der Operation unerlässlich.

Auf dem Weg ins Dorf begegnete ihnen kaum jemand. Ein alter Mann, der ihnen entgegen kam, musterte sie kurz im Vorbeigehen, ansonsten trafen sie niemanden. Auch das Dorf pulsierte nicht gerade vor Leben; die meisten Häuser wirkten ärmlich und nur wenige Einwohner ließen sich an diesem Tag überhaupt auf der Straße blicken. Lediglich ein kleiner Junge von der gegenüberliegenden Straßenseite rief etwas auf französisch, wobei nicht sicher war, ob er die zwei merkwürdigen Fremden meinte, die hier durch sein Dorf schlichen.

Frank und Alf beachteten ihn nicht. Sie gingen zu einer Bushaltestelle und fuhren mit der Linie 38 nach Compiegne. „Bloß raus aus diesem Kaff!", dachten sie.

Der Busfahrer hatte sie merkwürdig angesehen, als er ihnen den Betrag für die Fahrt von ihren Scanchips abgebucht hatte, da war sich Frank sicher. Alfred beteuerte indes, dass ihm das nicht aufgefallen war.

Beide hatten während der Fahrt in dem fast leeren Bus kein Wort gesagt und keinen der anderen Gäste angesehen. Sie hatten sich in die letzte Reihe zurückgezogen und waren froh über jeden, der sich nicht zu ihnen umdrehte. Der Fahrer redete während der Hälfte der Fahrt mit einer älteren Frau, die ihm wild gestikulierend ihre Lebensgeschichte erzählte. „Oui!", und „Non!", schallte es durch das heruntergekommene Gefährt, bis sie endlich in Compiegne angekommen waren.

„Gib mir den DC-Stick!", drängte Frank, als sie aus dem Bus ausstiegen.

Diese erste Hürde hatten sie jedenfalls schon unbeschadet genommen. Alfred kramte in seinem Rucksack herum und zog den kleinen Datenträger heraus. Auf dem DC-Stick waren die Baupläne der Pariser Kanalisation und die anderen Dateien fein säuberlich von HOK zusammentragen worden; auch der Stadtplan von Compiegne war dabei.

„Wir sind jetzt hier im Zentrum, die Mietwagenstation ist nicht weit. Somit können wir zu Fuß gehen", erläuterte Frank, sich nervös umsehend. Es befanden sich an diesem Ort deutlich mehr Menschen als in dem kleinen Dorf, was er mit Recht unangenehm fand.

Die zwei Attentäter waren nahe einer Einkaufszone aus dem Bus gestiegen, hier wimmelte es von Passanten. Doch man hielt sie offenbar bloß für Touristen und das erachteten die meisten der Vorbeigehenden keines schärferen Blickes für würdig.

Um sich herum hörten Frank und Alf ein Gewirr aus Sprachfetzen. Hauptsächlich französisch. Einige Kinder, die wohl arabisch sprachen, schrien hinter ihnen auf und rannten über die Straße.

Compiegne war auf den ersten, aber vor allem auf den zweiten Blick, eine hässliche, graue und schmutzige Stadt. Die Einkaufszone war voller Bettler und Obdachloser, die in Decken gehüllt in den Ecken lungerten. Einer von ihnen brüllte wild gestikulierend herum und warf seine Schnapsflasche vor sich auf den Asphalt. Irgendwo spielte jemand recht schief auf einer Gitarre und sang dabei mit kehliger Stimme, um ein paar Globes zu ergattern.

Es war beklemmend. Aber wo war es in dieser Zeit noch angenehm?

Kohlhaas und Bäumer machten sich sofort auf den Weg zur Autovermietung, es war bereits nach 17.00 Uhr und sie wollten noch heute den Leihwagen besorgen.

Frank fiel auf, dass die Menschen hier irgendwie gebückt gingen. Sie wirkten, als wollten sie sich besonders klein machen. Vielen leuchtete die Armut aus dem Gesicht, einige wirkten krank und blass. Kohlhaas wurde von niemandem angesehen und sah auch selbst niemanden an. Alf und er gingen an leerstehenden Geschäften und zerfallenen Gebäuden vorbei. Früher hatte es in Compiegne einen florierenden Einzelhandel gegeben, doch das war lange her. Mittlerweile sahen die Schaufenster in den Erdgeschossen der brüchigen Häuser tot und verstaubt aus. Der Niedergang einer einst schönen Stadt war deutlich zu erkennen.

Was übrig geblieben war, waren die billigen Supermärkte von „Globe Food" und „3X6 Market", die ganz Europa und Nordamerika mit schlechtem Fraß versorgten. Hier versammelten sich die Obdachlosen und Armen der Stadt, lungerten herum, holten neuen Fusel aus dem

Markt und erbrachen sich manchmal auch davor, wenn sie betrunken genug waren.

Vom anderen Ende der langen Einkaufsstraße, die ihren Glanz längst verloren hatte, kam lautes Gebrüll. Ein Jugendlicher hatte einen Obdachlosen niedergestochen, einige Passanten rannten davon, andere schrien wie von Sinnen. Frank und Alfred gingen einen Schritt schneller, falls ein Polizeiwagen auftauchte.

Nach einer Dreiviertelstunde hatten sie die Autovermietung erreicht, die in einem halbdunklen Hinterhof lag. Dort wartete ein stämmiger Mann, der sich gelangweilt in seinem Stuhl räkelte, hinter einem Schreibtisch. Die zwei Rebellen betraten sein Büro. Jetzt wurde es spannend, denn Frank musste zum ersten Mal seinen gefälschten Scanchip einsetzen.

„We want a car. We want to go to Paris!", eröffnete Alfred das Gespräch.

Der Franzose, der wohl viel mit Durchreisenden zu tun hatte, blickte auf und musterte einige Papiere.

„Oui! You want to go to Paris? Okay!", erwiderte er lächelnd.

„Äh … Yes!", fügte Frank hinzu.

„Which car do you want? A normal car, a combi, a van?", zählte der Vermieter auf.

„Normal car", gab Alf kurz von sich.

„Which type?", fragte der Mann.

„Sag dem Wichser, dass es mir scheißegal ist. Ich will hier nur eine Karre und dann weg", fauchte Kohlhaas leise vor sich hin. Alf nickte.

„It doesn't matter. Any normal car." Bäumer wirkte angespannt.

„Okay! Where are you from?", nervte der Angestellte.

„Austria...from Austria", stieß Frank hervor. Sein Herz pochte und seine Hände sonderten wahre Schweißbäche ab.

„Ah, ja! From Österreich! Gut!", scherzte der Autovermieter und versuchte sich an der deutschen Sprache.

„Ja!", antwortete Alfred gequält.

Der Franzose stand auf und winkte die beiden Fremden zu sich. „Komm!", rief er. „Here! This car you can have." Daraufhin zeigte der überfreundliche Mann Frank und Alf einen schwarzen und nicht mehr ganz neuen „Lion".

„Ist der gut?", fragte er, grinste und freute sich, dass er es geschafft hatte, deutsch zu sprechen.

„Yes! We take this car!", erwiderte Frank, dem der Rücken langsam weh tat, da er den schweren Rucksack noch immer herumschleppen musste.

„Okay, we go to the office. Than pay with scanchip", sprach der Vermieter und ging.

„Jetzt wird's spannend...", flüsterte Alf.

„How long do you want to lease the car?", fragte der Mann aus dem Nebenraum, während er etwas eintippte.

„Till the second of march", gab Alf zurück.

„Okay!"

Der Franzose nahm die beiden Scanchips und zog sie durch das Lesegerät.

„The car is 40 Globes a day", erklärte er.

„Okay!", murmelte Frank und warf seinem Freund einen hilfesuchenden Blick zu. Das Lesegerät summte und für einige Sekunden schien die Welt für die beiden Männer still zu stehen. Die Anspannung ließ ihre Herzen kräftiger pumpen und das Adrenalin ins Blut schießen. Dann blickte der Mann von seinem Stuhl auf; er lächelte freundlich: „Thank you, Mr. Eberharter and Mr. Willner. Take your car. Have much fun in Paris!"

Die beiden Rebellen atmeten auf, gingen schnellen Schrittes zu ihrem Auto, warfen die schweren Rücksäcke in den Kofferraum und verschwanden.

Die Fahrt nach Paris war angenehmer als in früheren Zeiten. Verkehrsstaus von nennenswerter Größe gab es keine mehr, was daran lag, dass sich die Anzahl der Pkws in den letzten Jahren immer weiter reduziert hatte.

Der Untergang der Autoindustrie hatte bereits im Jahre 2009 begonnen und 2029 waren Autos für die Masse der Menschen Luxusartikel geworden. Wer kaum gewährleisten konnte, jeden Monat genug Essen auf dem Teller zu haben, der hatte erst recht keine Globes mehr, um sich ein Auto zu leisten.

Die Ausnahme bildeten Personen im Staatsdienst und andere Besserverdienende, die noch Pkws unterhalten konnten. Zudem waren die Benzinpreise seit 2018 so drastisch angestiegen, dass ein Auto, welches man dauerhaft besaß, gewaltige Geldsummen verschlang.

Alternative Energien, die das Benzin hätten ersetzen können, wurden nach wie vor von der Ölindustrie unterdrückt. Erst 2019 hatte die GSA zahlreiche Wissenschaftler und Unternehmer, die freie Energien angeboten hatten, durch Attentate ausgeschaltet.

Somit gab es zumindest weniger Verkehrsstaus und das war an diesem Tag ein Vorteil, den Frank und Alf bei ihrer Fahrt nach Paris zu schätzen wussten. Die Autobahnen und Straßen befanden sich jedoch in einem katastrophalen Zustand, da der Verwaltungsdistrikt „Europa-Mitte" seine Einnahmen in wichtigere Dinge, zum Beispiel in ein verbessertes Überwachungssystem, steckte.

Es dauerte, bis die beiden Männer das Hotel gefunden hatten, das ihnen HOK ausgesucht hatte. Die Straßen von Paris erschienen endlos und dunkel. Wenn man sich hier nicht auskannte, konnte man sich schon an der Oberfläche der Stadt leicht verirren.

Das Hotel trug den Namen „Sunflower" und befand sich im Osten von Paris. Um etwa 20.30 Uhr waren sie endlich angekommen, erschöpft stiegen sie aus ihrem Wagen. Im Hotel erwartete sie eine hübsche Französin mit hellbraunen Haaren und einem zierlichem Gesicht. Sie war sehr freundlich, wirkte aber ein wenig gehetzt und überfordert. Doch das war gut so, denn unnötige Konversationen waren strikt zu vermeiden. Kohlhaas wies sie nur kurz darauf hin, dass sie als Touristen unterwegs waren.

Die gefälschten Scanchips funktionierten hingegen erneut einwandfrei. Das wenige, aber dafür sehr explosive Gepäck, trugen Frank und Alf später nach oben in ihren Hotelraum. Andere Gäste sahen sie an diesem Abend kaum. Lediglich eine ältere Frau, die sie freundlich grüßte und dann in ihrem Zimmer verschwand.

Schließlich zogen die beiden Rebellen die Tür des Hotelzimmers hinter sich zu und fielen auf ihre Betten, die mit einer schlichten gelbbraunen Bettwäsche bezogen waren. Dieser Tag war zu Ende und hatte Kraft und Nerven gekostet. Endlich waren sie in Paris. Nun stand der wirkliche Höllentrip bevor, doch diese Tatsache versuchten Frank und Alf an jenem Abend auszublenden.

Aux Champs-Élysées

Aux Champs-Élysées
Aux Champs-Élysées
Au soleil, sous la pluie
À midi ou à minuit
Il y a tout ce que vous voulez
Aux Champs-Élysées...

(Französische Version, 1969)

Oh Champs-Élysées
Oh Champs-Élysées
Sonne scheint, Regen rinnt
Ganz egal, wir beide sind
So froh wenn wir uns wiederseh'n
Oh Champs-Élysées...

(Deutsche Coverversion, 1969)

Oh Champs-Élysées
Oh Champs-Élysées
Sonne scheint, Regen rinnt
Wechsler, du wirst mich nicht seh'n
und bald vor deinem Schöpfer steh'n!
Oh Champs-Élysées...

(Leicht modifizierte Version von Frank Kohlhaas, 2029)

161

Obwohl sie sich inmitten einer stark überwachten Groß-stadt in „Europa-Mitte" befanden und der Feind hier an jeder Ecke lauern konnte, schliefen Frank und Alfred er-staunlich gut. Ersterer hatte auf einmal diesen alten fran-zösischen Song, der gelegentlich noch im Radio gespielt wurde, im Kopf und veränderte den Text der deutschen Version so, dass er zur augenblicklichen Situation passte. Dabei lächelte Kohlhaas in sich hinein, bis ihn irgend-wann der Schlaf übermannte.

Der nächste Morgen ließ sich nicht aufhalten und schließ-lich waren es nur noch acht Tage bis zum „Fest der neu-en Welt", welches über die Champs-Elysees kommen sollte.

Das war genug Zeit, um die Lage zu sondieren und min-destens einmal in die dunklen Gänge, die sie sich als An-griffsweg ausgesucht hatten, hinabzusteigen. Dieses Vor-gehen war unbedingt notwendig, denn für unvorhergese-hene Zwischenfälle, eingestürzte Tunnel und versperrte Wege gab es am 01.03.2029 keinen Raum mehr.

Frank und Alf verbrachten den ersten Tag in Paris in ihrem Hotelzimmer und verzichteten darauf, das Gebäu-de öfter als nötig zu verlassen. Nur einmal holte Alf etwas zu essen in einem nahegelegenen Supermarkt, um Frank daraufhin von den furchtbar heruntergekommenen Stra-ßen in der Umgebung zu berichten.

Ansonsten verbrachten sie ihre Zeit hauptsächlich mit Fernsehen, wobei ihnen vor allem die Nachrichten, die größtenteils aus Hetzberichten gegen das abtrünnige Ja-pan bestanden, des Öfteren Wutausbrüche bescherten.

Für den nächsten Tag, genauer gesagt die nächste Nacht, hatten die beiden schließlich die Kanalerkundung geplant.

Es war zwei Uhr morgens, als die zwei Männer aus ihrem Hotelzimmer schlichen, an der verlassenen Rezeption vorbeihuschten und das Hotel „Sunflower" hinter sich ließen. Im Schutz der nächsten Straßenecke tippte sich Frank hastig durch die Dateien seines DC-Sticks und öffnete den Stadtplan von Paris, den HOK mit zusätzlichen Informationen versehen hatte.

Wie Schatten strichen Frank und Alf um die Häuser und bewegten sich lautlos von einem dunklen Fleck zum nächsten. Es regnete in Strömen und Bäumer schlug vor, die Aktion auf den folgenden Tag zu verschieben, doch Frank drängte hartnäckig darauf, keine Zeit zu verlieren.

„Die Rue Lagille, das ist nicht mehr weit", flüsterte er und zeigte seinem Mitstreiter einige Dateien.

„Wir sind komplett irre", antwortete dieser nur.

„Ja, sind wir." Frank grinste. „Und jetzt lass uns mal einen Zahn zu legen!"

Sie verzogen sich erneut in eine finstere Nische und studierten weitere Baupläne. Der starke Regen hatte mittlerweile aufgehört und es plätscherte nur noch leise von einem der Dächer der kaum beleuchteten Mietshäuser. Die Straßen waren düster und verlassen; lediglich ein paar arabische Jugendliche, die gelegentlich in die Nacht hinaus brüllten oder gegen Mülltonnen und Bushaltestellenschilder traten, waren zu diesem Zeitpunkt noch anzutreffen. Ihnen fielen die zwei Rebellen allerdings nicht auf. Es war bereits nach drei Uhr, als sie ihr Ziel endlich erreichten.

„Lass uns hier einen Eingang suchen", forderte Frank.

„Scheiße, worauf habe ich mich bloß eingelassen?", seufzte Alf und griff nach dem Brecheisen, welches er unter seiner Jacke versteckt gehalten hatte.

„Jetzt komm!", zischte Kohlhaas.

Ein Auto fuhr an ihnen vorbei und aus einem hell erleuchteten Fenster schaute eine Frau hinaus auf die regennasse Straße. Frank und Alf hatten sie bemerkt und schlichen unauffällig weiter.

„Verdammt, die Alte da. Wir gehen weiter", knurrte Frank und Alf trottete ihm nach. „Lass uns zur nächsten Straße laufen, dort sind nur zur einen Seite Häuser. Dahinter ist laut Plan eine Fabrikhalle, die leer stehen soll."

Wenig später erreichten die beiden eine vollkommen finstere Seitengasse. Hier fühlten sie sich unbeobachtet. Zumindest konnten sie niemanden sehen, obwohl sie sich mehrfach gründlich umschauten und die Umgebung mit Argusaugen absuchten. Schließlich standen sie vor einem Schachtdeckel aus Gusseisen. Er war gut sichtbar auf HOKs Kanalisationsplänen der Stadt Paris eingezeichnet. Frank und Alf sahen sich an.

„Das muss Deckel 344-GL-77003 sein, wenn die Karte stimmt", sagte Kohlhaas mit wenig begeisterter Miene. „Da jetzt runter? Verdammt!"

„Daran wird kein Weg vorbei führen", erwiderte Alf und rümpfte schon im Vorfeld die Nase.

Sie stemmten den Schachtdeckel auf und hoben ihn zur Seite. Vor ihnen tat sich ein unergründliches, schwarzes Loch auf; nur die Umrisse einiger Sprossen der komplett verrosteten Abstiegsleiter waren zu erkennen.

„Fuck!", brummte Frank.

Bäumers Gesichtsausdruck stimmte ihm wortlos zu, Kohlhaas hielt die Taschenlampe nach unten. Dreck, verrottetes Laub und Rost erwartete die beiden Attentäter in der Tiefe - vom widerlichen Geruch der Gosse ganz zu schweigen.

„Verfluchte Scheiße!", stieß Frank aus und streifte sich seine Gummihandschuhe und die Atemmaske über. „Hast du den Schneidbrenner?", kam es leise hinterher. „Ja, sicher! Runter jetzt!", fauchte Bäumer.

Frank tastete sich behutsam nach vorne und hielt sich an der verrosteten Leiter fest, Alf leuchtete ihm. Nach wenigen Minuten hatte er es sicher nach unten geschafft.

„Baaah!"

Bäumer konnte sich denken, worauf sich Franks Ausruf bezog. Daraufhin leuchtete ihm Kohlhaas und er glitt selbst hinab in die wenig einladende Umgebung der Pariser Kanalisation. Vorher hatte er den Schachtdeckel wieder fast über die gesamte Öffnung gezogen, so dass nur ein kleiner Spalt offen geblieben war.

Hier unten war es erwartungsgemäß ekelhaft, der Kanal machte nicht den Eindruck, als ob ihn jemand in den letzten zwanzig Jahren auch nur grob gereinigt hätte. Nasse Dreckhaufen hatten sich neben dem Rinnsal zu Füßen der beiden Männer aufgetürmt. Ratten huschten umher.

Alf leuchtete sie mit der Taschenlampe an und die Tiere verschwanden blitzschnell in einem stinkenden Loch.

„Guck mal! Vertreter der Weltregierung sind auch da", flachste Frank und zeigte mit dem Finger auf die Ratten.

Alf schmunzelte: „Hier sind sicherlich noch mehr davon. Wenn du eine ganz fette und aufgedunsene Ratte siehst, dann kannst du sie mit ‚Herr Weltpräsident' ansprechen."

„Die armen Tiere", meinte Frank grinsend. „Sie mit den Logenbrüdern zu vergleichen, ist eine Beleidigung für jede Ratte!"

Das Gerede nahm den zwei Rebellen einen Teil ihrer Unsicherheit in diesem unheimlichen Gewölbe. Frank warf noch einmal einen Blick auf eine der Karten; anschließend liefen sie etwa hundert Meter geradeaus. Sie mussten aufpassen, sich in dem engen Schacht nicht die Köpfe anzustoßen. Der Gang war kaum mannshoch und offenbar schon sehr alt.

Frank und Alf kamen an einen etwas größeren Zwischenkanal, wo sie über sich ein Auto brausen hörten, vermutlich waren sie unter einer breiten Straße gelandet. Der Strom des Abwassers war hier, ebenso wie der rundliche Kanal selbst, ein wenig größer. Die beiden mussten eine Entscheidung treffen.

„Wenn das hier alles stimmt, dann geht es nach links", bemerkte Frank mit einem Blick auf den DC-Stick.

„Wird hoffentlich stimmen, sonst sind wir am Arsch", maulte Bäumer.

„Irgendwo gibt es immer einen Gullydeckel, der uns zumindest an die Oberfläche führen kann", gab Frank zurück und lief mit der Taschenlampe voraus. Alfred sprühte derweil ein rotes Kreuz an die Wand, um es später als Orientierung nutzen zu können.

Der etwas breitere Zufuhrkanal war noch rund zweihundert Meter lang, an seinem Ende befand sich ein mit Dreck und Laub verstopftes Absperrgitter, welches vollkommen verrostet war. Hier gab es kein Durchkommen – zumindest nicht ohne einen Schneidbrenner, den Alfred aber glücklicherweise mitgenommen hatte. Es dauerte etwa eine Viertelstunde, bis Bäumer das marode Gitter zerstört und herausgebrochen hatte.

„Was für ein Mist!", keuchte er, als sich das angestaute Wasser mit einem lauten Rauschen an ihm vorbei ergoss.

Der Tunnel mit dem Absperrgitter erstreckte sich noch zweihundert weitere Meter, dann endete er in einem größeren Raum, wo das Abwasser zusammenfloss. Grünliche Wände gafften die beiden Besucher an. Diese vermuteten, dass die sie umgebenden Bauten nicht nur schon viele Jahrzehnte, sondern vielleicht sogar über ein Jahrhundert alt waren. Rostige Abwasserrohre kamen von der Decke des Raumes, an der Wand hing ein ebenfalls komplett verrostetes Schild aus Metall, auf dem etwas auf französisch stand.

Wenigstens war es möglich, sich aufrecht hinzustellen. Jenseits des Raumes gabelte sich der Weg erneut in mehrere Richtungen. Frank rief einige Dateien ab und war sich sicher, dass sie in den gegenüberliegenden Schacht gehen mussten; Alfred vertraute ihm und sprühte ein weiteres rotes Kreuz an die Wand.

„Einer der Kanäle eben war gar nicht auf der Karte eingezeichnet gewesen, aber dieser hier ist es. Darüber müsste die Rue de Sudman sein", erklärte Kohlhaas mit unsicherer Miene.

Alf und er drangen in einen sehr engen Schacht mit großen Löchern in den Wänden ein. Spinnenschwärme und Ratten begrüßten sie, trotz Atemmaske roch es äußerst streng.

Die beiden Männer mussten sich erneut ducken, um sich nicht die Köpfe anzustoßen. Mittlerweile waren sie etwa fünfzig Meter voran gekommen, als sie eine kleine Lichtquelle über sich entdeckten. Vermutlich war es der Schein einer Straßenlampe, der sich durch ein Loch im Schachtdeckel über ihren Köpfen seinen Weg nach unten gebahnt hatte. Sie krochen weiter in dem stinkenden Durchgang, dann hielten sie an.

Vor ihnen befand sich ein schwarzer Wasserdurchlauf, der ungefähr einen Meter tief war und an beiden Seiten einen schmalen Gehweg hatte, den die beiden Männer entlang marschieren konnten. Im Abstand von zehn Metern führten verwitterte Eisenrohre nach oben. Alfred

markierte die Strecke und folgte seinem Freund mit be-
hutsamen Schritten. Das Wasser war keineswegs tief,
doch roch es abstoßend und wirkte bedrohlich. Als würde jeden Moment ein riesiger Kraken seine tentakelbe-
wehrten Fangarme nach ihnen schleudern und sie hinab
in die Tiefsee ziehen, sinnierte Frank. Es war furchtbar
hier unten und stank wahrlich aus allen Ritzen dieser zerfallenen Kanalisation.

„Wenn ich die Schritte richtig gezählt habe, dann sind wir
ungefähr 700 Meter weit vorgedrungen", bemerkte Bäumer.

Sein Partner blickte erneut auf die Kartendatei, dann
preschte er weiter in die lichtlose Pariser Unterwelt vor.
Am Ende des Ganges erreichten sie einen recht großen
Raum, der offenbar ein Stauraum war. Eine Treppe führte nach oben und ein großer Tümpel mit schwarzem
Brackwasser tat sich vor ihnen auf. Frank leuchtete ihn
erst einmal gründlich ab, dann sagte er zu Alfred: „Bisher
sind HOKs Informationen weitgehend korrekt gewesen.
Dieser Stauraum oder was das auch immer sein soll, ist
auf der Karte jedenfalls gesondert markiert. Der muss auf
jeden Fall mit einem Kreuz gekennzeichnet werden."

Als sie den nächsten Tunnel durchschritten hatten, befanden sie sich schon fast einen Kilometer tief im Labyrinth
unter Paris. Sie erreichten einen Raum, der einer kleinen
Halle glich. Er war ein Teil der weltberühmten Pariser
Kanalisation, mit deren Bau im Jahre 1850 begonnen
worden war. Mit einem Anflug von Ehrfurcht hielten die
beiden Männer inne, dann setzten sie ihre Reise fort.

„Das dort sind Pumpen, oder?" Alfred deutete auf mehrere riesige Rohre aus Stahl, die in ein tiefes Wasserreser-
voir hineinreichten und mit schweren Rädern bedient

wurden. Auch sie sahen stark verwittert aus, obwohl sie sicherlich noch in Gebrauch waren.

„Ja, ich denke auch", erwiderte Frank. „Dieser Raum befindet sich mit großer Wahrscheinlichkeit östlich der ,Straße der Humanität', keine zwei Kilometer mehr von unserem Ziel entfernt. Den brauchen wir nicht zu markieren, den können wir uns merken."

Alfred steckte die Sprühdose mit der roten Farbe wieder in seinen Rucksack und folgte ihm.

Sie gingen eine Betontreppe hoch, die von Metallgittern umsäumt war, und warfen noch einmal einen Blick zurück in den Raum, der durch die eckigen Säulen, die ihn trugen, wie eine unterirdische Halle aussah. Anschließend stießen sie durch einen engen Durchgang nach rechts vor.

„Bisher stimmt alles weitgehend, was uns HOK an Daten hinterlassen hat", erklärte Kohlhaas. „In der Innenstadt von Paris scheinen die Aufzeichnungen doch noch sehr genau zu sein."

„Die Weltregierung hat dieses uralte und einzigartige Kanalnetz ja auch einfach übernommen. Selbst bauen würden sie so etwas nicht", meinte Alf.

„Erbaut haben es fleißige, anständige Leute und keine elenden Parasiten!", zischte Frank, seinen Mitstreiter zu sich winkend.

„Schau! Dort ist eine Tür, die verschlossen ist. Sie sperrt den Gang da drüben ab, den wir augenscheinlich nehmen müssen." Kohlhaas zeigte ins Halbdunkel. Alfred schweißte sie auf, zerstörte sie aber nicht mehr als nötig, um keinen Verdacht zu erregen.

Der dunkle Durchgang jenseits der Absperrtür erschien diesmal endlos und die beiden Gefährten entdeckten nach einer Weile ein Loch in der Wand, ohne dass ein Abwasserkanal zu erkennen war.

„Was ist das? Sieht aus, als hätte da jemand die Steine aus der Wand gebrochen und einen Weg gegraben", antwortete Frank, der den rätselhaften Gang mit seiner Taschenlampe ausleuchtete. „Da hinter geht es weiter. Siehst du?" Am Ende des Ganges schien ein großer Schacht zu sein. In den letzten Jahren hatten viele Obdachlose die Pariser Unterwelt nach eigenem Ermessen ausgebaut und das endlose Stollensystem gehörig erweitert. Sie hatten hier ein trauriges Zuhause gefunden, in einer Zeit, in der an der Oberfläche kein Platz mehr für sie war.

Kohlhaas tippte sich durch die Datenbanken des DC-Sticks und rief mehrere davon ab. Es dauerte fast eine halbe Stunde; Alfred schlenderte derweil gelangweilt und genervt durch die Dunkelheit.

„Das hier könnte ein stillgelegter U-Bahn-Schacht sein!", rief Frank plötzlich aus.

„Die Kanäle, Schächte und Gänge in der Innenstadt liegen manchmal kaum zehn Meter auseinander, häufig verlaufen sie sogar nebeneinander her. Ich schaue mir das mal näher an."

Schon sah Alfred nur noch den Rücken seines Mitstreiters, der in den Hohlraum sprang und ihn bald vom anderen Ende des Ganges mit der Taschenlampe anleuchtete.

„Komm!", flüsterte Frank. „Hier sind Schienen, ich hatte Recht!"

Bäumer kroch ihm nach und kurz darauf folgten sie den Schienen, um vielleicht eine Abkürzung zu finden, falls es sich bei diesem Schacht tatsächlich um den gestrichelten Pfad auf HOKs Karte handelte. Es dauerte eine Weile, denn der verlassene Tunnel erstreckte sich über mehrere hundert Meter.

Plötzlich vernahmen sie ein Röcheln in der Dunkelheit. Sie zuckten zusammen und drehten sich panisch nach allen Seiten um. Die Ader in Franks Schläfe begann zu pochen, Alfred wirbelte mit seiner Taschenlampe nervös umher. Das Röcheln kam wieder und die beiden Rebellen richteten ihre Lichtkegel blitzartig auf die Geräuschquelle. Da sahen sie einen Menschen, der in einer finsteren Ecke lag. Vermutlich ein Obdachloser, alt und hässlich, mit rötlichem Bart und in einem gammligen Trenchcoat steckend. Mehrere Schnapsflaschen lagen vor ihm. Der Untergrundbewohner blinzelte verstört, als ihn Bäumer mit der Taschenlampe anleuchtete.

„Ca va?", lallte der Alte.

„Was?", stammelte Frank nervös.

„Ca va?", erwiderte der betrunkene Mann. „Ca va?"

„Alles klar. Wir gehen, Opa!", gab ihm Alf zu verstehen, während er Anstalten machte umzukehren.

„Halt die Schnauze!", rief Frank in Richtung des Clochards und zog sofort seine Waffe.

„Was soll das?", herrschte ihn Alf an. „Steck die Kanone weg!"

„Wenn er verrät, dass wir hier unten herumschleichen...", sagte Frank erregt und stampfte auf.

„Der Alte ist total besoffen. Lass ihn in Ruhe! Oder willst du ihn kaltmachen?", fauchte Bäumer seinen Freund an.

„Ca va?", rülpste der Betrunkene erneut.

„Halt die Schnauze, habe ich gesagt. Und brüll hier nicht so rum! Sonst gebe ich dir ‚Ca va'!", keifte Frank und trat dem Mann in die Seite.

Dieser begann leise zu jammern. Kohlhaas hielt ihm die Pistole vor die Nase: „Halt dein Maul, Alter! Sonst stelle ich dich ruhig!"

In diesem Moment zog Alfred seinen wild gewordenen Gefährten energisch zurück und schubste ihn weg.

„Was soll der Mist? Bist du irre? Der Alte wird nichts sagen. Hier treiben sich Hunderte von Obdachlosen herum, und dass hier unten jemand mit einer Taschenlampe herumläuft, ist nichts Ungewöhnliches. Lass uns den Weg durch die Kanäle gehen und dann verschwinden."

Frank kam langsam wieder zu sich und steckte die Pistole weg. Fast hätte er den Alten erledigt. Der Drang, diesen Mann mit dem Messer aufzuschlitzen oder ihm eine Kugel in den Schädel zu jagen, war für einen Augenblick übermächtig geworden. Kohlhaas rang seinen furchtbaren Hass nieder, er stöhnte auf und hielt sich den Kopf. Alfred gab ihm erneut einen Stoß in die Seite. Dann schaute er ihn mit wütendem Blick an.

„Es reicht jetzt!", giftete er. „Sonst werde ich echt sauer! Wir verschwinden hier! Komm endlich!"

Frank trottete seinem Freund hinterher und schwieg. Auf einmal war ihm sein Verhalten peinlich; Alfred wies ihn nochmals mit scharfen Worten darauf hin, seine Wut beim nächsten Mal besser zu kontrollieren.

„Das war doch nur ein besoffener Opa, Mann!", knurrte er.

„Schon gut, habe wohl überreagiert", erwiderte Frank, wobei er wegschaute.

Als sie den Weg zurückgingen und wieder in das Kanalnetz eintauchten, musste sich Frank eingestehen, dass er den Clochard am liebsten getötet hätte. Dass der Mann ein Sicherheitsrisiko war, konnte vielleicht ein Argument sein, aber nur ein vordergründiges, denn es war mehr als unwahrscheinlich, dass sich irgend jemand für das Geschwätz eines Betrunkenen aus dem Pariser Untergrund interessierte.

Trotzdem hatte Kohlhaas den Fremden für einige Sekunden unbedingt töten wollen. Er hätte ihn einfach ausgelöscht und in der Dunkelheit liegen lassen. Lediglich Alf hatte ihn davon abgehalten, soeben seinen ersten Mord zu begehen. Das gab ihm zu denken.

Den verlassenen U-Bahn-Schacht, in dem der Betrunkene gelegen hatte, erforschten Frank und Alf an diesem Tag nicht weiter. Stattdessen krochen sie wieder zurück durch das in die Wand gebrochene Loch, während Kohlhaas seinen DC-Stick aus dem Rucksack zog. Die beiden waren mittlerweile müde und über ihnen schien Paris langsam aufzuwachen. Es wurde immer lauter; das Rumoren, Hupen und Rumpeln nahm zu.

„Hier geht es wohl weiter. Nach den zwei nächsten Gängen kommt noch einmal so eine große Zugangsschleuse, ein Stauraum. Was weiß ich?", erklärte Frank, voran in den nächsten Tunnel stapfend.

Alfred sprühte erneut ein rotes Kreuz neben das Loch, durch welches man in den U-Bahn-Schacht kriechen konnte und folgte seinem leicht erregbaren Rebellenfreund.

Sie tappten noch eine Weile entlang stinkender, aber diesmal größerer Abwasserwege, die kleinen Flüssen glichen. Bäumer starrte auf Franks Rücken und war nach wie vor verärgert.

Inzwischen waren sie bereits über zwei Kilometer weit vorgedrungen. Bald hatten sie eine nächste unterirdische Halle erreicht, die ebenfalls von eckigen Pfeilern gestützt wurde. Das Abwasser wurde hier in großen Becken gesammelt und in mehrere Richtungen umgeleitet. Die Bassins waren mit großen Eisengittern abgedeckt; weiter oben befand sich ein Fußweg mit einer Treppe, die mit einem Geländer versehen war. Hier konnte man in einen Kontrollraum gelangen. Schwere Wasserpumpen und Eisenrohre waren überall zu sehen. An den Wänden erkannte Frank Lampen und dicke Kabel. Dieser große und lange Raum schien oft genutzt zu werden, denn er befand sich im zentralen Innenstadtbereich. Um diese Uhrzeit war er jedoch noch leer.

Die alten gemauerten Wände und steinernen Bögen der Halle hatten etwas Respekteinflößendes, dachte Kohlhaas. Er erblickte eine weitere Eisentreppe, welche die Wand hinaufführte und in einem dunklen Loch endete. Am Ende der Halle befand sich eine verwitterte Stahltür mit einer Lampe darüber.

„Da sieht man mal, was damals für riesige Anlagen gebaut wurden. Schon beeindruckend", flüsterte Alfred.

„Ja, eine gewaltige Halle. Wie das alte Moria in dem Film", wisperte Frank.

„Moria?", fragte Bäumer verdutzt. „Was meinst du denn damit?"

„Da gibt es doch so einen alten Fantasy-Film. Mein Vater hatte ihn mir einmal mitgebracht, als ich noch klein war. Der Film hieß „Der Herr der Ringe". Da mussten die Helden auch durch ein unterirdisches Labyrinth – und das wurde ‚Moria' genannt. Eine Stadt unter der Erde. Die Zwerge hatten sie gebaut...", erläuterte Kohlhaas. „Den Film fand ich als Kind toll."

„Du bist auch so ein Zwerg", erwiderte Alf lächelnd. „Wohin geht es jetzt?"

Wieder war ein Blick auf die Kartendatei nötig. Vermutlich führte die Stahltür am Ende des Gewölbes in einen erweiterten Bereich, von dem aus sich die Männer in Richtung der „Straße der Humanität" vorarbeiten konnten.

„Hoffentlich springen hier nicht gleich Arbeiter der Stadtwerke herum", kam es von Alfred. Es war schon nach fünf Uhr morgens.

„Wir sollten uns beeilen. In dieser Halle sind sie sicherlich nicht so selten, wie in den Bereichen, die hinter uns liegen", gab Frank leise zurück.

Die Stahltür war abgeschlossen und sogar mit einem digitalen Codeschloss versehen, ansonsten wirkte sie alt und war stark verrostet. Die dunkelgrüne Lackfarbe auf ihrer Oberfläche war zum größten Teil abgeblättert.

Alfred machte sich sofort an die Arbeit und bearbeitete die Tür mit seinem Handschneidbrenner, doch diese erwies sich als sehr hartnäckig. Er musste einen großen Teil des Schlosses zerstören und brauchte dafür fast eine halbe Stunde. Frank blickte sich nervös um und hoffte, dass niemand ihre Arbeit störte. Mit einem leisen Knirschen ging die Stahltür letztendlich auf und die beiden Attentäter betraten einen kleinen Raum, der mit Regalen und einem elektronischen Kontrollpult ausgestattet war. Das Pult erinnerte vom Design her an Maschinen aus den siebziger Jahren des letzten Jahrhunderts, es war mit Sicherheit nicht mehr neu.

Über eine steinerne Treppe verließen Frank und Alf wenig später den Raum; sie huschten über einen erhöhten Weg, zu dessen Seiten tiefe Wasserreservoirs zu sehen waren. Dann verschwanden sie wieder in einem der seitlichen Abwasserkanäle, von dem Frank glaubte, dass er ihn auf HOKs Karte gefunden hatte. Der Weg wurde markiert und es ging weiter.

„Die ‚Straße der Humanität' kann jetzt nicht mehr weit sein!", rief Kohlhaas und hechtete durch den schmutzigen Kanal weiter in die Dunkelheit.

Sie liefen ungefähr hundert Meter geradeaus und bogen dann nach links in einen Tunnel ab. Es war wieder einer der größeren Abwasserwege, denn hier rauschte ein kleiner Fluss neben ihnen her. Zahlreiche Kabel, rostige Lampen und Rohre umgaben sie. Ein verblasstes Schild war zu sehen, vermutlich mit Warnhinweisen. Wenig später stand Frank vor dem nächsten Gitter, das ihm den Weg versperrte.

Alfred schnitt die Hälfte des verrosteten Metalls einfach weg und warf das glühende Stück ins Wasser. Nach weiteren hundert Metern flüchtete ein Rattenschwarm vor dem Schein ihrer Taschenlampen in alle Richtungen. Anschließend wurden die gemauerten Decken der Kanalisation höher und sie erreichten eine weitere Halle mit einer riesigen Wasserpumpe und einem kleinen Stausee im Zentrum.

Während sich die beiden Rebellen in den engen und dunklen Kanälen, die den Untergrund von Paris durchliefen, sicher und unbeobachtet fühlten, war es in den großen unübersichtlichen Zwischenhallen anders. Hier hätten sie durchaus weiteren Obdachlosen oder Angestellten der Stadtwerke begegnen können. Doch es war noch früh genug. Bis auf die beiden Rebellen war niemand anwesend.

Von weitem hörten sie plötzlich das Donnern einer ankommenden Metro. Das war ein gutes Zeichen.

„Charles de Gaulle", flüsterte Frank und lehnte sich an einen großen, grauen Pfeiler. „Das wird die U-Bahn-Station Charles de Gaulle sein. Sie liegt ganz in der Nähe des Tempels der Toleranz."

Erneut warfen die zwei einen Blick auf die Dateien mit den Lageplänen der Abwasserkanäle, anschließend kletterten sie eine eiserne Leiter herab und verschwanden in einem größeren Zufuhrkanal, der sie in Richtung der Geräuschquelle führte. Der Weg durch den unterirdischen Tunnel war lang und eintönig. Es stank bestialisch. Frank beruhigte Alf, nun war es nicht mehr weit.

Nur noch ein Kanal musste passiert werden, dann waren sie fast direkt unter dem Platz, den einst der Triumphbogen geschmückt hatte. Wieder vernahmen sie das Dröhnen der U-Bahn, die durch das Erdreich jagte. Erfolgreich waren die beiden durch die Gedärme von Paris gekrochen und hatten das Ziel beinahe erreicht. Neben ihnen führten rostige Aufstiegsleitern nach oben zu schmutzigen Kanaldeckeln, unter denen sich Armeen von Spinnen versammelt hatten.

Kurze Zeit später hatten sie es geschafft. Der „Tempel der Toleranz" war direkt über ihren Köpfen. Autos brummten und hupten auf der stark befahrenen Straße, man hörte den einen oder anderen Menschen brüllen. Paris erwachte. Jetzt war es Zeit, zu verschwinden.

Frank sprang wie eine Katze an einer der Aufstiegsleitern hoch und hob den Gullydeckel leicht an, um hinaus zu spähen. Sie waren richtig. Es hatte tatsächlich funktioniert, durch die dunklen Kanäle an diesen Ort zu kommen. Im Augenwinkel erkannte Kohlhaas eine Außenmauer des Toleranztempels, einem hässlichen Gebilde aus Stahlbeton, das einer Pyramide glich.

„Wir haben es geschafft. Es hat geklappt", gab er Alf freudig zu verstehen, während er die Leiter wieder herabstieg.

„Noch etwa dreißig Meter!" Alfred zeigte in die Dunkelheit eines Abwasserkanals. „Dort lagern wir die Bombe und jagen sie hoch. Das müsste reichen, um den Platz vor dem Tempel aufzureißen."

„Ja, das tun wir!", erwiderte Frank mit einem giftigen Lächeln. „Jetzt sollten wir uns allerdings schnellstens verdrücken."

Mit wachsender Zuversicht und Zufriedenheit schlichen die zwei zurück. Ab und zu musste Frank den Rückweg auf den Lageplänen überprüfen, aber meist ließ ihn sein Orientierungssinn nicht im Stich. Alfreds gesprühte Kreuze waren dabei eine zusätzliche Hilfe.

Vollkommen müde, stinkend und verdreckt krochen sie in den frühen Morgenstunden schließlich wieder aus dem Schacht gegenüber der leer stehenden Fabrikhalle heraus. Auf ihrem Rückweg durch die Strassen wurden Frank und Alf von kaum jemandem beachtet; selbst die schmutzstarren Kleider der beiden schienen im Halbdunkel des Morgengrauens niemandem aufzufallen. Abgerissene Gestalten, die durch die Straßen der Metropole schlichen, gab es hier genug.

Das Hotelzimmer wartete auf sie und Stille herrschte auf dem unbeleuchteten Gang ihrer Etage. Erleichtert zogen sie die Tür hinter sich zu und freuten sich auf eine heiße Dusche. Diesen Luxus hatten sie seit Jahren nicht mehr gehabt. Frank und Alf genossen das heiße Wasser, das ihnen den Gestank von den Körpern spülte. Wenig später schliefen sie ein. Nun waren es nur noch wenige Tage, bis zu dem großen Ereignis, das sich Frank als Bühne für seine Rache ausgesucht hatte.

Vor dem Sturm

Frank und Alfred verließen das kleine Hotel „Sunflower" in den folgenden Tagen immer abwechselnd, um in den nahegelegenen Supermärkten Nahrungsmittel zu kaufen. Niemals aßen sie im kleinen Speiseraum des Hotels mit den anderen Gästen zusammen und auch sonst gingen sie jedem Menschen aus dem Weg.

Nur im Hotelzimmer nahmen sie den billigen Massenfraß, meist von der Globe-Food-Lebensmittelkette produziert, zu sich. Der Fernseher lief den ganzen Tag und überschüttete sie mit leichter Unterhaltung und alten Spielfilmwiederholungen; stets unterbrochen von den stündlichen Nachrichten.

Es war in diesem Zusammenhang interessant zu sehen, wie die Mächtigen mit dem Inselstaat Japan umgingen. In regelmäßigen Abständen kamen die neuesten Berichte über den digitalen Äther.

Japaner wurden interviewt, die angeblich das Land verlassen hatten bevor sie Matsumotos Häscher hatten ergreifen und hinrichten können, weil sie sich für den „Weltfrieden" und die „Demokratie" eingesetzt hatten. Ron Baldwin, der wenig vertrauenswürdig aussehende Berater des Marionettengouverneurs Ikeda, welcher mit diesem zusammen aus dem Land gejagt worden war, trat nun in fast jeder Nachrichtensendung auf.

Er jammerte und betonte seine große Sorge bezüglich des Wohls des japanischen Volkes, das er so lieben gelernt hatte, seitdem er als Vertreter der Greenbaum Brothers Bank 2020 auf die Insel gekommen war. Baldwin schaute durchgehend sorgenvoll und betroffen, doch wirkte er

dennoch nicht wie ein von Grund auf guter Menschen-
freund.

Acht große Kriegsschiffe waren von der Global Control
Force in die östlichen Gewässer Japans entsandt worden,
um die Situation zu beobachten. Der Weltpräsident selbst
hatte dem Inselvolk ein Ultimatum gestellt und gefordert,
dass es bis zum Ende des Monats wieder in das Netz des
Weltverbandes zurückkehren müsse. Andernfalls drohten
„unschöne Konsequenzen für die Matsumoto-Diktatur",
grollte er vor laufenden Kameras.

Dabei verschwiegen die Medien, dass der neue Präsident
des Inselstaates durch den Willen seines Volkes an die
Macht gekommen und von den meisten Japanern unter-
stützt wurde. Haruto Matsumoto erfreute sich derzeit
größter Beliebtheit. Immerhin setzte das Inselvolk in seiner Verzweiflung sämtliche Hoffnungen in ihn.

Allerdings war es im Verlauf der politischen Umwälzun-
gen zu spontanen Lynchmorden durch die wütenden
Volksmassen gekommen. Diener der Weltregierung, die
das Land jahrelang ausgepresst hatten, waren vor allem in
Tokio und Osaka auf offener Straße erschlagen worden.

Verantwortlich dafür war, so die gleichgeschalteten Medi-
en, ausschließlich der „Faschist Matsumoto". Und so steigerte sich die Hetze gegen die rebellischen Japaner bis
zum blanken Hass. Eine militärische Intervention sei allerdings, so die Worte des Weltpräsidenten, zur Zeit nicht
geplant, beruhigte die Nachrichtensprecherin die Zuschauer.

„Wir werden sehen!", dachte Frank.

„Jetzt neu, in deinem KCN-Shop! Call 070023456 und
hol ihn dir! Sergeant Powers, deinen Supersoldaten! Er
macht sie alle platt! Yeah!", dröhnte eine markige Stimme

aus dem Fernseher, während eine Hand mit einer Action-figur, dem genannten Sergeant Powers, herumfuchtelte.

„Terroristen, Faschisten, Diktatoren, Islamisten, alle Feinde von Demokratie und Frieden! Sergeant Powers macht sie alle fertig! Hol dir jetzt deinen Sergeant und mach die Bösewichte nieder! Für nur 19,95 Globes hier in deinem KCN-Shop! Yeah!"

Freundlicherweise wies der Werbespot die jungen Konsumenten auch noch darauf hin, dass sie sich bei der „KCN-Bank für Kids" Geld leihen konnten, falls ihre Eltern gerade keinen Globe für Sergeant Powers übrig hatten.

„Oh, Mann", seufzte Alf. „Mach bloß diese Scheiße aus!"

„Gleich kommt auf KCN ‚Der kleine Flüsterer'. Diesen Gehirnwäschekram für Kinder müssen wir uns unbedingt einmal ansehen."

„Wenn's sein muss", gab Bäumer angewidert zurück.

Es dauerte nur noch wenige Minuten, dann beglückte KCN (Kid Control Network), der größte Kindersender, den man weltweit empfangen konnte, seine erwartungsvollen Zuschauer mit der Unterhaltungsshow „Der kleine Flüsterer".

Vor einigen Jahren hatte KCN mit der Serie angefangen; mittlerweile war sie zu einem Kassenschlager mutiert, der sich auch im Erwachsenenfernsehen größter Beliebtheit erfreute und extrem hohe Einschaltquoten hatte.

Die eigentliche Zielgruppe des Senders aber blieben nach wie vor die Kinder. Inzwischen gab es die skurrile Show in unzähligen Sprachen.

Frank und kurz danach auch Alf, der sich nirgendwo vor der Beschallung aus dem Fernsehgerät verstecken konnte, starrten mit nachdenklichen Mienen auf den Bildschirm: Jetzt war es Zeit für den „kleinen Flüsterer".

Ein grinsender Moderator mit blitzend weißen Zähnen und einem ebenso weißen Anzug eröffnete die Show und das Publikum aus kleinen Kindern jubelte und trampelte mit den Füßen.

„Hey, kids! I'm Funny Paul! Who are you?", rief er ekstatisch.

„We are the kids!", brüllten die kleinen Wichte und tobten begeistert.

So begann eine jede Folge von „Der kleine Flüsterer". Dies war die deutschsprachige Version, die man auch hier in Paris, neben etwa 700 anderen Fernsehshows aus aller Welt, empfangen konnte.

Die Kamera schwenkte herum und zeigte abwechselnd Kinder verschiedener Nationalitäten. Die heile „One-World" – zumindest im Fernsehen wirkte sie niedlich. Anschließend wurden die kindlichen Kandidaten der heutigen Sendung vorgestellt: Die kleine Tina aus Bitterfeld, Tommy aus Hamburg, Robin aus Bremen, Gülay aus Bochum, Kim-Song aus sonst wo …

Während sich Alf an den Kopf fasste, kreischten die Kinder voller Freude. „Mach endlich den Mist aus!", bat er Frank mitleidig.

Doch Kohlhaas blieb hart. Zumindest eine Sendung der Unterhaltungsshow, von der die beiden Vollzugsbeamten geredet hatten, als sie ihn damals nach „Big Eye" verfrachtet hatten, wollte er sich ansehen.

Nach einer Weile bat der Moderator die kleine Tina, ein süßes Blondchen mit Zöpfen und einem verschmitzten Lächeln, auf die Showbühne.

„Du weißt ja, Tina, Wachtmeister Wuff und ich müssen immer aufpassen, dass die Leute keine bösen Dinge über unseren Weltpräsidenten sagen. Deshalb brauchen wir auch die vielen Kinder hier, die uns helfen. Du hast uns letzte Woche gesagt, dass dein Papa etwas ganz Böses über den Onkel Weltpräsidenten gesagt hat und willst heute auch dein Pony gewinnen, oder?", sagte der Moderator schmunzelnd.

„Ja, bitte Funny Paul!", bettelte das kleine Mädchen und klappte die blauen Äugelchen auf.

„Wenn du deinen Papa bei einer ganz bösen Aussage erwischt hast, dann sind Wachtmeister Wuff und ich auch ganz stolz auf dich, denn dann hast du uns wirklich geholfen", flüsterte Funny Paul.

Er wandte dem Publikum zu. „Und wem sagt die Tina jetzt die ganzen bösen Worte, die sie bei ihrem Papa gehört hat?"

„Dem großen OOOOhhhrrrr!", schrien die Kinder, wobei sie mit ihren Füßen trampelten.

Ein großes Ohr aus Plastik wurde auf die Bühne gefahren und die kleine Tina schaute etwas unsicher darauf.

„Keine Sorge, Tina! Das große Ohr ist dein Freund, du kannst ihm alles erzählen", wisperte der Moderator dem kleinen Mädchen zu.

„Gut!", hauchte die Kleine mit einem verlegenen Lächeln. „Ich sage alles."

Schließlich flüsterte sie dem großen Plastikohr zu: „Der Papa hat gesagt, der Weltpräsident ist ein...äh...Schwein und man sollte auf den Weltpräsidenten am besten...äh...schießen."

Sie erzählte noch mehr und wurde immer gesprächiger; manche Aussagen ihres Vaters hatte sie sogar auf einem rosa Zettelchen notiert. Der Moderator ermutigte das Kind derweil, wirklich alles zu sagen; es würde ja ihr Geheimnis bleiben und außer dem Publikum und den Millionen Fernsehzuschauern würde es doch sonst niemand hören. Alles, was die kleine Tina sagte, wurde am unteren Bildschirmrand eingeblendet.

„Oh!", stieß der Moderator aus. „Das alles hat dein Papa gesagt?"

„Hmmm...ja...", antwortete das Kind.

„Dann ist dein Papa nicht gesund. Er ist krank. Ich glaube, wir müssen ihm helfen. Aber erst einmal fragen wir ihn selbst. Wir fragen jetzt Tinas Papa, Kinder! Ist das okay?", rief Funny Paul und winkte mit den Händen.

„Ja!", brandete es durch das Publikum.

Nun wurde live in einen Raum umgeschaltet, in dem Herr Notmeier, Tinas Vater, an einem Tisch saß. Er wirkte augenscheinlich wenig glücklich und lächelte ängstlich in die Kamera. Funny Paul befragte ihn zu den Aussagen, die seine Tochter gehört haben wollte, und ihr Vater versuchte, sich stümperhaft heraus zu reden. Er druckste derart herum, dass er keine sonderlich gute Figur machte.

Dann kamen weitere Kandidaten an die Reihe: Tommy, Kim-Song und einige mehr. Alle beichteten sie dem großen Plastikohr, was sie an „bösen Wörtern" von ihren Eltern, Verwandten oder Nachbarn gehört hatten. Anschließend kam das Finale.

„Wer war heute der beste ‚Böse-Wörter-Detektiv', Kinder?", schmetterte Funny Paul durch den Saal.

Die Kinder durften abstimmen und wählten Tina zur besten „Böse-Wörter-Detektivin" der heutigen Show. „Tina! Tina! Tina! Tina!", hallte es aus dem Fernsehkasten.

Das Mädchen bekam ein Pony als Preis und fiel vor Freude fast in Ohnmacht. Beiläufig erzählte ihr Funny Paul noch, dass ihr Papa jetzt erst einmal für längere Zeit in ein Hotel müsse, wo man alles tun würde, um ihm zu helfen. Doch Tinas Freude über das neue Pony war so groß, dass sie diesen Satz schlichtweg überhörte.

Gegen Ende der Show stieg ein Mann in einem Hunde-kostüm und einer Polizeiuniform eine lange Treppe her-unter; begrüßt wurde er vom frenetischen Jubel des kind-lichen Publikums. Es war Wachtmeister Wuff, welcher, wie Funny Paul erklärte, unermüdlich die „bösen Wörter" jagte, um die Welt besser zu machen. Er winkte mit den Stoffhänden, schwang seinen Polizeiknüppel und seine überdimensionalen Handschellen aus Gummi. Die Kin-der johlten.

Zum Abschluss sang er mit den Kindern das „Eine-Welt-Lied" und alle stimmten fröhlich mit ein. Funny Paul grinste in die Kamera, während die kleine Tina noch im-mer vor Freude über ihr Pony wie ein Flummi auf und ab hüpfte. Schließlich endete die Show mit einem „Werbe-block für Kids". Frank machte die Glotze aus und drehte sich verstört ab.

In der Nacht vom 26. auf den 27. Februar hielten Frank und Alfred abwechselnd Wache am Fenster des Hotel-zimmers oder packten Essensrationen und Ausrüstung zusammen. Um drei Uhr morgens waren die beiden ab-marschbereit; sie schulterten ihre Rucksäcke, schlossen leise das Hotelzimmer ab und huschten schemengleich durch den dunklen Flur in die untere Etage. Das Auto parkten sie ein paar Häuserblocks weiter in einer Seiten-gasse hinter einer schäbigen Mietskaserne.

Sie gedachten, nicht mehr in das „Sunflower" zurück zu kehren und wollten nach dem Anschlag so schnell wie möglich von Paris nach Compiegne flüchten.

In dieser Nacht waren ihre Schritte besonders leise. Heu-te war es außergewöhnlich kalt, Regen fiel aber glückli-cherweise nicht.

Frank und Alf bewegten sich mit noch größerer Vorsicht als in den Stunden, in denen sie die Tunnel erkundet hatten, denn diesmal entschied sich alles. Wenn sie eine Polizeistreife erwischt und nach dem Inhalt ihrer Rucksäcke gefragt hätte, wären die beiden Widerstandskämpfer mehr als nur in Erklärungsnot gewesen. Zudem hatten sie Handfeuerwaffen und Nahkampfmesser dabei. Solche Dinge nahm man selbst im Jahre 2029 nicht einfach auf einem Abendspaziergang durch Paris mit. Umsichtig huschten sie von einer dunklen Ecke zur nächsten. Die Baseballmützen hatten sie tief ins Gesicht gezogen und wachsame Augen lugten darunter hervor, überall Feinde und neugierige Beobachter witternd. Frank und Alfred waren wie zwei Raubtiere, mit gespitzten Ohren und scharfen, kalten Augen.

Das eine oder andere Auto fuhr an ihnen vorbei. An der Abzweigung zur Rue de York, als sie sich im Schatten eines leerstehenden Ladens postiert hatten, sahen sie plötzlich ein Polizeiauto um die Ecke biegen. Frank und Alf schoss die Panik in die Knochen; trotzdem versuchten sie, unauffällig weiter zu schlendern und taten so, als beachteten sie den Streifenwagen nicht.

Das Brummen des Motors kam näher und die Anspannung wuchs ins Unermessliche. Hätte sie ein Polizist auch nur nach ihren Personalien gefragt oder gar einen Blick in ihre Rucksäcke werfen wollen, dann wären sie gezwungen gewesen, ihn zu erschießen. Genau wie jeden Zeugen, der sonst noch anwesend war. Kiloweise NDC-23 und Pistolen trug nun einmal niemand mit sich herum, der lediglich Paris besichtigen wollte.

Das Polizeiauto näherte sich und fuhr plötzlich langsamer. Allerdings hielt es nicht an und kein Beamter stieg aus. Vermutlich wollte der Fahrer nur einen flüchtigen

Blick auf die beiden dunklen Gestalten werfen, die hier durch die Gassen schlenderten.

Das war das Glück der beiden Attentäter, aber auch das der Beamten, denn Frank und Alf waren zu allem entschlossen.

„Schwein gehabt", flüsterte Kohlhaas.

„Gehen wir weiter", meinte Alf. „Wir sind ja nur brave Bürger."

„Mit ein bisschen NDC-23 im Säckle!" Frank lächelte in sich hinein, er war mehr als erleichtert. Bis auf den einen oder anderen Passanten oder herumlungernde Obdachlose waren die Straßen in diesem Teil von Paris leergefegt. Nach einer weiteren kurzen Hast durch halbdunkle Gassen hatten die beiden schließlich den Schachtdeckel vor der leerstehenden Fabrik erreicht, welchen Alfred, nachdem sie aus dem Kanalsystem zurückgekehrt waren, wieder ordnungsgemäß geschlossen hatte.

Erneut stießen sie in die Pariser Unterwelt vor, diesmal war es jedoch kein ekelhafter, aber ansonsten harmloser Erkundungsmarsch mehr. Heute war es blutiger Ernst.

Bei dem Gedanken, in diesem Gewölbe bis zur Mittagsstunde des 01.03.2029 ausharren und sogar dort übernachten zu müssen, wurde Frank mulmig.

Aber was war, wenn sie auf einmal, wenn alles schnell gehen musste, plötzlich vor Absperrgittern, die erst in den letzten Tagen aufgestellt worden waren, oder gar Sicherheitskräften standen? Sie mussten die Lage genau im Blick behalten und auf Veränderungen reagieren können.

Es war der gleiche Weg wie beim letzten Mal. Ratten und Spinnen erschienen erneut als Begrüßungskomitee in den langen Gängen der Kanalisation. Als Frank und Alf im ersten größeren Raum angekommen waren, musterten sie noch einmal ihre Ausrüstung, um auf alle Zwischenfälle vorbereitet zu sein. Kohlhaas blickte geistesabwesend auf sein Nahkampfmesser mit der gezackten Klinge, welches ihm John der Ire von einer seiner Reisen nach Weißrussland mitgebracht hatte, dann steckte er es zurück in den Rucksack.

Die roten Markierungssymbole, die Alf an die Wände gesprüht hatte, waren nach wie vor da und leisteten einen wichtigen Dienst. Auch die zerstörten Absperrgitter waren nach dem ersten Vordringen in das Kanalsystem zum Glück noch von niemandem erneuert worden.

Die beiden Männer einigten sich darauf, nicht im direkten Umfeld der Veranstaltung zu übernachten. Wenn Trupps von Sicherheitsleuten die Gänge vor dem Ereignis durchsuchten, dann in diesem Bereich. Indes entschieden sie sich für den stillgelegten U-Bahn-Schacht, den sie durch das Loch in der Mauer erreichen konnten. Hier war die Luft nicht ganz so stickig, da von irgendwo sogar eine frische Böe in den Tunnel hinein zu kommen schien. Trotzdem war es kalt, unheimlich und verdammt dunkel.

„Was ist, wenn hier wieder Leute herumschleichen?", flüsterte Frank.

„Einer von uns muss aufbleiben und Wache halten, während der andere schläft", erwiderte Alf. „Ich fange von mir aus an."

Sie suchten den Schacht nach Feuerholz ab und fanden schnell allerlei brennbares Gerümpel, vermutlich die Hinterlassenschaften einiger Clochards. Wenig später entfachten sie ein kleines Lagerfeuer; einen winzigen Ort der Wärme und des Lichtes in dem ansonsten endlosen, gähnenden Tunnel.

Kohlhaas ließ sich Alfs Angebot jedenfalls nicht zweimal sagen, wickelte sich in seine Decke ein und legte sich auf den Boden neben den Schienen, nachdem er zuvor noch ein paar trockene Bretter und eine alte Plastikfolie dorthin gezogen hatte.

Diese Nacht versprach furchtbar zu werden. Allein in der finsteren Weite des alten Schachtes. Selbst dem abgehärteten Bäumer bereitete die bedrohliche Düsternis Unbehagen.

Irgendwann weckte er seinen Freund und bat ihn, den Rest der Nachtwache zu übernehmen. Verschlafen und genervt richtete sich Frank auf und setzte sich an das glimmende Feuer. Es dauerte nur Minuten, dann war Alfred eingenickt und begann zu schnarchen. Es war das einzige Geräusch an diesem finsteren Ort und Kohlhaas war nach einer Weile froh, es hören zu dürfen. Die Dunkelheit starrte ihn aus der Ferne an und manchmal glaubte er, ein leises Husten oder Weinen irgendwo zu vernehmen, doch in dieser Nacht war der U-Bahn-Tunnel leer.

Irgendwann war es 6.00 Uhr morgens. Frank und Alfred stopften sich ein paar Brotscheiben zwischen die Backen, um dann mit ihrer Erkundungstour zu beginnen.

Sie schlichen langsam vorwärts, ohne auf jemanden zu treffen. Nirgendwo waren Absperrungen repariert oder gar zusätzlich von der Polizei aufgestellt worden. Mit einem Gefühl der Zuversicht kehrten sie schließlich wieder in ihr Versteck zurück.

Die restlichen Stunden des 27.02.2029 verbrachten Frank und Alf mit Kartenspielen oder Gesprächen am Lagerfeuer. Später erkundeten sie noch ein paar Seitengänge, in der Hoffnung, eine weitere Abkürzung zu finden. Sie zogen den alten Metroschacht nicht bloß wegen der besseren Luft und des Lagerfeuers der Kanalisation vor. Abgesehen von den größeren Hallen mit den Wasserreservoirs waren die Kanalabflüsse keine Orte, wo sie sich länger als nötig aufhalten wollten.

Hier unten erschienen ihnen die Stunden endlos. Wieder hatten sie eine lange und unbequeme Nacht vor sich, wobei Frank diesmal als erster mit der Wache begann, während sich Alfred zum Schlafen bereit machte.

Kohlhaas war vollkommen erschöpft und knabberte gelangweilt an einer Salzstange aus dem Supermarkt. Die Dunkelheit um ihn herum machte ihn nervös. Er legte weiteres Holz nach, das er auf einem Schutthaufen neben den Schienen entdeckt hatte. So kauerte er vor dem Feuer, als er plötzlich zusammenzuckte.

Eine blasse Gestalt hatte ihren Kopf jenseits ihres Lagerplatzes aus der Finsternis herausgeschoben. Es war ein Kind gewesen, das sich den Finger auf die Lippen gepresst und damit wohl angedeutet hatte, dass sie leise sein sollten. „Pssst!", glaubte Frank gehört zu haben, bevor wieder die übliche Dunkelheit zurückgekehrt war.

Sein Puls raste. Hastig richtete er den Lichtkegel seiner Taschenlampe auf den Ort der unheimlichen Erscheinung, doch dort lagen nur Steine und Unrat. Von einem Kind war nichts zu sehen. Kurz dachte Kohlhaas daran, seinen Partner aufzuwecken, um ihm davon zu erzählen, doch er ließ Bäumer schlafen. Da war nichts gewesen. Überhaupt nichts!

Nach zwei Stunden war Frank froh, dass er nun Alfred die Nachtwache übergeben konnte. Schnell schlief er ein. Als er in den frühen Morgenstunden wieder an der Reihe war, leuchtete er zuerst die seltsame Stelle, wo er glaubte, das Kind gesehen zu haben, mit der Taschenlampe aus. Er rannte sogar dorthin und suchte noch gründlicher. Doch nach wie vor war dort niemand.

Das Feuer flackerte und drängte die Schwärze des U-Bahn-Schachtes hartnäckig zurück. Frank musste weiteres Feuerholz holen; mit hämmerndem Herzen ging er auf die Finsternis zu und umklammerte seine Taschenlampe.

Um etwa 8.30 Uhr morgens glaubte Alfred Stimmen gehört zu haben. „Ruhig!", zischte er und tippte Frank an. „He! Hörst du das nicht?"
Kohlhaas schreckte auf und spitzte die Ohren, Bäumer lag richtig. Jetzt hörte er ebenfalls Menschen, die irgendetwas auf französisch riefen. Ihre Stimmen hallten durch die langen Kanäle. Sie mussten vorsichtig sein.
„Ich sehe nach", sagte Alfred leise.
„Aber pass bloß auf!", antwortete Frank und klopfte ihm auf die Schulter.
Bäumer sprang hoch und kroch durch das Loch in der Mauer in den Kanal. Er hechtete den Gang weiter bis zur Gabelung herunter und sprang dann mit beachtlicher Geschwindigkeit in den nächsten. Im Augenwinkel konnte Alf eines der roten Kreuze sehen, welches er zuvor an die Wand gesprüht hatte. Die Stimmen wurden lauter, sie kamen aus der größeren Halle mit dem Kontrollraum. Nach einigen Minuten war Alf weit genug in das Gewirr der Abwasserkanäle vorgedrungen und näherte sich dem Raum mit den Wasserbecken. Wieder hörte er jemanden etwas rufen. Er schaltete die Taschenlampe aus und wurde im Nu von der Finsternis verschluckt. Behutsam pirschte er sich weiter an die Geräuschquelle heran.
Jemand hatte in der Halle das Licht angemacht, das das hohe Gewölbe schwach ausleuchtete. Bäumer wagte sich indes nicht mehr vor; er blieb in einer Ecke des Kanals, der in die Halle führte.

Derweil waren die Stimmen noch ein wenig lauter geworden und erfüllten die kleine Kontrollkammer neben der Stauhalle. Ein Mann kam aus dem Raum und rief einem anderen ein paar Wortfetzen zu. Die beiden waren offenbar Arbeiter der Pariser Stadtwerke, die hier ihren Rundgang machten.

Nachdem sie Alfred eine Weile beobachtet hatte und einer der Arbeiter ein Wasserbecken mit der Taschenlampe bis auf den Grund ausgeleuchtet hatte, gingen die zwei Männer über die mit einem Geländer versehene Brücke davon. Sie bogen in einen Nebenraum ab und Bäumer hörte sie sich laut unterhalten. Dann verklangen ihre Stimmen in der Ferne. Der Rebell drehte sich um, um wieder in Richtung des stillgelegten U-Bahn-Schachtes zu verschwinden.

„Hoffentlich ist denen nicht aufgefallen, dass wir die Absperrgitter und die Stahltür geöffnet haben", sagte er zu sich selbst.

Die Arbeiter hatten jedoch einen gelassenen Eindruck gemacht. Vermutlich war dies nur ein Kontrollgang gewesen, den sie öfter unternahmen, aber keineswegs allzu genau nahmen. Und selbst wenn sie das eine oder andere reparierten, konnten es Frank und Alfred noch in dieser Nacht wieder zerstören und durchlässig machen.

Frank wartete an dem kleinen Lagerfeuer und war erleichtert, als er Bäumer durch das Loch in der Wand kriechen sah.

„Verdammt, das hat ja gedauert. Gut, dass das eben deine Taschenlampe war. Ich hatte schon die Pistole im Anschlag."

„Dort hinten waren Arbeiter, aber keine Bullen", sagte Alf, während er sich wieder neben seinen Freund niederließ. „Mal sehen, ob hier morgen noch jemand runterkommt."

„Wusstest du, dass die vor vielen Jahren mal einen ausgewachsenen Alligator in der Pariser Kanalisation gefunden haben?", unterbrach ihn Frank, wobei er hämisch zu seinem Mitstreiter herüberlugte.

„Der ist mir jedenfalls lieber als die Sicherheitskräfte", gab Alf mit einem Grinsen zurück.

Die Nacht, die im Untergrund nur durch einen Blick auf die Uhr vom Tag unterschieden werden konnte, war für die beiden Rebellen diesmal fast entspannt. Wie vor einer Klausur in der Schule, für die man lange gelernt und an deren Unabwendbarkeit man sich bereits gewöhnt hatte. Morgen war der Tag der Abiturprüfung. Nur dass sie etwas blutiger und gefährlicher ausfiel, als zu Schulzeiten. Frank und Alf hielten einmal mehr abwechselnd Nachtwache, wurden allerdings von seltsamen Erscheinungen und eingebildeten oder realen Besuchern verschont.

Um 6.30 Uhr piepte Bäumers Uhr und riss die zwei Widerstandskämpfer aus ihrem erstaunlich erholsamen Schlaf. Das Lagerfeuer glühte noch vor sich hin, ansonsten war die kalte Dunkelheit wieder in jede Ritze des alten Tunnels gekrochen.

Langsam erhoben sich die beiden von ihrem Lager und frühstückten ein paar aufgeweichte Toastbrote. Sie schmeckten nicht sonderlich gut, die Erzeugnisse von Globe Food, doch als eventuelle Henkersmahlzeit waren gerade noch zu gebrauchen.

„Wir müssen jetzt zügig unser Zielgebiet aufsuchen. Wenn heute Bullen hier runter kommen, dann morgens. Das müssen wir im Auge behalten", erklärte Alf, die Ausrüstung auf Vollständigkeit untersuchend.

Den Zeitzünder für die Bombe stellte der Hüne mehrfach an und aus. Dann versteckten er den Sprengstoff unter einem Schutthaufen, damit ihn nicht noch versehentlich ein Obdachloser mitnahm.

Kohlhaas tippte sich derweil durch die Dateien seines DC-Sticks. Er wollte, obwohl sie den Weg schon zweimal abgelaufen waren, trotzdem auf Nummer sicher gehen.

Wie Kanalratten, die sich mittlerweile schon in ihrer nassen und finsteren Heimat eingelebt hatten, schlüpften sie lautlos durch die Abwassertunnel und ließen vor allem in den größeren Räumen, die wenig Deckung boten, äußerste Vorsicht walten.

Sie tappten still durch die Tunnel; meistens nur mit einer Taschenlampe im Einsatz, um keine allzu großen Lichtkegel zu verursachen. Als sie in die große Halle mit den Wasserpumpen kamen, die Frank an „Moria" aus dem alten Film erinnert hatte, sahen sie, dass die von ihnen aufgeschweißte Stahltür, über der eine verwitterte Lampe wie das blinde Auge eines Zyklopen in die Halle glotzte, noch immer offen stand. Hier schien seit ihrem ersten Eindringen niemand mehr gewesen zu sein oder die erst auf den zweiten Blick erkennbare Zerstörung der Tür war unbemerkt geblieben.

Nach dem Lauf durch mehrere Kanäle waren sie ihrem Zielort schon sehr nahe gekommen. Frank und Alf hockten sie sich in eine dunkle Ecke und warteten. Der Tempel der Toleranz und die U-Bahn-Station „Charles de Gaulle" konnten nicht mehr weit sein. Man hörte die Metro wieder in der Ferne rumpeln. Autos fuhren heute keine auf der „Straße der Humanität", denn sie war bereits seit einem Tag komplett abgesperrt.

Irgendwann am frühen Vormittag vernahmen sie auf einmal aus mehreren Richtungen Stimmen. Frank und Alfred sahen sich verstört an; im nächsten Augenblick huschte auch schon ein Lichtschein direkt über ihre Köpfe hinweg. Er fand jedoch glücklicherweise kein Ziel außer verwitterten Rohren und dem dunklen Schlund eines Nebenschachtes. Ein Polizist der Global Police kam auf ihren Gang zu und leuchtete die Umgebung ab.

„There is nothing here!", brüllte er und einer seiner Kollegen, offenbar auch kein Franzose, rief etwas zurück.

„Okay!", schallte es aus einem anderen Gang in der Nähe des Aufstiegs zum Tempel der Toleranz.

„This job is fucked up!", gab er nur zurück. Offenbar hatte er keine große Lust, durch stinkende Abwasserkanäle zu krabbeln.

„Check the tunnels in your area!", erhielt er als Antwort.

Der Beamte richtete den Strahl seiner Taschenlampe in den gegenüberliegenden Tunnel. Frank rutschte derweil fast das Herz in die Hose; er warf sich in den Rinnsal des Brackwassers zwischen seinen Stiefeln. Alf tat es ihm gleich. Inzwischen stand der Polizist nur noch etwa fünfzig Meter von ihnen entfernt und nuschelte irgendetwas in sein Funkgerät.

„Lass uns aus diesem Loch hier verschwinden", zischelte Frank.

„Ja, aber vorsichtig", wisperte Alf zurück, während er sich geräuschlos umdrehte.

Während der Sicherheitsmann weiter in sein Funkgerät brabbelte, machten sich Frank und Alfred für einen stillen Rückzug in ein weiter entferntes Areal bereit. Sie schlichen behutsam davon, doch plötzlich glitt Frank auf dem nassen Untergrund aus und rutschte in den dreckigen Rinnsal hinein. Ein leises „Platsch" schallte aus dem Abwasserkanal, der das Geräusch noch verstärkte.

Jetzt ergriff die beiden die Angst und sie versuchten, sich so schnell wie möglich aus der Gefahrenzone zu entfernen. Der Kopf des Polizisten schwenkte herum und seine Taschenlampe mit ihm. Sofort sprang ihr Schein wie ein wütender Löwe in Richtung des Tunnels, in dem die Widerstandskämpfer gekauert hatten. Diese waren jedoch schon einige Meter weit gerannt, so dass nur noch leise Schritte und das Klatschen von Wasser zu vernehmen waren. Der Lichtschein bohrte sich in den finsteren Schlund und leuchtete den vorderen Teil aus.

„Is there somebody?", rief der Polizist in den schwarzen Durchgang.

„Hey, give me a sign!", fügte er hinzu.

Dann drehte er sich um. Sein Funkgerät krächzte und er gab sich Mühe, einem Kollegen in halbwegs verständlichem Englisch zu antworten.

„I thought I heard something. But I think it was a rat", gab er zu verstehen.

Kohlhaas und Bäumer hatten sich gerade noch rechtzeitig in einen abzweigenden Gang zurückgezogen, wobei der gelangweilt wirkende Beamte keine Muße hatte, intensiver nach dem Verursacher des Geräuschs zu suchen.

„Don't know! Shit!", hörte Frank ihn leise fluchen, daraufhin ging er in einen anderen Bereich der Kanalisation.

Die beiden Attentäter atmeten auf. Völlig unvorbereitet hatte sie der Lichtschein der Taschenlampe überrascht. Um ein Haar wären sie gesehen worden. Frank und Alf warteten noch eine Stunde im Schutz der vom Gestank geschwängerten Dunkelheit ab, bis keine Stimmen mehr aus der Ferne zu hören waren.

Auf ihrem Weg zum stillgelegten U-Bahn-Schacht, den sie unter größter Anspannung und Vorsicht zurücklegten, waren keine Polizisten zu sehen. Die Männer der Global Police, die aus vielen verschiedenen Ländern rekrutiert worden waren, ähnlich der GCF-Besatzungstruppen, hatten wohl doch keinen allzu großen Bezug zur französischen Kultur.

Jedenfalls hielt sich ihr Interesse, die berühmte Kanalisation von Paris genauer zu erkunden, stark in Grenzen. Sie machten lediglich ihren Job und untersuchten den unmittelbaren Bereich unter dem Platz vor dem Toleranztempel, mehr aber auch nicht.

Polizisten, die bloß „ihren Job" machten, kamen Frank und Alf indes mehr als gelegen. Als sie wieder ihr Lager aufsuchten, war alles noch an seinem Platz. Auch der Sprengstoff, der bald seinen großen Auftritt haben sollte.

Bombenstimmung

Während Frank und Alfred unter der Erde auf den Angriff warteten und die Minuten in einem Zustand größter
Anspannung abzählten, glich Paris an der Oberfläche einem Hexenkessel.

Die Eröffnungsrede von Leon-Jack Wechsler, dem Gouverneur des Verwaltungssektors „Europa-Mitte", sollte
um 13.00 Uhr den Massen präsentiert werden. Die Straßen der Riesenstadt waren schon jetzt, um gerade 11.00
Uhr, vollkommen überfüllt. Ein gigantischer Brei von
mehr als zwei Millionen Menschen, drängte sich in Richtung der „Straße der Humanität" zusammen.

Bereits in den frühen Morgenstunden war es zu schweren
Zusammenstößen zwischen Besuchern der Veranstaltung
und der Polizei gekommen.

In vielen Vierteln der Metropole, vor allem in den Ara-
berghettos, hatte es seit dem Morgengrauen des
01.03.2029 blutige Straßenschlachten mit zahlreichen Toten und Verletzten gegeben. Über 40 GP-Polizisten und
mehrere hundert Araber waren getötet worden.

Französische Patrioten hatten in der Innenstadt über
Nacht riesige Transparente mit Sprüchen wie „Frankreich
ist unser Land!" oder „Freiheit für Frankreich! Nieder mit
der Weltregierung!" an mehreren Gebäuden angebracht.
Einige waren dabei erwischt und inhaftiert worden, drei
junge Franzosen hatten die Beamten sogar erschossen.

Im Pariser Norden waren bereits am vorherigen Tag bewaffnete arabische Jugendliche in vorwiegend von Franzosen bewohnte Viertel eingedrungen, wo sie Autos angezündet und Häuser verwüstet hatten. Hierbei waren sie
mit einer französischer Bürgerwehr und der dazwischen-

prügelnden Polizei zusammengestoßen, was zu fast 200 Todesopfern geführt hatte.

Ähnlich blutig war auch eine nicht genehmigte Demonstration des „Islamischen Bundes" gegen die Politik der Weltregierung im Nahen Osten verlaufen. Hier hatten sich über dreißigtausend Moslems und Afrikaner zusammengerottet, um sich Straßenschlachten mit der Polizei zu liefern. Erst als die Global Police Panzerwagen eingesetzt hatte, war die Demonstration aufgelöst worden.

Hugo und Baptiste, die Franzosen, welche damals die Versammlung in Ivas besucht hatten, waren bereits seit Wochen in der kochenden Metropole aktiv. Sie hatten zusammen mit vielen anderen Mitstreitern in den Nachtstunden Zehntausende von illegalen Flugblättern in der Stadt verteilt, in denen sie die Bevölkerung zum Widerstand gegen die Fremdherrschaft und zum Kampf gegen die Weltregierung aufriefen. Die Männer, welche von Polizeistreifen erwischt worden waren, hatte niemand mehr wiedergesehen.

An anderen Orten hatten sie ganze Säcke voller Papierschnipsel mit rebellischen Aufrufen von den Dächern der Hochhäuser in die Einkaufszonen regnen lassen. Zudem hatten sie verbotene Internetseiten ins Netz gestellt und sogar einen geheimen Radiokanal eingerichtet, der täglich Informationen sendete. Den Eingang des „Tempels der Toleranz" hatten die Widerständler in den letzten Wochen schon mehrfach mit regierungsfeindlichen Sprüchen besprüht. Die Sicherheitsbehörden und die GSA ermittelten noch immer fieberhaft.

Als die Polizei den mobilen Piratensender schließlich geortet hatte, war ihnen nur knapp die Flucht gelungen. Diese Form des Widerstandes war nicht viel weniger gefährlich als Bombenanschläge, denn bei Personen, die als

„politisch unverbesserlich" oder „unheilbar politisch inkorrekt" eingestuft wurden, folgte am Ende meist auch die Liquidierung.

So riskierten nicht nur Frank und Alfred unten im Tunnelsystem der Großstadt ihre Leben im Kampf gegen die Weltregierung. Auch an der Oberfläche streckten viele, vor allem junge Menschen, ihren Kopf so weit aus dem Sumpf der Angst und Anonymität, dass er abgeschlagen werden konnte. Blutig sollte dieser sogenannte Weltfeiertag werden. Auch ohne den geplanten Bombenanschlag.

Nach der Eröffnungsrede, bei der die Massen den Gouverneur nur auf Videoeinwänden zu sehen bekamen, sollten die Militärparaden der GCF-Friedenstruppen beginnen. Reporter und Fernsehjournalisten waren indes wie eine Heuschrecken über die Stadt hergefallen, um die geschönten Botschaften von einer multikulturellen Welt voller Frieden und Eintracht in alle Länder hinauszuschicken.

Als der „One-World-Song" aus den Lautsprechern, die überall entlang der „Straße der Humanität" aufgestellt worden waren, um 12.00 Uhr mittags zum ersten Mal abgespielt wurde, war der Anteil der fröhlich mitsingenden Bürger gering.

Im Gegenzug flogen vereinzelt Flaschen und Steine in Richtung der Lautsprecher und Videoeinwände, die noch keine Bilder zeigten. Hier griffen die GP-Beamten mit größter Härte durch und zogen jeden Störenfried heraus, der sich in der Menge ausfindig machen ließ, um ihn in einem Polizeitransporter verschwinden zu lassen.

So war die Stimmung unter den zwei Millionen Zuschauern und den restlichen Parisern, die sich meist in ihren Häusern verschanzten, an diesem Tag äußerst gereizt. Trotz der wochenlangen Werbekampagnen der Medien, die das „Fest der neuen Welt" zum neuen „Höhepunkt der menschlichen Kulturentwicklung" hochstilisiert hatten.

Die Bevölkerung im Sektor „Europa-Mitte" war in den letzten Monaten zu derart hohen Abgaben und Steuern gezwungen worden, dass sie sich vom „Fest der neuen Welt" und seinen beschönigenden Sprüchen wenig kaufen konnte. Zudem waren die ethnischen Spannungen immer weiter angewachsen. Paris und im Grunde ganz Frankreich standen kurz vor einem Bürgerkrieg. Die Großstädte des Landes glichen allesamt Sprengsätzen, die auf die Explosion warteten. Es schien nur noch eine Frage von wenigen Jahren zu sein, bis sich soziale Spannungen und Rassenkonflikte in einer blutigen Katastrophe entluden.

Die unruhige Menschenmasse über ihren Köpfen war auch im Untergrund nicht zu überhören. Sie brüllte und schrie und sang und trampelte. Frank und Alfred wurden durch dieses Getöse nur noch nervöser. Die Zeit rannte mit schnellen Schritten davon und bald schon war es soweit; der Gouverneur war auf dem Weg in die Pariser Innenstadt. Nun galt: Alles oder nichts.

„Wie spät ist es?", fragte Frank mit einem unsicheren Flackern in den Augen, während über ihnen der „One-World-Song" abgespielt wurde.

„Drei Minuten nach zwölf, noch etwa eine Stunde", antwortete Alf, der das glimmende Feuer austrat.

„Dann lass uns gleich gehen", sagte Kohlhaas, nervös an seiner Kappe fingernd.

Sie prüften noch einmal die Ausrüstung und Frank tastete gedankenverloren nach dem Sprengstoff, der sich in den blauen Tüten befand.

„Für dich Papa! Für dich Martina!", murmelte er, während er in den dunklen Schacht starrte.

Sie schnallten sich das Gepäck auf den Rücken und luden die Waffen durch. Dann begaben sie sich zu dem Loch, das sie ins Kanalsystem führte, und schlichen hindurch.

Jetzt fiel jeder Schritt schwer und wurde von einem vor Aufregung hämmernden Herzen begleitet. Die Handflächen der beiden Männer füllten sich mit winzigen Bächen aus Schweiß und die Dunkelheit um sie herum sah sie diesmal noch bösartiger als sonst an.

Ihre Taschenlampen leuchteten ihnen den Weg, während sie sich wie schleichende Katzen auf der Jagd nach Beute durch die Tunnel der Kanalisation bewegten. Die größeren Hallen der Umleitungen und Wasserreservoirs waren leer. Alle Aufmerksamkeit, wohl selbst die der Arbeiter der Stadtwerke, richtete sich auf das gewaltige Massenspektakel an der Oberfläche. Was Frank und Alfred nicht wussten, war, dass alle Angestellten der Stadt Paris an diesem Festtag zwangsverpflichtet worden waren, an den Feierlichkeiten teilzunehmen.

So tappten die beiden Rebellen auf leisen Sohlen weiter durch das unterirdische Netz und befanden sich bald am Ausgang des Kanals, wo sie der GP-Polizist beinahe mit seiner Taschenlampe angeleuchtet hatte. Ihre Herzen pochten wie Dampfhämmer; Frank glaubte, den Widerhall seines Pulses im Gang hören zu können.

„Um 13.00 Uhr soll Wechsler mit seiner Rede beginnen. Wenn er anfängt, stelle ich die Zeitschaltung der Bombe auf zehn Minuten. Diese Zeit müsste für uns ausreichen, um aus dem Gefahrenbereich zu entkommen", erklärte Alf.

„Einverstanden!", hauchte Frank, dessen Nerven mittlerweile blank lagen.

Vorsichtig präparierte Bäumer die Bombe. Er legte sie vor sich auf den Boden und trat einen Schritt zurück. Frank blickte ihn schweigend an, dann nickte er.

Die schwarze Limousine des Gouverneurs hielt neben dem Tempel der Toleranz und ein fein gekleideter Chauffeur öffnete die Autotür. Sofort umstellten Sicherheitsbeamte das große, glänzende Fahrzeug und schauten sich um.

Ein polierter Lackschuh zeigte sich. Dann folgte der elegante Rest. Leon-Jack Wechsler war angekommen.

Gestern war er noch in London gewesen und hatte bei einer geheimen Versammlung vor den Mitgliedern der Großloge, deren zweiter Meister er war, eine Rede gehalten. Jetzt weilte er in Paris, um das „Fest der neuen Welt" feierlich einzuleiten. London, die am besten überwachte Stadt der Welt, von New York, Jerusalem und Washington einmal abgesehen, war Wechslers Wahlheimat. Hier hatten seine Vorfahren bereits lukrative Bankgeschäfte gemacht, nachdem sie nach England eingewandert waren.

Der Gouverneur lächelte und schüttelte einigen untergeordneten Politikern die Hand. Diese verbeugten sich vor dem dunkelhaarigen, leicht buckligen Mann mit der auffälligen Rundbrille. Wechsler war Ende vierzig und hatte bereits eine große Karriere hinter sich. Ursprünglich aus dem Bankgeschäft kommend besaß er einflussreiche Gönner, die seinen Aufstieg in der Politik eingeleitet hatten.

Wechsler hatte Macht und getreu seiner Erziehung hielt er nicht viel von Ehrlichkeit oder Skrupeln. Notfalls taten es auch Lüge und Heimtücke, denn nur das Ziel war wichtig. Und dieses Ziel war die Herrschaft über die Völker dieser Erde.

Der Gouverneur strich sich durch seine nach hinten ge-
kämmten Haare, während er mit listigem Blick die Umgebung musterte. Die Menschenmasse war weit von ihm
entfernt; er hatte keinen Bezug zu ihr und wollte ihn auch
nicht haben.

Demnach tat Wechsler nur, was getan werden musste. Er
sagte die Dinge, die gesagt werden mussten, damit die
neue Ordnung leben konnte. Der Plan, sie zu errichten,
war von langer Hand vorbereitet worden und duldete keine Abweichungen oder Verzögerungen.

Leon-Jack Wechsler war ein wichtiges Zahnrad in einer
grausamen Maschine. Das wusste der Politiker und jeder,
der ihn kannte, wusste es ebenfalls.

Derweil tickte die Uhr unerbittlich. Es war 12.58 Uhr an
diesem historischen Tag, der die Neue Weltordnung zele-
brieren sollte. Leon-Jack Wechsler setzte ein selbstgefälli-
ges Grinsen auf und schritt die Stufen zum Rednerpult
hinauf. Zahlreiche Sicherheitsleute versammelten sich
rund um die Bühne. Die meisten von ihnen schauten un-
beteiligt auf die Menschenmenge, die allmählich immer
lauter wurde.

Panzerwagen, Hundertschaften von GP-Beamten, GCF-
Soldaten und weitere bestens ausgerüstete Riot Control
Squads waren in Paris zusammengezogen worden, um
dem Volk notfalls das Heil der neuen Welt aufzuzwingen.
Und im Himmel lauerten die gefürchteten Skydragons,
die blitzartig wie ein Hammer auf die Massen niederschla-
gen konnten. Wer konnte dieser Macht schon trotzen?

Wechsler strich seinen Anzug aus feinem Zwirn noch
einmal glatt und schaute zu den in einiger Entfernung stehenden Zuschauern. Viele mochten ihn tief im Inneren
hassen, doch das war im Grunde eher amüsant als gefähr-

lich. Die „Viehherde", wie er und seinesgleichen die übrige Menschheit nannten, war machtlos und das würde sie auch bleiben.

„Meine lieben Menschen der Einen Welt!
Ich bin so unendlich froh, euch alle begrüßen zu dürfen. So viele sind heute nach Paris gekommen. Es ist das „Fest der neuen Welt", zu dem wir euch an diesem denkwürdigen Tag eingeladen haben und alle seid ihr voller Freude und Erwartung gekommen!"

Die Menge raunte. Wechsler setzte seine Ansprache fort. Es war gleich, was die Masse dachte oder wollte. Am Ende würde sie sich doch wie immer fügen...

Blutmond

Die Stimme des Gouverneurs dröhnte hinab bis in die Tiefen der Pariser Unterwelt. Frank und Alf hasteten wie Raubtiere aus ihrem Versteck und postierten die Bombe an der vorher gewählten Position. Über sich hörten sie das Getöse der Masse, die Wechslers Rede verfolgte.

Alf stellte den Zeitzünder ein und als ein leises „Piep" erschallte, war dies für die zwei Rebellen wie der Startschuss zu einem alles entscheidenden Sprintlauf.

„Sie ist scharf!", sagte Alf und warf seinem Gegenüber einen ernsten Blick zu. Die Uhr des Todes war angeworfen worden und tickte ihr bösartiges Lied bis zum blutigen Finale. Kohlhaas und Bäumer sprangen zurück in den Gang, aus dem sie gekommen waren.

Sie hatten kiloweise NDC-23 aktiviert und in zehn Minuten würde dieser hochexplosive Sprengstoff ein riesiges Loch in den Boden vor dem Tempel der Toleranz reißen.

Der Weg zurück erschien feindlich und die Angst, den bisher so erfolgreichen Plan doch noch durch eine Dummheit gegen die Wand zu fahren, pochte in den Gehirnen der beiden Flüchtenden. Sie jagten mit den Lichtkegeln ihrer Taschenlampen vor sich durch die Kanäle und die Räume mit den Auffangbecken. Der finstere Weg durch die Unterwelt hatte sich mittlerweile in ihren Verstand gebrannt und wie von Dämonen gehetzt legten sie ihn schneller zurück als zuvor. Über ihnen nahm das Schicksal seinen Lauf, der Blutmond schwoll an und blickte grimmig auf die „Straße der Humanität" hinab.

„Humanität! Was bedeutet dieses großartige Wort?", rief Wechsler in das Mikrofon.

„Es bedeutet Menschlichkeit! Das oberste Gebot unserer neuen Welt. Gleichheit, Freiheit, Demokratie und Menschlichkeit für alle! Das haben wir den Menschen gebracht. Eine bessere Welt und eine friedlichere Welt. Und das ist der Grund, warum wir heute feiern dürfen.

Er war erfolgreich – der Versuch, diese Welt besser zu machen. Als ich Gouverneur des Sektors „Europa-Mitte" wurde, gab es für mich immer nur eine Losung: Wir können es schaffen! We can do it!

Natürlich war es nicht immer leicht, den Menschen diese heiligen Werte zu schenken, aber heute sind wir vereint und glücklich. Wir lieben einander und wir sind frei. Und wem haben wir das zu verdanken? Unserem gemeinsamen Glauben an die Menschli..."

Ein gewaltiger Schlag schnitt Wechsler das Wort im Munde ab und riss ihm die nächste Lüge aus der Kehle. Es war, als hätte sich der Boden aufgetan, um den Teufel selbst hinab in die Hölle zu ziehen. Die Explosion war verheerend und riss ein gewaltiges Loch in den Platz vor dem Tempel der Toleranz. Auch die Vorderseite des Gebäudes wurde von der Druckwelle wie Papier zerfetzt.

Mehrere Dutzend Sicherheitsleute und Politiker wurden in Stücke gerissen, darunter auch Leon-Jack Wechsler selbst. Ein Regen aus Asphaltstücken, Betonteilen, Holzsplittern und Fleischfetzen regnete auf die Erde herab. Wo vorher noch der Gouverneur gesprochen hatte, klaffte plötzlich ein qualmender Schlund im Boden, der mit Trümmern und Leichenteilen übersät war.

Frank und Alf hasteten indes durch die Gänge. Der dumpfe Knall der Explosion schallte im Tunnelsystem von Paris bis in die letzte Ecke. Er war für die beiden wie der zweite Startschuss zu einem noch schnelleren Sprint.

„Wir haben es fast geschafft! Jetzt nichts wie raus hier!",
schnaufte Frank am Ende seiner Kräfte. Fast wäre er aus-
gerutscht, doch Alf hielt ihn fest und zerrte ihn mit sich.

Die Menge schwieg für einen Augenblick, als sie das
Ende des Gouverneurs auf den Videoeinwänden erblickte. Polizisten und Soldaten wichen ungläubig zurück und
wirkten auf einmal hilflos.
Einen Schwarm von Journalisten und Kameraleuten, die
vor der Bühne zu einem dichten Pulk zusammenge-
schmolzen waren, hatte die Bombe ebenfalls erwischt. Einige waren sofort tot gewesen, andere waren mehrere
Meter fortgeschleudert worden und lagen nun mit abge-
rissenen Gliedmaßen in ihrem Blut. Das Klagen und
Schreien der Verstümmelten mischte sich mit dem an-
schwellenden Raunen der Menschenmasse im Hintergrund.
Andere Journalisten, die das Geschehen von weiter weg
gefilmt hatten, hielten ihre Kameras derweil eifrig auf das
grausige Szenario. Sie fingen die Bilder von blutver-
schmierten Leibern und qualmenden Trümmern voller
Sensationsgier ein.
Der Schrecken, der sich einem Skydragon gleich auf den
Platz vor dem Tempel der Toleranz herabgestürzt hatte,
lähmte die gaffende Menge für eine Weile.
Langsam jedoch verarbeiteten die Gehirne der Menschen
die neue Situation, während die Sicherheitskräfte bereits
versuchten, auf den neuen Umstand zu reagieren.
Funksprüche überbrachten den Polizisten und Militärs erregt gebrüllte Befehle und Anweisungen; einige Beamte
schickte man in die rauchende Kanalisation, damit sie
nachsehen konnten, was dort unten geschehen war.

Widerwillig stiegen etwa ein Dutzend Männer in die Tiefe. Andere wurden zu nahe gelegenen Schachtdeckeln, gerufen, um darunter liegende Gänge zu überprüfen. Da allerdings die meisten Gullydeckel rund um den Tempel der Toleranz zuvor aus Sicherheitsgründen zugeschweißt worden waren, verzögerte sich der Vorstoß in das Tunnelsystem.

Schließlich drangen einige Polizisten in das Gewirr der Pariser Kanalisation ein, wo sie versuchten, verdächtige Personen ausfindig zu machen. Ihre Rufe und das Gepolter ihrer Stiefel hallten in den Gewölben wieder.

Frank und Alf hatten sich inzwischen schon weit entfernt und waren an dem Loch, das in den stillgelegten U-Bahn-Schacht führte, vorbeigesaust. Trotz Alfs roter Markierungen hatten sie allerdings diesmal einen falschen Kanalgang gewählt und dabei kostbare Zeit verloren. Dutzende von Polizisten folgten ihnen bereits, doch noch waren sie nicht in unmittelbarer Nähe. Die von Panik ergriffenen Rebellen fluchten vor sich hin.

„Ich war gerade voll durch den Wind und bin es noch immer. Das ist der falsche Tunnel gewesen", entschuldigte sich Frank völlig außer Atem.

„Ja, schon gut. Ich hatte doch extra ein Kreuz an die Wand gesprüht", knurrte Alf und winkte seinen Partner zu sich.

Sie fanden die Markierung und Kohlhaas tippte sich mit schweißnassen Fingern durch die Kartendateien seines DC-Sticks. „Der erste Stauraum, den wir gefunden haben, ist nicht mehr weit!"

Sie eilten dem Ausgang noch aufgeregter entgegen. Doch bis dahin war es noch ein gutes Stück. Vorsichtig näherten sie sich dem Stauraum mit dem Wasserbecken; er musste am Ende dieses Abwasserkanals sein, dachte Kohlhaas. Nur eine Taschenlampe leuchtete jetzt den Weg, Alf und er wurden mit jeder verstreichenden Sekunde unsicherer. Schweigend huschten die beiden Männer weiter.

Ein seltsamer Lichtschein am Ende des schmutzigen Kanaldurchgangs erwartete sie, kurz bevor sie den Raum mit dem Umleitungsbecken erreichten. Kohlhaas stockte der Atem, mittlerweile war er vollkommen durchgeschwitzt. Jemand musste eine der alten Lampen in dem Raum angeschaltet haben. Die ansonsten herrschende Dunkelheit, die sie zwar erschreckte, aber auch in Sicherheit wiegte, war auf einmal verschwunden. Mit vorsichtigen Bewegungen pirschten sie durch den Schacht. Frank kroch bis zum Ende des Kanals und kauerte sich hin, um die Lage zu sondieren.

Hier war niemand, der Raum war leer. Der junge Rebell drehte sich zu Alf um. „Lass uns hier durchgehen! Wenn wir diesen Raum passiert haben, können wir uns wieder in den langen Gängen verstecken", flüsterte er nach seiner Waffe tastend.

„Aber wer hat das Licht angemacht?", zischte Alf.

„Weiß ich nicht, aber wir müssen hier durch. Komm schon!", gab Kohlhaas zurück.

Sie tappten auf leisen Sohlen vorwärts und begaben sich in den unheimlich wirkenden Raum. Hinter dem hohen, eisernen Beckenrand eines Wasserreservoirs kauerten sie sich ins Halbdunkel. Plötzlich zerrissen Stimmen und das Poltern schwerer Stiefel die unangenehme Stille.

Frank schnaufte in seine Atemmaske, die mittlerweile völlig verdreckt war, sein Herz schien jeden Augenblick explodieren zu wollen. Alf starrte ihn mit entsetztem Gesicht an und schluckte leise.

„Come on! Here!", hörten sie aus einem Abwasserkanal. Die Lichtkegel von zwei Taschenlampen tanzten aus dem dunklen Loch heraus.

„Maybe here is someone!", schallte es aus dem Gang.

Frank versuchte, in diesen Sekunden höchster Anspannung ruhig zu bleiben.

„Wenn wir sie abknallen, machen wir hier einen Riesenlärm. Das lockt nur mehr von ihnen an", flüsterte er. Alf sah ihn fragend an.

„Wir sind am Arsch", erwiderte Bäumer in fast weinerlichem Ton.

„In das Becken. Los!", fauchte Frank zurück und kletterte leise über die Absperrung. Alfred folgte ihm wortlos.

Wie Fischotter glitten sie in den widerwärtigen Tümpel, der tief genug erschien, um sich verstecken zu können. Kohlhaas tastete nach seinem Nahkampfmesser, während ihm Alf einen zutiefst verzweifelten Blick zuwarf. Die Schritte waren jetzt ganz nah; schließlich holten die beiden Rebellen tief Luft und sogen dabei einen furchtbaren Gestank ein. Dann verschwanden sie in dem schwarzen Wasserloch. Frank schloss die Augen und zwang sich, an nichts zu denken. Das hier war widerwärtig, aber immer noch besser, als tot zu sein. Ein Lichtschein streifte die Wasserdecke, ansonsten war es dunkel. Frank wollte gar nicht wissen, was sich alles in dieser Brühe befand.

„Come on, check this reservoir room!", klang es durch das Brackwasser.

Jetzt erkannten er einen der Polizisten. Der andere lief um das Becken herum und schien in die Ecken des Raumes zu leuchten, dann ging er in einen Seitenkanal.

Die Zeit erschien endlos und Frank wurde langsam übel, am liebsten hätte er sich übergeben. Nicht anders erging es seinem Freund.

Derweil nuschelte der Polizist unverständliche Wortfetzen in sein Comm-Sprechgerät.

Frank tauchte kurz auf und reckte den Mund aus der dunklen Brühe; verzweifelt versuchte er, Luft zu holen. Ein paar Meter von ihm entfernt hörte er den Beamten murmeln.

„Verschwinde hier endlich", dachte er, doch der Polizist wartete offenbar auf irgendetwas; er ging noch einmal durch den Raum, um das Wasserbecken herum und lehnte sich dann mit dem Rücken an die eiserne Absperrung.

Frank und Alf versuchten, sich durch Gesten oder Blicke zu verständigen, aber die Brühe war so schmutzig und dunkel, dass dies unmöglich war. Schließlich beschloss Kohlhaas, auf eigene Faust zu handeln. Der Polizist stand immer noch am gegenüberliegenden Ende des Beckens an den eisernen Rand gelehnt und rief seinem Kollegen, der offensichtlich noch weiter in den Abwasserkanal vorgedrungen war, hinterher. „Did you find something?"

„Only rat shit here!", kam es schallend zurück.

Mehr konnte Kohlhaas nicht verstehen. Nur Gott wusste, woher diese Beamten kamen. Franzosen oder Engländer schienen sie jedenfalls nicht zu sein. Frank stieß sich leise vom Beckenrand ab und tauchte wie ein Aal durch das Brackwasser. Solange der Polizist in dieser günstigen Position stand und der andere weg war, musste er handeln.

Der junge Mann tastete nach seinem Nahkampfmesser, zog es aus der Verkleidung und wartete einige Sekunden, während der Beamte wieder etwas in sein Funkgerät brabbelte. Der Rucksack auf Franks Rücken, der um seine tödliche Bombenfracht erleichtert worden war, störte jetzt, denn er behinderte ihn bei seinen Bewegungen unter Wasser.

Kohlhaas fühlte sich wie ein Krokodil, das den ganzen Tag im Wasser auf die Gazelle gelauert hatte. Er stieß sich vom Boden des Beckens ab und sprang die eiserne Absperrung hoch.

Das plötzliche Plätschern des Wassers hinter ihm ließ den Polizisten zusammenzucken, verstört griff er nach seinem Maschinengewehr, um es zu entsichern, doch Frank war schneller.

Er rammte sein Messer tief in den Nacken des Beamten, während er auf den Boden neben dem Wasserbecken sprang. Sein Gegner keuchte und taumelte verwirrt umher. Kohlhaas sprang ihn im nächsten Moment von hinten an und hielt ihm den Mund zu, damit er nicht allzu viel Lärm machen konnte. Mittlerweile war auch Alf aus dem Becken herausgeklettert und hielt seine Nahkampfwaffe nervös zuckend in der Hand.

„Ungh!", stieß der verletzte Polizist aus. Frank rammte ihm das Messer erneut in den Hals, wobei er den Mann nach hinten zog. Doch dieser zappelte noch immer und versuchte, den Angreifer irgendwie abzuschütteln. Plötzlich sah er sich auch Alf gegenüber, der ihm sein Messer in die Brust stieß. Der Beamte brach zusammen und gab seinen Widerstand auf. Kohlhaas beugte sich blitzartig herab und schnitt ihm zur Sicherheit die Kehle durch.

Anschließend schleiften Frank und Alf den Leichnam des Polizisten einige Meter weit fort und ließen ihn hinter dem Bassin liegen. Sie hörten die Stimme des anderen Beamten, der erneut etwas aus dem Kanal rief und zurückzukehren schien. Bevor er den Tod seines Kollegen bemerkte, mussten sie verschwunden sein.

Zum Glück war ihnen der Weg aus dem Stauraum in Erinnerung geblieben, obwohl ihnen die Angst die Kehlen zudrückte und die Sinne vernebelte. Sie hasteten ins Dunkel eines Tunnels hinein und waren nicht mehr zu sehen.

Als sie sich schon ein Stück vom Stauraum entfernt hatten, hörten sie einen Schrei aus der Ferne. Vermutlich hatte der andere Polizist bemerkt, dass der Raum doch nicht leer gewesen war.

Sie schlichen sich davon und waren bald am Schachtdeckel angelangt, der sie ins Freie führte. Nass, stinkend und mit Blut besudelt krochen sie an die Oberfläche. Glücklicherweise hatten sie ihre Jacken dabei; wie der Rest ihrer verbliebenen Ausrüstung waren sie vollkommen durchnässt. Sie streiften sie über, um die auffälligen Blutspritzer auf ihrer Kleidung zu verdecken.

Als die beiden das Kanalsystem verließen und ihnen eine frische Brise ins Gesicht schlug, atmeten sie erleichtert auf.

Es war vollbracht, sie hatten Wechsler erledigt. Jetzt mussten sie nur noch ihr Auto erreichen, um aus der Metropole, die langsam im Chaos versank, zu fliehen.

Frank und Alf hasteten durch die Straßen. Sie wurden kaum beachtet, da sich ganz Paris um sie herum in einen Hexenkessel verwandelte. Gewaltige Menschenschwärme verstopften überall die Straßen, Autos hupten und aus dem Fenster eines Hauses dröhnte ein Radio, in dem ein aufgeregter Reporter über die neuesten Ereignisse berichtete.

Die zwei Rebellen bewegten sich schnell und wurden dennoch kaum eines Blickes gewürdigt. Nach einer Weile hatten sie die Nebenstraße erreicht, in der sie ihr Auto geparkt hatten. Man hatte es zum Glück in der Zeit ihrer Abwesenheit weder aufgebrochen noch gestohlen, was im Paris dieser Tage keine Selbstverständlichkeit war.

Schließlich tauschten sie ihre verdreckten Sachen gegen die wenigen Ersatzkleider aus, die noch im Kofferraum lagen. Den schmutzigen Stoff warfen sie in eine Mülltonne, starteten den Motor und fuhren davon.

Es dauerte, denn viele Straßen waren abgesperrt oder mit Menschenmassen verstopft, doch letztendlich kamen sie heil auf eine der Straßen, die sie aus dem Hexenkessel Paris hinausführte. Die Innenstadt hinter ihnen verschwand langsam im Rückspiegel; Frank und Alfred atmeten auf.

Steffen de Vries wartete bereits in Compiegne am vereinbarten Treffpunkt auf ihre Ankunft. Er hatte einige Zeit früher mit ihnen gerechnet und ihm wurde zunehmend mulmiger. Als Kohlhaas und Bäumer das rettende Feldstück, auf dem de Vries Maschine stand, endlich erreichten, fiel auch dem Flamen ein Stein vom Herzen.

Den Leihwagen hatte Frank vor dem Abflug noch von seiner Fahrzeugnummer befreit und ihn anschließend verbrannt, nachdem sie ihn ein Stück in den Wald gefahren hatten.

Als sie Steffen begrüßten, schien dieser mehr als beeindruckt und zugleich erleichtert zu sein. Er schüttelte ihnen freudig die Hände und umarmte sie herzlich. Das Radio hatte ihn seit dem Anschlag schon genauestens über die Vorgänge in Paris informiert. Vollkommen erschöpft verkrochen sich Frank und Alf im Laderaum des Fliegers und ließen den Flug in die Heimat an sich vorbei ziehen.

In der ehemaligen Hauptstadt des Staates Frankreich hatte sich die Lage derweil dramatisch zugespitzt. Als die Menge das Ende des Gouverneurs auf den zahlreichen Videoleinwänden erblickt hatte, war die „Straße der Humanität" für mehrere Minuten in einem verwirrten Schweigen versunken.

Viele Pariser konnten es noch immer nicht fassen und wussten nicht, wie sie mit dem unvorhergesehenen Ereignis umgehen sollten. Die Sicherheitskräfte ermahnten die Menschenmasse, ruhig zu bleiben, während bereits Panzerwagen aus den Nebenstraßen drohend in Richtung des kochenden Menschenbreis fuhren.

Nach einer Weile hörte man die ersten Zuschauer klatschen und zustimmend johlen. Die Menge wurde von einer nervösen Unruhe ergriffen und bald begannen die ersten Auseinandersetzungen.

„Gut, dass das Schwein tot ist!", hörte man Stimmen aus verschiedenen Ecken des Menschenteppichs, wobei es den Rufenden wohl in diesem Moment egal war, dass sie von den Kameras der GSA-Agenten gefilmt wurden.

„So müsste auch der Weltpräsident enden!", schallte es an anderer Stelle über die Köpfe der Zuschauer hinweg.

Dann nahmen derartige Rufe immer weiter zu. Irgendwo stampften Jugendliche rhythmisch auf und sangen die verbotene Nationalhymne des alten Frankreichs. Viele der um sie herum stehenden Menschen stimmten in den Gesang mit ein, obwohl manche den Text kaum noch kannten, da er überall aus dem öffentlichen Bewusstsein verbannt worden war.

„Freiheit für Frankreich! Nieder mit der Weltregierung!", tönte es aus dem hinteren Teil der gigantischen Masse. Die Rufe wurden von immer mehr Menschen getragen. Hunderte stimmten mit in den wütenden Chor ein und bald erbebte die „Straße der Humanität" unter dem dröhnenden Gebrüll tausender Kehlen.

Langsam, aber sicher, geriet die Menschenmenge außer Kontrolle; die Sicherheitskräfte kamen näher.

Vielen Parisern sah man ein freudloses und von Armut geprägtes Leben an und so war es kaum verwunderlich, dass ihr Hass auf das Regime immer weiter gewachsen war. Ein Großteil des Pariser Bevölkerung bestand mittlerweile aus schlecht bezahlten Gelegenheitsarbeitern und Tagelöhnern.

Die Gehälter waren meist so gering, dass die Bürger gerade eben nicht verhungerten und die hohen Mieten für ihre überwiegend schäbigen Wohnungen aufbringen konnten.

Nicht wenige der Anwesenden kannten das nagende Gefühl eines leeren Magens. Die Lebensmittelpreise und die Gebühren für Strom, Heizung und Wasser waren seit 2018 ebenfalls stetig angehoben worden.

Hunderttausende Einwohner der Stadt waren bereits gänzlich durch das soziale Netz gefallen und lungerten als Obdachlose in den Straßen herum. Sie erfroren im Winter oder verhungerten einfach. Eine soziale Notversorgung gab es nicht mehr; die Regierung hatte sie infolge der hohen Staatsverschuldungen weltweit abgeschafft. So war es kein Wunder, dass nun Proteste laut wurden.

Doch nicht wenige Menschen hielten sich auch jetzt noch inmitten des Tumultes zurück und blieben still. Verängstigt blickten sie in die überall stationierten Kameras, trotteten verstohlen vom Ort des Geschehens weg und verschwanden in den Nebenstraßen.

Schließlich trennte sich im Verlauf der folgenden Stunden die Spreu vom Weizen. Die Bürger, die blieben, fanden plötzlich den Mut, ihre Stimme zu erheben. Die Anonymität innerhalb der Menschenmasse verlieh ihnen endlich Courage. Tausende rissen die Fäuste in die Höhe, während die Sicherheitskräfte als schwer gepanzerter Wall aufmarschierten und warteten.

„Freiheit für Frankreich! Nieder mit der Weltregierung!"
„Freiheit für Frankreich! Nieder mit der Weltregierung!"
„Freiheit für Frankreich! Nieder mit der Weltregierung!"

Der Chor des ohnmächtigen Protestes wurde mit der Zeit immer lauter. Irgendwo in der Menge fielen Franzosen und Einwanderer übereinander her, da letztere ihre eigenen Forderungen, die sich zwar auf den Islam bezogen, der Weltregierung aber ebenso feindlich gesinnt waren, zum Besten gaben.
Innerhalb von Minuten brach ein blutiges Handgemenge aus. Die Streitenden schlugen sich mit Flaschen und Steinen, Messer wurden gezückt und erste Schüsse fielen. Die Polizisten und GCF-Soldaten, welche die Massen einkreisten und von Panzerwagen flankiert wurden, drohten per Lautsprecher, sofort die regierungsfeindlichen Ausrufe einzustellen.
Aber die zornige Masse reagierte nicht mehr. Die Anweisungen der Beamten wurden ignoriert und es dauerte nicht mehr lange, da standen sich Polizisten, Soldaten, GSA-Beobachter und der vor sich hin kochende Strom aus Menschen wie zwei verfeindete Heere gegenüber.
Die GP-Truppführer brüllten den Befehl zur „Fixierung von aufrührerischen Personen" in ihre Funkgeräte und einzelne Trupps von Beamten, die mit schweren Körperpanzern ausgerüstet waren, knüppelten sich ihren Weg durch die aufgebrachte Menge, um identifizierte Störenfriede festzunehmen.
Dennoch eskalierte die Situation immer mehr. Die angreifenden Beamten wurden mit Flaschen, Pflastersteinen oder bloßen Fäusten empfangen, wobei sie ihrerseits jeden niederprügelten, der sich ihnen in den Weg stellte.

Das Geschrei der Masse wurde jedoch noch immer nicht leiser. Im Gegenteil, umso mehr Bürger von den Knüppeln der Beamten niedergehauen wurden, umso mehr stiegen an anderen Orten des Menschenmeeres mit in den Protestchor ein.

Um 18.00 Uhr am 01.03.2029 flogen in einer Nebengasse der „Straße der Humanität" die ersten Molotow-Cocktails auf Beamte und Panzerwagen; diese eröffneten das Feuer und durchsiebten die Angreifer mit Kugeln. Im Gegenzug bewaffneten sich die aufgebrachten Bürger notdürftig. Mit Knüppeln und Messern wurden die Beamten angegriffen und es gab die ersten Toten.

Daraufhin breitete sich die Gewalt wie eine Seuche aus und infizierte einen Großteil der auf der „Straße der Humanität" versammelten Besucher.

Die letzten Warnungen, die die Polizeibeamten durch die Lautsprecher brüllten, wurden von der tobenden Menge kaum noch wahrgenommen. Stattdessen erklang erneut die alte französische Nationalhymne, die diesmal mit besonderem Enthusiasmus gesungen wurde.

Der aufbrausende Gesang wirkte wie eine Woge der Emotionen. Er ergriff das menschliche Massengebilde in seiner Ganzheit, wobei die alte Pariser Prachtstraße unter der Wucht des verfemten Liedes erzitterte. So etwas hatte die frühere Hauptstadt des vernichteten Staates Frankreich seit Jahrzehnten nicht mehr erlebt.

Zeitgleich kamen die Panzerwagen näher und GCF-Soldaten und Polizisten gingen in Stellung. Es dauerte nur noch Minuten, bis der GCF-Commander den Feuerbefehl in sein Funkgerät brüllte. Das Gemetzel nahm seinen Lauf.

Während Abertausende Franzosen die der Weltregierung verhasste und streng verbotene alte Hymne sangen, hämmerten Schüsse in die Menschenwand.

„Tac! Tac! Tac! Tac!", donnerte es und die ersten Singenden brachen getroffen zusammen.

Dann fegte ein wahrer Feuerhagel durch die Reihen der Besucher hinter den Absperrungen. Zugleich setzten sich auch die Panzerwagen in Bewegung und richteten ihre Maschinenkanonen aus. Das Blut begann mit metallischem Nachklang zu fließen; auf der Strasse, die angeblich der Humanität gewidmet war.

Wie eine Sense hieben die Gewehrsalven in die Menschenmenge, die jetzt in Panik geriet. Das alte französische Nationallied verstummte und wurde mit dem entsetzten Geschrei der Flüchtenden vertauscht.

Dank der großen Anzahl von Zuschauern konnten die Sicherheitsleute kaum ihre Ziele verfehlen. Und sie machten ihre Arbeit gründlich.

Die meisten Polizisten und Soldaten waren keine Franzosen, und wenn sie von einer Menschenmasse in einem fremden Land attackiert wurden, mussten sie sich eben verteidigen.

Schon nach wenigen Minuten bedeckten hunderte Körper den Asphalt, wobei die Sicherheitskräfte immer unbarmherziger vorstießen und sich ihren Weg durch das Meer von Männern, Frauen und Kindern frei schossen. Vor allem die schweren Vollmantelgeschosse der Panzerwagengeschütze waren verheerend.

Schließlich stoben die Menschenschwärme auseinander. Die vor Angst schreienden Pariser rannten in alle Richtungen. Absperrgitter wurden eingerissen, Autos umgeworfen, Menschen totgetrampelt. Dahinter marschierten die Soldaten wie eine sich langsam bewegende Wand des

Todes und schritten dabei über unzählige zerschmetterte Körper.

Dann erhielten die Sicherheitskräfte einen neuen Befehl. Die widerspenstige, aber wehrlose Masse, war von ihnen aufgerieben worden und glich dem gigantischen Perserheer in der Schlacht von Gaugamela, welches die Phalanx der Griechen erfolglos bestürmt hatte. Die gerüsteten Trupps hielten an, die Panzerwagen stoppten.

„Die Skydragons kommen! Halt!", rief einer der übergeordneten Offiziere in sein Comm-Sprechgerät und wischte sich den Schweiß von der Stirn. Die Tötungsarbeit hatte ihn angestrengt.

Befehle wurden durchgegeben und die gefürchteten Skydragons erhoben sich von einem im Pariser Westen gelegenen Militärstützpunkt aus in die Lüfte. Es dauerte nicht lange, da sahen die Piloten bereits auf die winzigen aufgescheuchten Menschenhaufen unter sich herab. Die Hubschrauber verringerten die Flughöhe und ließen ihre Gatling-Maschinenkanonen und Granatenwerfer aus den Bäuchen fahren.

„Fertig! Wir sind feuerbereit!", kam es vom Commander der Skydragon-Staffel.

„Dann feuern sie endlich!", schallte es aus seinem Comm-Sprecher.

Der Truppführer zögerte für einige Sekunden; für die Zeit eines Wimpernschlages dachte er darüber nach, was er hier tun sollte. Doch letztendlich erinnerte er sich daran, dass dies nun einmal ein „Job" war, der erledigt werden musste.

Er stammte aus Usbekistan und hieß Alexander; seine Vorfahren stammten aus der Ukraine. Seit drei Jahren war er bei den GCF und dies war sein erster Einsatz, der so etwas von ihm abverlangte. Schweigend machte er die

Granatenwerfer feuerbereit, seinen Verstand schaltete er aus.

„Scheiß drauf, ein anderer würde es sonst machen", sagte er zu sich selbst.

Die Bezahlung bei den GCF-Truppen war immerhin überdurchschnittlich gut. Gut für ihn, seine Frau und seine drei Kinder, deren Mäuler er zu stopfen hatte. Und jeder Job hatte nun einmal seine Schattenseiten.

Sekunden später wurden die Granaten losgeschickt. Sie fanden zahlreiche Ziele. Dann eröffnete das Dutzend Skydragons das Feuer und richtete ein Massaker an.

Die schweren Kugeln durchschlugen Knochen und Fleisch, begleitet von einem ohrenbetäubenden, metallischen Geratter. Schädel wurden zerfetzt, Körper von Geschossen durchschlagen und Menschen wie Grashalme niedergemäht. Über eine Stunde lang. Wen die automatisierte Zielerfassung eines Hubschraubers anvisierte, für den gab es kein Entrinnen mehr.

Wo die Skydragons gewütet hatten, zeigte sich ein grausames Bild. Unzählige Menschen tränkten die „Straße der Humanität" mit ihrem Blut; wer noch lebte, war schwer verletzt, mit zerschossenen Gliedmaßen oder zerrissenem Leib.

Alexander, der Familienvater, glaubte im Augenwinkel einen Mann zu erkennen, dessen Kopf halb abgerissen war und der trotzdem noch versuchte, vorwärts zu kriechen. Es war ein furchtbarer Anblick. In diesen Sekunden wurde sein Verstand kurzzeitig von Zweifeln übermannt, doch er riss sich zusammen. Es musste getan werden, es war ein Befehl und ihm blieb keine andere Wahl, als zu gehorchen. Schließlich feuerte er weiter auf die „Ameisen" unter sich.

Während Polizisten, Soldaten und Panzerwagen in andere Stadtteile abberufen wurden, um Aufständische zu eliminieren, neigte sich der Tag dem Ende zu.

Die Unruhen sollten allerdings noch zwei weitere Wochen andauern. Viele Unzufriedene griffen in ihren Wohnvierteln die örtlichen Polizeistationen an oder gingen auf lokale Politiker los. Der Bürgermeister von Paris, Richard de la Croix, wurde im Verlauf der Wirren von Unbekannten auf offener Straße erschossen.

Brennende Autos und Häuser, feuernde Panzerwagen und prügelnde Polizisten prägten tagelang das Straßenbild in vielen Teilen der wütenden Metropole.

Irgendwann war die Ordnung jedoch wiederhergestellt. Die Mächtigen, die häufig die Lüge als Waffe benutzten, hatten in diesem Fall ihren Bruder konsultiert: den Terror. Und er war erfolgreich gewesen. Der unbeschränkten Rücksichtslosigkeit der Sicherheitskräfte war auf Dauer auch der verzweifelste und tapferste Kämpfer nicht gewachsen.

Etwa 40.000 Menschen waren bei den Unruhen und Straßenkämpfen am 01.03.2029 und in den Wochen darauf gestorben. Zudem mehrere Hundert Polizisten und GCF-Soldaten. Paris war im Blut gebadet worden. Nun kehrte wieder Ruhe ein.

Bei ihm

Es war schon recht spät. Mr. Morris, einer der Sekretäre des Weltpräsidenten, musste sich beeilen; immerhin war dieser Termin äußerst wichtig. Sein Taxi hatte sich endlich einen Weg vom New Yorker Flughafen durch die überfüllte Innenstadt gebahnt. Jetzt aber drängte die Zeit wirklich.

Mr. Morris eilte durch die Haupteingangstür eines gigantischen Wolkenkratzers und hechtete zum Aufzug. Die Uhr tickte; doch schließlich erreichte er gerade noch rechtzeitig den 33. Stock.

„Kommen Sie rein, Mr. Morris!", tönte es aus dem luxuriös ausgestatteten Büroraum in der obersten Etage des Riesengebäudes.

„Guten Tag, Herr Weltpräsident!" Der Mann mit den grauen Schläfen und dem ebenso grauen Anzug lächelte unsicher.

Sein Gesprächspartner schaute aus dem Fenster hinab in die Straßen der Stadt und drehte sich nicht um.

„Ich habe hier die neuesten Nachrichten aus Paris...", sagte Morris gehetzt.

„Und?", erwiderte der Weltpräsident.

„Ja, die Lage ist ernst, wie mir die GSA-Leute berichtet haben", schnaufte der ältere Herr, der noch außer Atem war.

„Ist sie das?", kam zurück.

„Ja, Herr Weltpräsident. Vertrauliche Studien...", erklärte Morris, bis er unterbrochen wurde.

„Wo sind Sie bei uns eigentlich organisiert?", fragte ihn der Weltpräsident und starrte weiter auf das hektische

Gewirr von Autos und Menschen zwischen den massigen Bankhäusern der New Yorker Innenstadt.

„Wie meinen Sie das?", antwortete sein verwirrter Gesprächspartner, der nach wie vor in der Tür stand.

„Welche Loge, Mr. Morris?", fuhr der Präsident fort.

„Äh, ich bin bei den ‚Söhnen des Berges". Die Loge heißt ‚Söhne des Berges'. San Francisco, Herr Weltpräsident." Morris war verdutzt.

„Grad?", gab der Mann am Fenster zurück.

„Äh, ich bin im 4. Grad. Weiter kam ich bisher nicht", stotterte sein Sekretär.

„Naja, vielleicht reicht das ja auch für Sie aus, Mr. Morris."

„Ich wollte über Paris...", setzte der ergraute Diener an, doch erneut fiel ihm sein Herr ins Wort.

„Die ‚Söhne des Berges' – einer meiner Neffen ist dort", flüsterte der Weltpräsident.

Sein Untergebener versuchte erneut, die Unterhaltung auf die Vorgänge in Paris zu lenken, aber der Weltpräsident stöhnte auf und wies ihn an, den Mund zu halten.

„Hören Sie, Mr. Morris, ich weiß, was vorgefallen ist und es interessiert mich keinen Furz", sagte er uninteressiert.

„Nicht einen verdammten Furz! Glauben Sie, dass jetzt die große Revolution gegen uns ausbricht?"

Der Weltpräsident wirkte amüsiert. „Leon-Jack Wechsler ist tot. Seinen Nachfolger habe ich heute Morgen bestimmt. Mehr möchte ich zu diesem unwichtigen Kinderkram nicht sagen."

„Wir wissen noch nicht, wer für den Anschlag in Paris verantwortlich ist. Die GSA vermutet Islamisten oder Rechtsextremisten...", versuchte Morris zu erläutern.

Der Weltpräsident schien ihn nicht zu hören. Ungerührt blickte er aus dem riesigen Fenster seines Luxusbüros:

„Bringen Sie mir einen Orangensaft, Mr. Morris, und stellen Sie ihn auf den Schreibtisch!"

„Ja, Sir!", stammelte sein Sekretär, um noch im gleichen Augenblick zu verschwinden. Nach einigen Minuten kam er wieder zurück und stellte das Glas auf den Schreibtisch.

„Danke!", sagte der Vorsitzende der Weltgemeinschaft, drehte sich aber noch immer nicht um.

„Glauben Sie, dass wir da sind, wo wir jetzt sind, weil wir uns durch Kleinigkeiten wie den Zwergenaufstand in Paris jemals haben beeindrucken lassen?", fügte er mit erdrückender Sachlichkeit hinzu.

„Nun, ich weiß nicht." Morris ging einen Schritt zurück.

„Wir sind die Herren der Welt aus zwei Gründen. Erstens: Weil wir Diener wie Sie haben, Mr. Morris. Zweitens: Weil der alte und große Plan, diesen Planeten zu unterwerfen, perfekt und vollkommen ausgereift ist und keine Schwachstellen oder Fehler kennt."

Der Sekretär starrte den Weltpräsidenten mit verwunderter Miene an.

„Mr. Morris, Sie sind als Mitglied der Loge der ‚Söhne des Berges' an Ihrem Platz und ich bin als Weltpräsident an meinem. Was in Paris geschehen ist, ist eigentlich gut", fuhr er fort.

„Wie meinen Sie das?" Der Sekretär war verwirrt.

„Nun, jetzt können wir den Massen sagen, wie gefährlich der Terrorismus geworden ist und dass nur eine noch schärfere Überwachung sie beschützen kann. Die Medien werden es wie ein Mantra in ihre hohlen Köpfe hämmern, es ständig wiederholen und es predigen bis die Tierherde ein jedes Wort nachbetet", sagte der Präsident.

„Mr. Morris, niemand hat es jemals geschafft, uns aufzuhalten. Über die Jahrzehnte, ja Jahrhunderte, ist unsere

Macht stetig gewachsen. Wir haben tiefe Wurzeln geschlagen, gleich einer Krankheit, die man nicht mehr ausrotten kann, weil sie sich schon bis in den letzten Winkel des Körpers ausgebreitet hat.

Wir haben Könige gestürzt und Völker vernichtet, wenn sie sich uns entgegen gestellt haben. Wir haben diesen Erdball perfekt infiltriert und es gibt für niemanden ein Entkommen.

Im Jahre 2018 haben wir uns die Maske vom Gesicht gerissen und uns der Welt gezeigt, doch sie hat still gehalten und sich fressen lassen. Wie das Kaninchen in seiner Angststarre vor der Schlange haben sich die Völker verhalten.

Die alten Schriften haben es prophezeit und so ist es eingetroffen. Der große Plan konnte Wirklichkeit werden und nun sollen Milch und Honig für die unseren fließen. Jetzt werden wir der Welt die Sklaverei bringen, die sie verdient. Jetzt wollen wir herrschen, so wie es uns vorausgesagt wurde."

„Aber vielleicht war das Vorgehen in Paris nicht richtig?", warf Morris in den Raum.

Der Weltpräsident, der ihn nach wie vor stehen ließ und ihm nur den Rücken zuwandte, räusperte sich und hielt dagegen: „Nicht richtig? Natürlich war es richtig. Die Massen sollen doch wissen, dass wir sie beherrschen. Sie sollen uns ruhig hassen, vor allem aber auch fürchten. Die alte Welt ist zertrümmert und wird sich nie mehr aufrichten können. Und die neue Welt ist unsere Kreation.

Ja, wir wollen unsere Macht endlich offen zeigen, denn wir sind inzwischen stark genug. Einst mussten die Alten noch im Verborgenen wühlen und ihre Fäden spinnen, doch wir brauchen das nicht mehr, denn wir sind die unumschränkten Herren dieser Erde. In unseren Händen liegt alles Geld der Welt und das Mal der Unbesiegbarkeit ziert das Banner unserer Neuen Weltordnung."

„Ich glaube Ihnen, Herr Weltpräsident", murmelte Morris leise vor sich hin.

„Nein, ich weiß, dass Sie das tief im Inneren nicht tun, aber das spielt keine Rolle. Denn was Sie glauben, hat keine Bedeutung", unterbrach ihn sein Herr. „Die Menschen glauben ja auch viel, doch es ist vollkommen irrelevant. Sie glauben an eine bessere Welt, an die Rettung, an Gott! Nun, Mr. Morris, wenn es den Gott geben würde, an den diese Tiere glauben, dann ließe ich ihn persönlich liquidieren."

Der Sekretär schaute sich um und wagte es nicht, sich von der Stelle zu rühren. Die Worte des Mannes, für den er die Schreibarbeiten erledigte, überforderten ihn sichtbar.

„Es gibt nur wenige, die uns wirklich gefährlich werden könnten, doch das sind bloß theoretische Überlegungen. Aber das ist nichts für Sie, Mr. Morris. Das ist wirklich nichts für Sie", dozierte der Präsident weiter.

„Wie Sie meinen, Sir."

„Wir sind die Finsternis der Welt, wer uns nachfolgt, wird nie mehr wandeln im Licht", sagte der Präsident kaum hörbar, während er die Hände hinter dem Rücken verschränkte.

Morris fragte nach, was er gesagt hatte, doch sein Herr ging nicht darauf ein und sprach stattdessen: „Wir bringen den Völkern der Welt das Joch der Sklaverei. Die Tempel der alten, uns so verhassten Welt, sind niedergerissen worden und wer uns kennt, weiß, dass wir die Herren des Hasses sind. Die dunklen Boten der Zerstörung, die das Licht verabscheuen und seinen Schein ersticken wollen und werden.

An den Wurzeln der Zivilisation haben wir lange genagt und sie schließlich zu Fall gebracht. Unter dem Mantel der Lüge und Verdrehung, unserer höchsten Kunst, haben wir uns lange versteckt. Und unsere Feinde, diese Narren, haben uns sogar oft noch zugejubelt in ihrer kindlichen Kleingläubigkeit. Jetzt ist die Zeit unseres Triumphes gekommen und wir lassen uns diesen großartigen Genuss von niemandem mehr nehmen."

„Ich weiß nicht...", stotterte Mr. Morris erneut und kratzte sich am Kopf.

„Sie müssen es nicht wissen, mein treuer Diener. Denn Wissen ist nur den Weisen vorbehalten. Der Schatten der Unwissenheit war immer das, was uns stark gemacht hat", sagte der Weltpräsident und drehte sich auf einmal um. Seine braunen Augen funkelten den verunsicherten Sekretär an. Dann nahm er das Glas mit dem Orangensaft, nippte daran und machte eine abweisende Handbewegung. Anschließend drehte er sich wieder um. Sein Sekretär nickte.

„Gehen Sie jetzt, Mr. Morris!"

„Auf Wiedersehen, Herr Weltpräsident!", brachte dieser nur noch heraus, um daraufhin den Raum zu verlassen.

Mit einer gewissen Erleichterung, dass das verwirrende Gespräch beendet war, schlich der Diener den langen Flur hinunter und verschwand im Aufzug.

Das Oberhaupt der Weltregierung öffnete eine Schublade und entnahm ihr eine Fernbedienung. Er wandte sich einem überdimensionalen Plasmafernseher in der Ecke seines Büros zu und schaltete ihn ein.

Auf einem der Nachrichtenkanäle lief ein Bericht über die Ereignisse in Paris. Eine gutaussehende Reporterin präsentierte die neuesten Meldungen aus „Europa-Mitte" mit betroffener Miene. Die Bilder zeigten den Ort des Anschlages und die zerfetzte Leiche des Gouverneurs.

Weinende Menschen, die außer sich vor Trauer über das Schicksal des Politikers waren, wurden interviewt. Darunter auch ein Mann, der energisch auf die Terroristen schimpfte und einen härteren Kampf gegen aufrührerische Elemente forderte. „Mehr Sicherheit für die Menschen durch verstärkte Überwachung" – das war sein Lösungsvorschlag, um es den Terroristen in Zukunft schwerer zu machen.

„Diese Leute bedrohen das Leben aller anständigen Bürger!", schwadronierte er weiter. Dann zeigte die Kamera wieder die von Trauer ergriffenen Besucher der Veranstaltung.

Die Unruhen wurden nur in einem Nebensatz erwähnt. Ein Häufchen „Fanatiker" und „Chaoten" hatten sie laut dem Fernsehbericht ausgelöst, doch die Polizei hatte dank ihres entschlossenen Eingreifens für Ruhe sorgen können. Dass Tausende von Menschen von den Sicherheitskräften niedergemetzelt worden waren, erfuhren die Fernsehzuschauer nicht. Der Weltpräsident lächelte, trank einen weiteren Schluck Orangensaft und schaltete den Fernseher wieder aus.

In Ivas begann ein neuer Morgen. Frank und Alfred aßen bei Wilden zu Mittag und unterhielten sich über dies und das. Gelegentlich warf Julia Frank ein Lächeln zu, wobei sie glücklich zu sein schien, dass er gesund zurückgekehrt war. Ansonsten ging das Leben in dem beschaulichen Dörfchen seinen gewohnten Gang.

Frank dachte in diesen Tagen oft über die Hoffnung nach. Seine Rache hatte er bekommen, doch das Gefühl der Genugtuung war schon wieder verflogen. Tief im Inneren wusste er längst, das Paris lediglich der Anfang gewesen war. Endlich hatte sein Leben einen Sinn bekommen. Frank Kohlhaas, Bürger 1-564398B-278843, war erwacht.

Jetzt wusste er, was zu tun war und wer bekämpft werden musste. Und wenn er am Ende alles verlor, so wollte er doch niemals wieder auf Knien leben...

Glossar

DC-Stick
Der „Data Carrier Stick" (kurz DC-Stick) ist ein tragbarer Minicomputer, der große Mengen von Dateien speichern kann.

Global Control Force (GCF)
Bei der GCF handelt es sich um die offiziellen Streitkräfte der Weltregierung, die sich aus Soldaten aller Länder rekrutieren. Andere Formen militärischer Organisation sind weltweit nicht mehr erlaubt.

Global Police (GP)
Ähnlich wie die GCF ist die GP die internationale Polizei, die den Befehlen der Weltregierung untersteht.

Global Security Agency (GSA)
Die GSA ist der gefürchtete Geheimdienst, der im Auftrag der Weltregierung die Bevölkerung überwacht und politische Gegner ausschaltet.

Globe
Der Globe wurde von der Weltregierung zwischen 2018 und 2020 als neue globale Währungseinheit eingeführt. Jeder Staat der Erde musste den Globe ab dem Jahr 2020 als einziges Währungsmittel nutzen.

Scanchip

Der Scanchip ersetzt seit 2018 in jedem Land der Erde den Personalausweis und die Kreditkarte. Bargeld wurde im öffentlichen Zahlungsverkehr abgeschafft und jeder Bürger hat nur noch ein Scanchip-Konto.

Weiterhin ist ein Scanchip auch eine Personalakte, ein elektronischer Briefkasten für behördliche Nachrichten und vieles mehr.

Skydragons

Diese hocheffektiven Militärhubschrauber wurden speziell für die Niederschlagung und Bekämpfung aufrührerischer Menschenmengen entwickelt.

Ein gewöhnlicher Skydragon ist mit mehrläufigen Maschinenkanonen und Granatenwerfern ausgerüstet, die ihn befähigen, zahlreiche Menschen innerhalb kürzester Zeit zu eliminieren.

Anmerkung des Autors

Liebe Leser!

Es handelt sich bei „Beutewelt" um einen Roman. Und wie wir alle wissen, ist der Inhalt eines Romans fiktiv. Hier begegnen dem Leser ausgedachte Handlungen, Charaktere und Szenarien. Die Betonung liegt in diesem Kontext auf dem Wort „ausgedacht".
Die sogenannten „Verschwörungstheoretiker" hatten sicherlich ihren Spaß bei dieser Lektüre, während sich die nüchternen Realisten am Ende des Buches wohl beruhigt zurückgelehnt haben, um dann zu sagen: „Ach, das ist ja bloß ein Roman gewesen! Gott sei Dank!"
Sicherlich haben letztere Recht. Die beschriebene Zukunftswelt ist reine Fiktion und somit braucht sich auch niemand aufzuregen oder gar zu sorgen. Das tun Sie ja auch nicht, nachdem Sie sich einen Science-Fiction-Film angesehen haben, nicht wahr?
Einen derartigen Überwachungsstaat und solche Zukunftsszenarien wird es sicherlich niemals geben. Wir alle würden dies rechtzeitig verhindern und nie geschehen lassen, da wir ja vernünftige und kritische Zeitgenossen sind. Erzählen Sie ruhig Ihren Freunden von diesem Buch und machen Sie dabei kräftig Werbung für mich als Autor. Aber passen Sie auf, was Sie sagen, denn Ihre Telefonverbindungen werden ab dem 01.01.2009 auch in diesem Land automatisch aufgezeichnet...

Ihr Alexander Merow

Weitere Romane von Alexander Merow im Buchhandel:

Romanserie „Beutewelt"

Beutewelt I – Bürger 1-564398B-278843
Beutewelt II – Aufstand in der Ferne
Beutewelt III – Organisierte Wut
Beutewelt IV – Die Gegenrevolution
Beutewelt V – Bürgerkrieg 2038
Beutewelt VI – Friedensdämmerung
Beutewelt VII – Weltenbrand

Romanserie „Das aureanische Zeitalter"

Das aureanische Zeitalter I – Flavius Princeps
Das aureanische Zeitalter II – Im Schatten des Verrats
Das aureanische Zeitalter III – Die Hölle von Thracan
Das aureanische Zeitalter IV – Vorstoß nach Terra
Das aureanische Zeitalter V – Der Marskrieg

Romanserie „Die Antariksa Saga"

Die Antariksa-Saga I – Grimzhag der Ork
Die Antariksa-Saga II – Sturm über Manchin
Die Antariksa-Saga III – Die Faust des Goffrukk
Die Antariksa-Saga IV – Blinder Hass
Die Antariksa-Saga V – Späte Vergeltung

Romanserie „Postmortem"

Postmortem I – Die letzte Enklave

Romanserie „Alarvail"

Alarvail I – Der Elbenkrieger